이현 新무협 판타지 소설

수국 3

이현 新무협 판타지 소설

초판 1쇄 찍은 날 § 2004년 2월 26일
초판 1쇄 펴낸 날 § 2004년 3월 6일

지은이 § 이현
펴낸이 § 서경석

편집장 § 문혜영
편집 § 장상수 · 서지현
마케팅 § 정필 · 강양원 · 이선구 · 김규진 · 홍현경

펴낸곳 § 도서출판 청어람
등록번호 § 제1081-1-89호
등록일자 § 1999. 5. 31
어람번호 § 제2-0340호

주소 § 경기도 부천시 원미구 심곡1동 350-1 남성B/D 3F (우) 420-011
전화 § 032-656-4452 팩스 § 032-656-4453
http://www.chungeoram.com
E-mail § eoram99@chollian.net

ⓒ 이현, 2004

ISBN 89-5505-976-0 04810
ISBN 89-5505-973-6 (SET)

水國 수국

이현 新무협 판타지 소설

Fantastic Oriental Heroes

3

동굴(洞窟)

도서출판
청어람

3 동굴(洞窟)

◆ 제3권 속의 용어에 대한 약간의 설명

　다이곤(多爾袞):청태조 누르하치의 열네 번째 아들. 태종 홍타시가
죽은 후 황위 쟁탈전에서 졌지만, 홍타시의 어린 아들 복림(福臨:순치황
제)을 뒤에서 조종하며 섭정왕이 되어 실권을 행사했다. 옥새까지 자신
의 집에 갖다 두었다 한다.

　관외(關外):동쪽의 산해관, 동북의 거용관, 서쪽의 가욕관 등 장성(長
城)을 경계로 한 관문 밖.

　타항(打行):명대 각 지역에 자생했던 폭력 조직의 통칭.

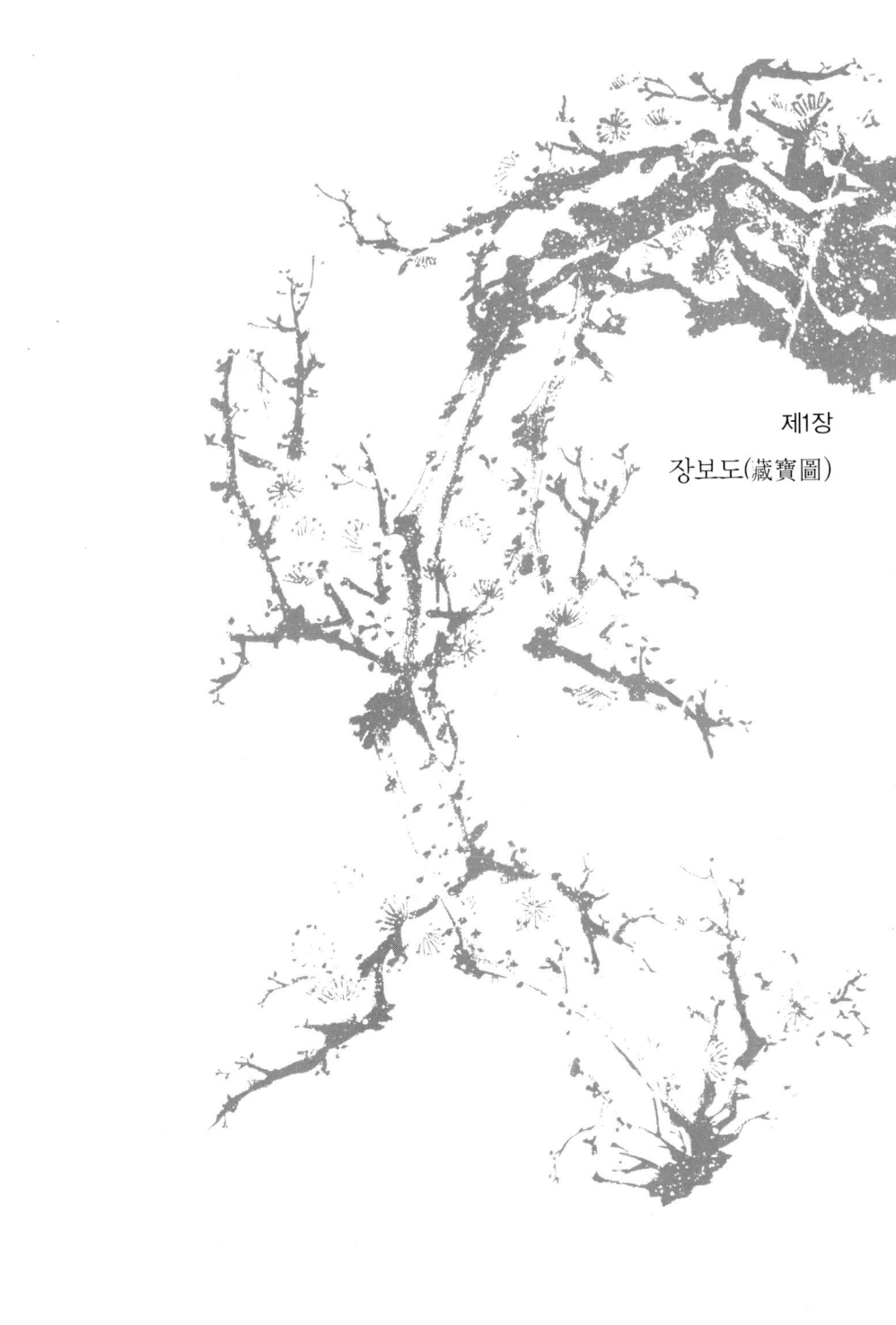

제1장

장보도(藏寶圖)

소주(蘇州) 풍정원(楓精園),

청국(淸國)의 보정왕(輔政王) 다이곤(多爾袞)은 엄생의 한
없이 깊은 눈길을 피하지 않았다. 삼십이 갓 넘은 그였지만
산전수전을 다 겪어 죽음이 결코 멀지만은 않을 육십이 넘은
엄생을 상대로 기(氣) 싸움을 하고 있었다.

'으음!'

엄생은 젊은 청년의 눈에서 천하를 오시하는 패기를 보았
다. 방 안을 무겁게 짓누르던 침묵을 먼저 깬 것도 다이곤이
었다.

"엄 대고, 강남 상권을 책임져 주시오. 대신 천하 상권을
주겠소!"

말소리가 당당했다.

"으음!"

이번에는 엄생도 신음성을 내지 않을 수 없었다.

천하 상권을 주겠다!

아무리 청국의 기세가 하늘을 찌를 듯하나 동북 변방의 오랑캐일 뿐인 청국의 보정왕 따위가! 이 얼마나 광오한 말인가!

짧은 순간 엄생의 머리 속으로 수많은 생각이 교차되어 오갔다. 고마운 말이기는 하지만 그 대가로 지불해야 하는 것 역시 상대가 충분히 만족할 만해야 할 것이다.

"시간을 주시오. 아직 그대는 내가 신뢰할 만한 그 어떤 것도 증명해 보이지 못했소."

"핫! 핫! 핫! 엄 대고가 확신하고 투자할 무렵이면 이미 당신의 가격은 바닥에 떨어져 있을 것은 물론, 많은 경쟁자를 상대해야 할 것이오."

다이곤은 호탕한 웃음과 함께 그렇게 내뱉었다.

'그렇겠지!'

엄생 또한 그런 생각을 했지만 상인답게 물건 값을 후려치기 위한 과정을 밟고 있는 것뿐이다.

"위험을 무릅쓸 만큼 궁한 사람은 아니오."

"상전(桑田)이 벽해(碧海)가 되는 것 또한 일순간이오."

엄생의 눈빛이 흔들렸다.

"협박인가?"

말투가 바뀌었다.

강남 땅이다. 이곳에서까지 오랑캐 애송이에 불과한 청국의 보정왕을 예우해 줄 필요는 없는 것이다.

"그렇다고 해두지."

다이곤 또한 밀리지 않았다.

두 쌍의 눈이 허공에서 맞부딪치는 순간 실내는 짙은 살기로 가득 찼다. 다이곤 쪽에서 살기를 뿌리는 자는 다이곤 한 걸음 뒤에서 커다란 철검을 메고 있던 사내였다.

　북검(北劍) 갈의현(葛毅炫).

　동북 관외(關外)에서 이십여 년이 넘게 패자로 군림해 온 갈의현의 명성은 중원에도 잘 알려져 있다. 그가 자랑하는 것은 철검구식(鐵劍九式)이라 불리는 중검(重劍)류의 검법이다. 바위를 쪼개고 산을 가를 듯한 그의 웅후한 검식은 수백 년 대를 이어 내려오면서 오히려 그 원형을 잃고 형식과 모양에만 치우친 중원의 여러 문파의 초식과는 완연히 구분된다.

　갈의현의 검은 오로지 상대를 찌르고 베어 쓰러뜨리는 것만 중시한다. 동북 관외에서 있었던 숱한 비무는 그에게 무패의 신화를 안겼고, 끝내 북검(北劍)이라는 영광스러운 이름을 안겨주었다. 그는 지금 다이곤의 호위로 있다.

　실내에 살기가 가득 차게 만드는 또 한 명의 사내.

　지금 갈의현이 의식하고 있는 상대는 맞은편에서 사기를 흘려보내는 엄생의 호위 무사인 유성도(流星刀) 용진우(龍振旰)다.

　남도(南刀) 용진우와 북검 갈의현!

　두 사람의 기 싸움은 자못 살벌하기까지 했다.

　일반 무도관에서는 상대의 눈을 살펴 미리 움직임을 읽고 예측해 대응하라고 가르친다. 하지만 고수들은 실전에서 가급적 상대의 눈길을 피하려고 한다. 사마외도(邪魔外道)의 무공 중에는 눈으로 상대를 미혹시키는 무공도 있기 때문이다.

　갈의현은 눈을 지그시 감았다. 상대가 내보일 수도 있는 허상의 늪을 피해 감각만으로 기를 느끼려는 것이다.

명(明)이냐, 아니면 청(淸)이냐?

다이곤은 지금 이 순간 엄생의 최종 결단을 강요하고 있었다. 하지만 엄생은 여전히 깊고 그윽한 눈으로 다이곤을 쳐다보았다.

'흠! 협박이 통할 사내는 아니로군. 역시!'

다이곤은 엄생을 맞수로 인정하기로 했다.

"좋소! 몇 달을 더 기다려 주겠소. 대신 늦은 만큼 당신도 그에 상응하는 선물을 준비해 주실 것으로 믿소."

엄생은 가볍게 고개를 끄덕였다.

두 사람 간의 긴장이 서서히 걷혀가자 실내를 덮고 있던 살기는 언제 그랬냐는 듯 말끔히 걷혔다.

"계획을 바꾸어야겠다."

다이곤을 떠나보낸 엄생은 용진우를 마주했다.

"다이곤 때문입니까?"

"그렇다. 하지만 궁극의 과정은 바뀌는 것이 아니니, 우리에게 일거양득의 좋은 기회라 할 수도 있겠지. 다이곤의 말대로 이번 기회에 차례로 정리를 해나가기 시작하는 것도 괜찮을 듯싶구나."

"하지만 자칫 타초경사(打草驚蛇)의……."

엄생은 말을 잘랐다.

"숲을 두드리면 뱀이 기어 나올 것이고, 물을 휘저어놓으면 고기들이 뛰쳐나오게 마련이다. 이번 기회에 그 색을 확실히 구별해 차근차근 처리해 갈 필요가 있어."

"자칫 우리가 물 밖으로 드러날 우려가 있습니다."

"방법은 찾으면 나오는 것이 아니더냐. 어차피 장보도에 상당한 것을 걸었다. 이미 혐의자는 연청아와 사군 둘로 좁혀져 있는 상태니, 일단 그들의 행방부터 찾아라. 백장애 일대에서 멀리 벗어나지는 못했을 것이다. 장보도가 제갈세가의 수중에 있어야 일이 수월해진다. 주의할 점은 그들에게 우리가 뒤에 있다는 느낌을 줘서는 절대 안 된다는 것이지. 눈치가 빠른 놈들이다."

용진우는 말없이 고개를 끄덕였다. 엄생의 생각을 인정하지 않을 수 없기 때문이다.

연청아는 죽 찢어져 속살이 삐죽거리는 자신의 옷 위에 사군의 겉옷을 걸치고 있었다. 상처는 겉으로 드러난 것만큼이나 가볍지 않았다. 웬만하면 혼자 걸어가고 싶어 벌써 몇 번이나 시도를 해보았지만, 그때마다 번번이 몇 걸음 옮기지 못하고 바닥에 주저앉을 뻔했다. 이제 사군의 부축을 받는 것은 자연스러운 일이 되었다.

같이 길은 떠난 지 채 하루도 가기 전이었다.

'젠장. 이 짓도 정말 못해먹겠군. 어디 손 둘 데도 마땅치 않으니……'

사군은 마음속으로 연신 투덜거렸다.

두 가슴 가운데서 배꼽까지 길게 이어진 검상에, 엉덩이 근처도 찔렸고, 넓적다리에마저 깊은 상처가 있어, 설사 정상적으로 부축을 한다 해도 힘이 들 지경인데 앙탈까지 부리니 여간 고역이 아니었다. 그런 여자를 부축해 가느라 온몸에 땀을 뻘뻘 흘려가며 기를 쓰고 써도, 수시로 신경을 건드리며 투덜대는 소리 때문에 불평이 없을 수가 없었다. 늦여름이기는 하지만 아직도 낮에는 더위가 기승을 부리고 있었다.

절강의 습기를 한껏 빨아들인 늦여름의 더위는 연청아의 앙탈과 더불어 사군으로 하여금 연신 땀을 흘려대게 만들고 있었다.

처음에는 젊은 여자를 부축해 가는 것쯤은 아무리 바빠도 기꺼이 할 수 있는 일 정도로 여겼는데… 적어도 그 상대가 연청아라면 절대 아니었다.

"안 치워!"

사군의 손길이 조금만 과하게 닿아도 상처 입은 호랑이처럼 으르렁거리는 연청아였다.

힘든 길을 가면서 장시간 사람을 부축해 이동한다는 것은 여간 어려운 일이 아니다. 하물며 상대가 남자의 손길에 지독한 거부 반응을 보인다면 그 인내의 정도를 상상하기란 쉽지 않다.

'참자, 참아. 참을 인(忍) 자 셋이면 살인도 면한다는데…….'

도와주는 사람의 손에 힘을 쓸 수 없게 만드는 그런 여러 가지 제약조건을 감내하며 연청아를 부축해 가야 하는 사군은 정말 힘들었다. 그런 모든 악조건을 인내하는 사군의 이마에서는 김이 모락모락 피어날 지경이었다.

"또!"

탁!

또 연청아가 어깨 밖으로 두르고 있는 사군의 손을 쳐냈다. 손끝에 약간은 뭉클한 감촉이 느껴졌던 것으로 보아 손이 너무 안쪽으로 밀려가 젖가슴의 상단 부위를 건드렸다는 이유가 틀림없었다. 누가 만지고 싶댔나.

"대체 어쩌라는 말입니까?"

더 이상은 참지 못했다. 땀이 비 오듯 쏟아져 상의가 푹 절어 있는 상황으로, 한 번만 더 투덜거리면 언제라도 손을 떼버리겠다고 속으로 단단히 작심까지 한 터였다.

"니가 건드렸잖아!"

"뭘요?"

연청아의 신경질적인 소리에 사군도 지지 않고 맞받아쳤다.

두 사람 사이에 싸늘한 냉기류가 오갔다. 하루 종일 이어지는 견디기 힘든 더위 끝에 오는 냉기라면 반길 만도 하건만, 지금의 냉기류는 뒤를 이을 지독한 무더위를 예고하는 찬바람이었다.

'아니, 이 자식이!'

몸이 다쳤다고 해서 성질머리까지 다치지는 않은 모양이다. 연청아의 눈꼬리가 하늘로 치솟았다. 하지만…

"그럼 혼자 가요! 나도 힘들어서 더는 안 되겠어요! 내가 미쳤어요? 싫다는 사람을 억지로 끌고 가게! 정 그렇게 고고하게 굴려거든 혼자 가요. 난 저리 갈 테니까! 그게 뭐 그리 대단한 물건이라고!"

절강의 습기를 가득 머금은 끈끈한 무더위였다.

"끄윽! 끄르륵!"

연청아는 너무 분해 말을 잇지 못했다. 지금껏 누구에게도 이렇게 무례하고 인정머리없는 말을 들어본 적이 없었는데… 그리고 보니 앞쪽에 갈림길이 있었다.

'그, 그게 뭐 그리 대단한 물건이냐고? 이, 이, 미친!'

아직 누구에게도 개봉되지 않은 순결한 젖가슴이 그저 그런 물건으로 취급받은 충격은 가슴 상단에서 배꼽으로 길게 이어지는 상처는 쩌르르한 통증을 일깨웠고, 헝겊으로 감아둔 넓적다리는 속살까지 부들거리는 아픔을 전했다. 연청아는 따끔거리는 엉덩이 상처를 참아가며 튀는 침을 동반한 분노의 일성을 터뜨렸다.

"야!"

"왜!"

침은 사군의 입에서도 튀었다.

은자 백 냥이 별건가. 무슨 큰 덕을 보겠다고 부축해 온 것이라기보다 그저 불쌍한 여자 하나 살린다는 생각으로 힘들게 온 것이 아닌가. 사람이 도와주면 마땅히 고마운 줄을 알아야지 되려 타박이라니! 얼마나 힘들게 부축해 왔는지 알기나 하는가! 힘들어 죽겠는데 그까짓 은 백 냥이 대순가!

그런 생각을 하고 나니 더 이상 대우를 해주고 싶은 마음은 물론 더 참을 생각도 없었다.

"이…… 나쁜 자식!"

연청아는 새파랗게 질려 입술을 부들거렸다. 하지만 사군은 본 체도 않고 먼 산만 쳐다보았다. 아니, 사실 산은 가까이 있었다. 그들이 가고 있는 오솔길도 산록을 따라 난 길이니.

"나 간다."

갑자기 사군은 그 말만 남기고는 획 몸을 돌려 걸어가 버렸다.

"너, 거기 서지 않을 테야!"

약이 바짝 오른 연청아가 길길이 날뛰며 뒤에서 소리쳤지만 소용없는 일이었다. 사군의 모습은 이내 산모퉁이를 돌아 사라졌다.

"어! 어! 저 자식이!"

독이 잔뜩 오른 연청아는 어찌할 바를 모르고 허공으로 손만 저었다. 그도 그럴 것이, 상처 때문에 몸이 조금만 움직여도 중심을 잃을 듯 비틀거렸기 때문이다.

"제기랄! 내 손이 닿으면 닳냐, 닳아? 벌써 어느 놈 손길이 수백 번 닿았는지 알게 뭐냐!"

사군은 연청아가 보이지 않는 곳까지 와서도 소리를 질러댔다.

지금 그를 괴롭히는 것은 땀이 목줄기를 타고 흘러내리게 하고 사타 구니까지 끈적이게 만들어 걸음마저 힘들게 하는 더위였다.

한참을 걸어가다가 듣기에도 시원하게 졸졸거리는 시냇물을 발견하 고는 옷을 입은 채 몸을 담갔다. 누워 있어도 상체가 다 잠기지 않는 얕은 냇물이었지만, 들어간 즉시 몸 구석구석 싸늘한 냉기가 스며들게 했다.

'너무 심했나?'

채 반 각도 되지 않아 더위는커녕 물속에서 더 견딜 수도 없을 만큼 몸이 시려오자 물에서 나와 젖은 옷을 짜내다가 문득 그런 생각을 했 다. 아무리 생각해도 이런 산중에 중상을 입은 여자 혼자 버려두고 왔 다는 사실이 마뜩찮았다. 게다가 집에 데려다 주면 은자를 백 냥이나 주겠다고 하지 않았던가. 그 돈이면 어머니와 함께 살 번듯한 집 한 칸 은 마련할 수도 있을 터였다.

힘든 일을 겪으며 부쩍 보고 싶은 어머니. 집을 장만해 돌아갈 수 있 다는 생각에 가슴이 벅차올랐다. 이런저런 생각을 하던 사군은 즉시 오던 길로 되돌아갔다.

"흐흐흐, 고것 참 쓸 만하구나!"

"그러게 말일세. 다친 모양인데 내 약손으로 보듬어 치료를 해주어 야겠군."

"흐흐흐, 우리 산채에 가면 제법 쓸 만한 약초들을 종류별로 구해다

놓았으니 치료야 빠르지."

연청아를 둘러싼 산적 셋은 저마다 한마디씩 뱉어가며 욕정이 이글거리는 눈을 번뜩여 전신을 훑었다.

사군과 헤어진 지 이각은 되었을 무렵이었다. 연청아는 겁에 질린 척 두 손으로 나뭇가지를 꺾어 만든 지팡이를 가슴 쪽으로 끌어당기고 벌벌 떨고 있었다. 하지만 속셈을 달랐다.

'이것들, 가까이 오기만 해봐라!'

연검마저도 물속에서 잃어버렸기에 산적들이 가까이 오기를 기다렸다가 칼을 빼앗아 한칼에 요절낼 생각을 하고 있었다. 비록 크게 다친 상태이고 상대가 세 놈이나 되니 쉽지야 않겠지만 해볼 만은 했다. 하지만 그런 기대마저 산산조각 내는 상황이 벌어졌다.

"이놈들아! 사냥을 했으면 빨리 부르지 않고 뭘 꾸물대고 있었느냐?"

별안간 숲 속에서 우렁찬 소리가 나더니 각종 병장기로 무장한 십여 명의 산적들이 우르르 몰려나왔다. 선두에 선 자는 큰 눈에 머리숱이 밤송이처럼 난 자로, 관아에서 붙이는 방문에 자주 등장하는 전형적인 산적 두목의 얼굴이었다. 그는 이곳에서 멀리 떨어지지 않은 용호산에 터를 잡고 있는 노방채(擄旁寨)라는 산채의 채주 녹신이었다.

'제대로 걸렸구나!'

그들을 본 연청아의 얼굴은 파랗게 질렸다.

평상시라면 상대를 해보든지 안 되면 어떻게 도망이라도 가보겠지만, 지금은 발 한 발짝도 떼기 힘든 상태였다. 자칫하다가는 산적들에게 몸을 더럽힐 수도 있다는 생각에 잔뜩 긴장한 가슴이 무섭게 쿵쾅거리며 뛰었다.

'좋아! 몇 놈 더 죽여주지!'

연청아는 이를 꽉 물었다. 거친 사내놈들에게 그런 일을 당한다는 것은 생각만 해도 끔찍했다. 목욕도 자주 하지 않았을 냄새나는 산적 나부랭이들에게!

"핫핫핫! 걸려들 줄 알았다. 그러지 않아도 연락받고 있었다. 애들아, 산채로 끌고 가라!"

녹신은 한눈에 상대가 중상을 당한 상태라는 것을 알았다. 채주의 말이 떨어지자 산적 서너 명이 연청아를 향해 우르르 달려들었다. 이미 비틀거리는 것까지 본 터라 그들은 약간의 조심도 않고 달려들고 있었다.

'젠장!'

연청아는 비틀거리는 몸의 중심을 잡았다. 이젠 어쩔 수 없는 것이다. 산적들이 가까이 다가온 순간 쫑긋 하는 고운 아미의 움직임과 함께 지팡이로 쓰던 나뭇가지가 빗살처럼 빠르게 허공을 갈랐다.

빡!

퍽!

"으악!"

"컥!"

가장 앞서서 달려오던 산적 하나가 목덜미를 맞고 옆으로 나동그라졌고, 뒤이어 오던 또 다른 산적이 옆구리를 맞고 주저앉았다. 부상당한 여자라고 얕잡아보고 무기도 빼 들지 않고 덤비다가 호되게 당한 것이다.

"이런 썩을 계집!"

다른 두 명이 황급히 뒤로 물러나며 귀두도와 박도를 꺼내 들었고,

나머지 산적들도 분분히 무기를 빼 들고 포위망을 구축했다. 상대가 만만치 않다는 것을 안 것이다.

"으음!"

잠깐이었건만 연청아의 이마에는 땀방울이 송글거렸다. 다친 몸으로 두 명의 산적을 상대하며 상당한 진력을 소모했기에 지금은 그저 자리에 주저앉고 싶을 정도로 힘든 상태였다. 시원찮은 힘을 썼음에도 이런 극심한 고통에 시달려야 하는 자신이 미워지기까지 했다.

'빌어먹을 놈! 사내자식이 중상당한 여자가 한마디 했다고 삐쳐서 혼자 가버리다니… 다음에 만나면 절대 그냥 두지 않겠어. 나쁜 자식!'

지금 연청아는 산적들이 아닌 연신 사군을 향해 욕설을 퍼붓고 있었다.

이런 위기에 빠진 것이 모두 사군의 좁은 소갈딱지에서 비롯되었다고 생각하는 것이다. 어쩌면 그 '다음'이라는 것이 영원히 없을지도 모르지만.

쓰러진 두 명의 산적들은 급소를 얼마나 모질게 맞았는지 동료들의 부축을 받고도 아직 정신을 차리지 못하고 있었다.

"흐흐흐, 얘들아, 저 계집은 몸으로 계산할 것이 아니니 팔다리를 잘라도 좋다! 즉시 제압해라!"

녹신은 크게 소리쳤다. 원래 계집을 사로잡을 때는 상품 가치가 떨어지지 않도록 하기 위해 여간해서 다치게 하는 일이 없었지만, 지금 그런 명령을 내린 것은 다 이유가 있었다.

"우리 가문에 중대한 죄를 지은 범인들이 이 일대로 달아났네. 자네들이 발견하면 즉시 연락해 주기를 바라네."

어제저녁 세가의 순찰향주(巡察香主)라고 밝힌 녀석이 노방채에 나타나 반명령, 반부탁조의 연락을 하고 가버렸다. 일대에서 수백 명의 수하를 거느리고 있는 자신에게 그런 명령을 내릴 수 있는 곳은 단 한 곳, 바로 제갈세가뿐이었다. 이곳이 세가의 권역에서 제법 멀리 떨어진 곳이기는 하지만, 그들의 부탁을 무시할 만큼 충분히 먼 곳도 아니었기에 그리마 대답은 했지만 내심 불쾌하기까지 했었다.

하지만 그도 세상 돌아보는 눈이 없지는 않았다.

며칠 전 수하 몇과 함께 백장애(百丈崖) 일대에서, 제갈세가의 정예들과 온세정까지 포함된 광휘당포의 보표들 간에 일대 격전이 벌어진 것을 지켜보았다. 비록 실력이 달려 자라목을 하고 숨어서 지켜보기는 했지만, 세가에서 먼저 그들을 습격했다는 것은 알 수 있었다. 수십 년 이곳에 터를 잡은 이래 단 한 번도 자신을 찾은 적이 없는 세가에서 순찰향주까지 보내 말을 전할 정도라면 보통 사건은 아닐 터였다.

'흥, 미쳤냐. 네놈들이 뭔가를 노렸다가 실패했다는 말이렷다. 뭔지는 몰라도 예사로운 것은 아닐 텐데 내가 왜 너희들에게 알려야 한단 말이냐!'

녹신의 생각은 그랬다.

제갈세가에 오늘의 노획물을 곱게 건넬 마음은 조금도 없었다. 만약 인생을 바꿀 정도의 대단한 물건이라면 산채를 접고 튈 각오까지 하고 있는 그였다. 광휘당포의 보표 중에 절강제일검객인 온세정이 끼어 있었고, 그걸 노리고 세가의 정예가 총출동하고… 아마도 엄청난 물건일 터였다. 어쩌면 자신에게 일생일대의 기회가 찾아왔는지도 몰랐다. 이미 싸움판에서 서로를 부르는 소리 등을 듣고 대충 이름까지도 알고 있었다.

연청아는 산적들이 자신을 알아보는 것 같아 크게 놀라고 있었다. 혹시 이놈들이 강표에게서 탈취한 장보도에 관해 알고 있지나 않은가 하는 생각이 들었기 때문이다. 어느덧 숲 속에서 슬금슬금 기어 나온 산적들의 수는 사오십 명에 이르고 있었다.

연청아의 등에서 식은땀이 배어났다.

'아니, 저게 어떻게 된 일이지?'

다시 돌아오던 사군은 숲 속에 숨어서 그 광경을 보고 있었다. 오고 가고 한 시간을 다 따져도 겨우 반 시진 정도밖에 되지 않았을 것인데, 그사이 급변한 상황에 연청아는 위기에 빠져 있었다.

'꼴 좋다. 그렇게 고분고분하거나 하지……'

내심 그런 생각을 했지만 그렇다고 걱정되지 않는 것은 아니었다. 하지만 주변에 모여든 산적들의 숫자는 이미 오십 명을 넘어서고 있는 정도라 자신이 선뜻 나서서 덤빌 형편도 아니었다. 그는 생명이 위급한 경우만 아니라면 일단 지켜보기로 했다.

사방에서 산적들이 도검을 빼 들고 흉흉한 기세로 연청아를 둘러싸고 위협을 가하는 사이, 산적 하나가 그물망을 가지고 몰래 뒤로 접근하고 있었다. 하지만 정작 본인은 그런 사실을 까맣게 모르고 눈앞의 위협에만 신경을 쓰는 눈치였다.

휘릭!

사내의 익숙한 손놀림에 따라 거미줄처럼 생긴 그물이 허공으로 쫙 펴지며 연청아를 덮어갔다.

"앗!"

그제야 위에서 덮어오는 그물을 발견한 연청아는 놀라 움찔했지만, 부상 때문에 그물의 사정권 밖으로 몸을 빼지 못했다.

"지옥에나 떨어져라, 이 나쁜 놈들아!"

지팡이로 쓰던 작대기로 위를 덮어오는 그물을 후려쳐 보았지만, 결국 그물망에 몸이 친친 감겨 버려 꼼짝을 할 수 없게 되자 악을 썼다. 잠깐이나마 무리하게 힘을 쓴 탓으로 상처가 터지며 앞가슴에서 피가 배어나고 있었다. 산적들 몇이 우르르 달려들어 거칠게 연청아를 포박해 둘러멨다.

"이 개자식들아!"

혈도가 제압되어 입만 살아남은 것이나 진배없는 연청아는 산적의 어깨 위에서 악을 썼다. 그러자 녹신이 다가와 아혈마저 제압해 버렸다.

"가자!"

채주 녹신은 의기양양한 표정으로 부하들을 둘러보며 말했다. 그는 자신에게 엄청난 행운이 찾아왔음을 직감했다.

'쯧쯧, 꼼짝없이 사로잡혔군.'

내심 혀를 차던 사군은 적당한 거리를 두고 그들의 뒤를 따랐다.

노방채는 용호산 중턱에 자리 잡고 있었다. 그리 높지는 않는 산이지만 빽빽하게 우거진 나무들이 산을 가득 덮었기에 안내자가 없다면 여간해서는 발견할 수 없는 곳이기도 했다. 이곳에 있는 산적들은 그 수가 수백 명에 이르기에 노방채의 규모가 작지는 않았다. 하지만 숲의 지형지물을 이용해 길게 담을 두른 말뚝들은 세월이 흐르며 각종 풀들과 넝쿨들로 덮여 산채는 외부로부터 적절히 은폐되어 있었다.

녹신은 연청아를 안아 자신의 거처로 들이고는 수하들을 멀찍이 물렸다. 중대한 비밀이라면 수하들까지 알게 할 필요는 없는 것이다.

연청아는 침상 위에 눕혀져 눈알만 데굴거렸는데, 상처에서 피가 흘러 앞가슴 전체를 벌겋게 적시고 있었다.

"젠장, 일단 치료부터 해주어야겠군."

이런 일에 관한 한 확실한 순서는 알고 있었다. 계집이 금방 죽어버리기라도 한다면 이번 일에 대한 자세한 취조를 할 수도 없을 터였다. 녹신은 연청아의 윗옷을 벗기고 상처를 살폈다. 봉긋하게 솟은 앞가슴이 그대로 드러났다.

"흐흐흐, 상처만 아니라면……."

녹신은 징그러운 미소를 띠며 젖가슴을 쓰다듬었다. 시커먼 사내의 손길이 젖무덤이며 허리 부근을 부드럽게 오갔다.

'이, 이런 개자식!'

소름이 돋았다.

아혈까지 제압되어 말도 할 수 없는 처지였기에 분노는 엄청나게 컸다. 소름이 쫙쫙 끼쳤지만 참고만 있어야 했기에 그저 눈물만 줄줄 흘릴 뿐이었다.

'사군, 이 나쁜 놈!'

연청아는 분노를 다른 곳에 쏟았다. 중상을 입은 자신을 산속에 버려두고 간 사군이 죽고 싶도록 미워졌다. 하지만 불행은 시작일 따름이었다. 상처를 살피기 위해 연청아의 속옷을 막 들치던 녹신은 품속에 작은 주머니가 달려 있는 것을 발견하고는 그곳에서 봉투 하나를 꺼냈다.

'헉!'

연청아는 가슴이 철렁 했다. 죽 쒀서 개 준다더니 딱 그런 짝이라 눈가에서는 가는 경련까지 일었다.

'장보도!'

머리에서 불이 번쩍했다. 횡재를 한 것이다. 봉투 안에서 가는 선이 세밀하게 그려진 지도를 발견한 녹신은 그제야 며칠 전 제갈세가와 광휘당포의 보표들 간에 치열한 싸움을 벌였던 이유를 짐작했다. 재주는 엉뚱한 놈들이 부리고 노획물은 자기가 갖고… 녹신은 입이 길게 찢어져 귀에 걸렸다. 자세한 것은 계집을 족치면 나올 것이니 모든 것을 얻은 이상 서둘 필요가 없었다. 그는 연청아의 상처에 금창약을 바르고 헝겊을 둘러주어 더 이상 피가 흐르지 않도록 했다.

"이게 무엇이더냐?"

아혈을 풀어준 녹신이 가늘게 뜬 눈으로 보며 물었다.

"개자식!"

입에서 나온 첫말은 욕이었다. 하지만 연청아는 말을 계속 잇지 못했다. 솥뚜껑 같은 녹신의 손이 젖가슴을 와락 쥐고 떡 주무르듯이 주물떡거렸기 때문이다. 상처에서 피가 주르르 새 나왔지만 녹신은 조금도 개의치 않고 하던 일을 계속했다.

"으헉!"

연청아는 눈을 부릅떴다. 이런 황당한 일을 당하니 아무 생각도 나지 않고 그저 혀를 깨물고 죽고만 싶었다.

"똑바로 들어. 한 번만 더 함부로 주둥이를 놀렸다가는 발가벗겨 놓고 시작하겠다. 알아들었으면 이제부터 말소리도 낮추고 고분고분 묻는 말에만 대답해라!"

녹신은 손길을 멈추지 않았다. 비명을 지르고 싶었지만 발가벗겨 버리겠다는 말에 차마 입도 떨어지지 않았다.

"마, 말을 할 테니 제발 손을……."

어쩔 줄 몰라 하던 연청아는 사정하는 어조로 겨우 입을 뗐다. 두 눈에는 자비를 구하는 애처로움이 가득했다.

"흐흐흐, 진작 그럴 것이지! 이름은?"

"여, 연청아."

짐작이 맞았다. 녹신은 천천히 손길을 거두었다. 아무리 연청아의 성질이 더럽다고는 들었지만 여자를 다루는 일만큼은 익숙하다고 자부하는 터였다. 이 정도 계집이라면 산채에도 널리고 널려 있었고, 지금 그의 관심은 배가 갈라져 피를 흘리는 계집의 몸뚱이가 아니라 자신의 금빛 미래를 담보하는 장보도였다.

"조그맣게 대답해라. 이것 때문에 제갈세가의 습격을 받은 것이냐?"

누가 들을세라 한결 낮고 은근한 어조였다.

"마, 맞아요."

연청아도 조그맣게 대답했다. 목소리에 힘이 없었다.

"어떤 장보도냐?"

"폐궁이라고 들었어요. 저도 자세한 것은 몰라요."

방금 전의 지긋지긋한 상황을 겪은 후로 혼이 반쯤 나가 있어 말이 술술 나왔다.

"광휘당포에서는 이걸 어떻게 얻었다더냐?"

사실 그것은 연청아나 장강신투만이 답할 수 있는 질문이었기에 자연 대답이 멈칫거렸다. 하지만 녹신의 손이 주물떡거리기 무섭게 입이 열렸다.

"장강신투가 제갈세가의 물건을 빼앗아 광휘당포에 팔았다고 들었어요."

모든 것을 포기했다. 더 이상 버텨보았자 놈에게 험한 꼴만 당할 것임을 알기 때문이다.

"제갈세가는 이걸 어디서 얻었느냐?"

"저도 거기까지는 자세히 몰라요. 흑!"

젖가슴을 드러내고 대답하는 연청아는 눈물을 줄줄 흘렸다.

"폐궁 장보도의 행방을 아는 자들은 누구냐?"

"제갈세가, 광휘당포, 전당강 수적들… 복건상방……."

죄다 말해 주고 싶었지만 더 이상 아는 것도 없다.

"장강신투도 있지."

연청아가 더 이상 대지 못하고 머뭇거리자 혼잣말을 하던 녹신의 눈에 돌연 살기가 떠올랐다.

"그리고… 너, 연청아!"

쿵!

녹신의 눈에서 생각을 읽은 연청아는 가슴이 철렁 하는 충격을 맛보았다.

살인멸구(殺人滅口)!

"제, 제발……."

"흐흐흐… 너라면 어쩌겠느냐?"

다급해졌다.

"폐궁 장보도의 행방은 전당강 수적들까지 알고 있는 마당이니 저하나쯤 죽인다 해도 달라질 게 없잖아요!"

"아니지, 있지. 적어도 이 녹 어르신이 가로챈 것은 모르겠지."

"이, 이미 당신의 수하들 모두 제가 잡혀온 것을 알고 있지 않나요?"

"네가 누구인지 짐작하는 놈은 있겠지만 장보도까지는 아직 모르지. 언젠가는 알게 되겠지만 아직은 아니거든."

그 시각, 사군은 산채 주변의 노송 위에서 연청아가 들어간 곳을 지켜보고는 구출을 위해 주변을 살피고 있는 중이었다.

'흠, 저곳이 바로 두목 녀석의 거처인 모양이구나.'

사군은 사방에 있는 망루며 초소들을 유심히 살폈다. 산채를 습격하는 자들이란 관군을 제외하고는 없다시피 했기에 경비 상태는 대체로 허술해 보였다.

'그나저나 너무 오래 시간을 끌었다가 행여 무슨 일이라도 벌어지면⋯⋯.'

문득 그런 생각이 들자 갑자기 마음이 급해졌다. 이미 중상을 입기는 했지는 하지만 산적들이란 워낙 험한 놈들이니 안전을 확신할 수는 없었다. 유가무상보를 펼쳐 얼른 연청아만 빼내올 수 있다면 추적 따위는 크게 두렵지 않았다. 기회를 엿보던 사군이 몸을 날렸다.

"조금 아쉽기는 하군."

녹신은 또다시 젖가슴을 주물럭거리더니 은밀한 비처로 손길을 내렸다. 계집을 주무르다 보니 색심이 동한 것이다. 그것도 상대가 악명이 자자한 연청아라면. 하초가 바쁘게 불떡거리는 것을 느끼며 녹신의 손길은 더욱 깊어졌다. 손끝으로 전해진 까끌거리는 비림(秘林)의 감촉이 기분을 더욱 묘하게 만들고 있었다.

"으헉!"

연청아의 눈은 또다시 부릅떠졌다.

"몇몇 녀석이 알고 있기는 하지만 곧 네 뒤를 따를 테니 내 걱정은 말도록 해라. 중상을 입은 계집을 안는 맛은 어떨까?"

녹신은 징그러운 미소를 지으며 덧붙였다.

'씻지도 않은 손!'

어느덧 꽃잎을 지분거리는 사내의 더러운 손길에 연청아의 눈동자가 초점을 잃고 아득해져 갔다. 그때였다.

쾅!

별안간 문짝이 부서지는 소리가 나며 사군이 안으로 뛰어들었다. 연청아의 은밀한 곳으로 들어가 있는 녹신의 손이 눈에 들어왔다.

"헉!"

녹신은 놀란 나머지 연청아의 바지춤에 들어가 있던 손을 빼며 허둥거리다가 다른 한 손에 들고 있던 장보도를 바닥에 떨어뜨렸다.

'아차!'

탐욕은 눈앞의 위험을 무시하고 절로 장보도로 향하게 했다. 녹신이 한 손으로는 칼을 빼 들고 다른 한 손으로는 막 장보도를 주우려는 순간 사군의 검이 번쩍 했다.

"더러운 놈!"

"악!"

녹신은 외마디 비명을 지르며 막 잡았던 장보도를 또 놓쳤다. 칼을 빼 든 오른손이 손목째 떨어져 나갔기 때문이다.

이어 앞으로 달려든 사군의 발이 그의 가슴을 차올렸다.

"커억!"

녹신은 고개를 뒤로 꺾듯 젖혀가며 눈을 허옇게 까뒤집은 채 나동그라졌다. 사실 사군이 녹신을 제압한다는 것은 그리 쉽지 않았을 테지만, 그의 순간적인 탐욕이 화를 부른 것이다.

"혈도를 풀어줘요!"

연청아가 다급하게 소리쳤다.

사군의 출현에 이제는 살았다는 생각과 함께 장보도를 떠올렸기 때문이다. 다급한 만큼 자신도 모르게 공손한 말투가 나왔다.

사군은 젖가슴을 훤히 드러낸 연청아를 보고는 얼른 혈도를 풀어주고 고개를 돌려 바깥을 감시하는 체했다. 처음 본 것은 아니었지만 조금이라도 민망함을 피해주려는 것이다. 침상에서 벌떡 일어난 연청아는 바닥에 떨어진 장보도를 얼른 주워 들어 품속에 슬쩍 찔러 넣고는 겉옷을 걸쳤다.

"가요!"

문짝이 부서지는 소리와 녹신의 비명에 노방채 산적들이 하나둘 모여들고 있었다. 사군은 한 손에 검을 들고 다른 한 손으로는 연청아의 허리를 감싸 안은 후에 유가무상보를 전개했다.

"잡아랏!"

"침입자다!"

그들을 발견한 산적들은 병장기를 빼 들고 앞을 막아섰지만, 어지럽게 움직이는 사군의 신형을 따라잡지는 못했다. 두 사람은 단숨에 노방채 목책을 넘어서 멀리 달아났다. 산적들 중 몇이 녹신의 거처로 뛰어들었다.

"채주님! 채주님!"

수하들은 입가에 피를 가득 흘리고 자빠져 있는 녹신을 흔들었다. 수하들에게 안겨 억지로 몸을 일으킨 그는 기를 써가며 입을 열었다.

"으… 자, 보도……."

"뭐라고 하셨습니까?"

"자… 보도…… 꼬르륵!"

녹신은 고개를 꺾으며 다시 기절했다.

"잡아줘?"

산적들은 고개를 갸웃하며 서로의 얼굴을 마주 보았다. 채주가 자신들에게 이렇게 정중하게 부탁한 적은 없었지만, 아무래도 달아난 놈들을 일단 잡아들이라는 말은 확실한 것 같았다.

"쫓아라!"

그들은 두 사람이 사라진 방향을 따라 이어진 추격에 줄을 이었다.

사군은 한 손에는 검을, 다른 한 손에는 연청아를 감싸 안고 경공을 펼쳐 달아나고 있었다.

"휴우!"

어느 정도 산채에서 멀리 떨어지자, 그제야 속도를 늦춘 사군은 그제야 물컹한 연청아의 젖가슴을 느껴졌다. 이런 상황이니 웬만하면 생각이 나지 않을 만도 하려만, 워낙 몸을 사리는 연청아인지라 신경이 쓰였던 것이다. 하지만 그녀는 아무런 불평도 없이 사군의 목을 꽉 끌어안고 가만히 있었다. 입을 나불거리기에는 방금 전 겪은 일이 너무나 끔찍했기 때문에 아직 충격에서 벗어나지 못하고 있었다.

'웬일이야? 하긴 너도 급하니 어쩔 수 없는 모양이구나.'

매달려 가는 형태라 그러지 않을 수 없는 상황이기는 했지만, 몸이 닿는 것 때문에 무척이나 고생을 했던 사군의 감회는 남달랐다.

"큭!"

문득 녹신의 손이 연청아의 비처를 더듬던 방금 전 상황을 떠올리자

저도 모르게 실소가 터져 나왔다.

'이놈이!'

녀석은 자신의 불행을 즐기고 있을 것 같았다. 젖가슴을 훤히 드러낸 채 은밀한 곳까지 내주고 있던 자신의 모습을 떠올리자 그저 혀를 깨물고 죽고 싶은 마음뿐이었다. 사군 녀석이 무슨 무용담이나 되는 것처럼 사방에 주둥이질이라도 한다면 그 망신을 어떻게 견딘다는 말인가. 상상만 해도 얼굴이 달아올랐다.

'반드시 죽여 버리고 말겠어!'

연청아는 이를 앙다물었다.

두 사람은 그런 상태로 산길을 내려갔다. 달라진 점이라면 사군이 그녀를 안아 들고 간다는 점이었다. 무리를 했기에 연청아의 가슴에서 다시 피가 흘렀다.

한적한 곳에 이른 사군은 속옷까지 찢어주어 상처를 싸매게 했다.

홀로 숲 속으로 들어간 연청아는 이를 뿌득뿌득 갈며 상처를 감았다.

'나쁜 놈! 장원에 돌아가기만 해봐라!'

산정(山頂) 부근의 숲 속에서 두 사람을 지켜보는 눈이 있었다.

"그냥 보고 있기를 잘했군요."

면사를 쓴 제갈옥이 천장파파를 돌아보며 말했다.

"이제 산적들까지 알아버렸으니…… 당분간은 절강(浙江) 일대에 피바람이 불겠군요."

"휴우! 하지만 어쩔 수 없는 일이에요. 틀어진 계획을 바로잡으려면 이렇게라도 하는 수밖에요. 이제는 장보도의 존재를 더욱 널리 퍼뜨리는 일이 중요해요. 무고한 희생이 뒤따르겠지만… 나라를 살리는 일이에요. 장강신투와 광휘당포, 그리고 연청아와 사군으로 이어지는 장보도의 흐름을 무림에 내보일 때가 되었어요. 숱한 장보도가 나돌았으니 신빙성이 없다면 정작 필요한 사람들은 움직이지도 않을 거예요."

제갈옥의 복잡한 심경을 대변하듯 면사가 가늘게 흔들렸다.

당랑규선(螳螂窺蟬).

나무에 앉아 우는 매미를 엿보는 사마귀를 다시 참새가 노리는 상태를 이르는 말이다.

'너희들 뜻대로 되지는 않을걸!'

남도(南刀) 용진우는 그들과 이십 장가량 떨어진 곳에서, 잎이 무성한 나무 위에 앉아 제갈옥의 복잡한 심경을 읽고 있었다. 그동안 장보도의 행방을 찾아 제갈옥을 주시했고, 과연 그의 예상대로 그녀는 제갈가 사람답게 어렵지 않게 행방을 찾았던 것이다.

'후후후! 일은 사람이 해도 결과는 하늘이 정한다는 말이 조금도 틀리지 않군.'

장보도의 흐름은 제갈옥의 말처럼 엄생의 애조 계획과도 조금씩 잇나가고 있었다. 제갈세가에서 직접 움직이지 않고 뒤에서 조종하기로 한다면 계획에 차질이 생길 것은 불 보듯 뻔했다.

'특단의 조치가 필요한 시점이야!'

가볍게 고개를 끄덕이는 용진우의 표정은 굳어 있었다.

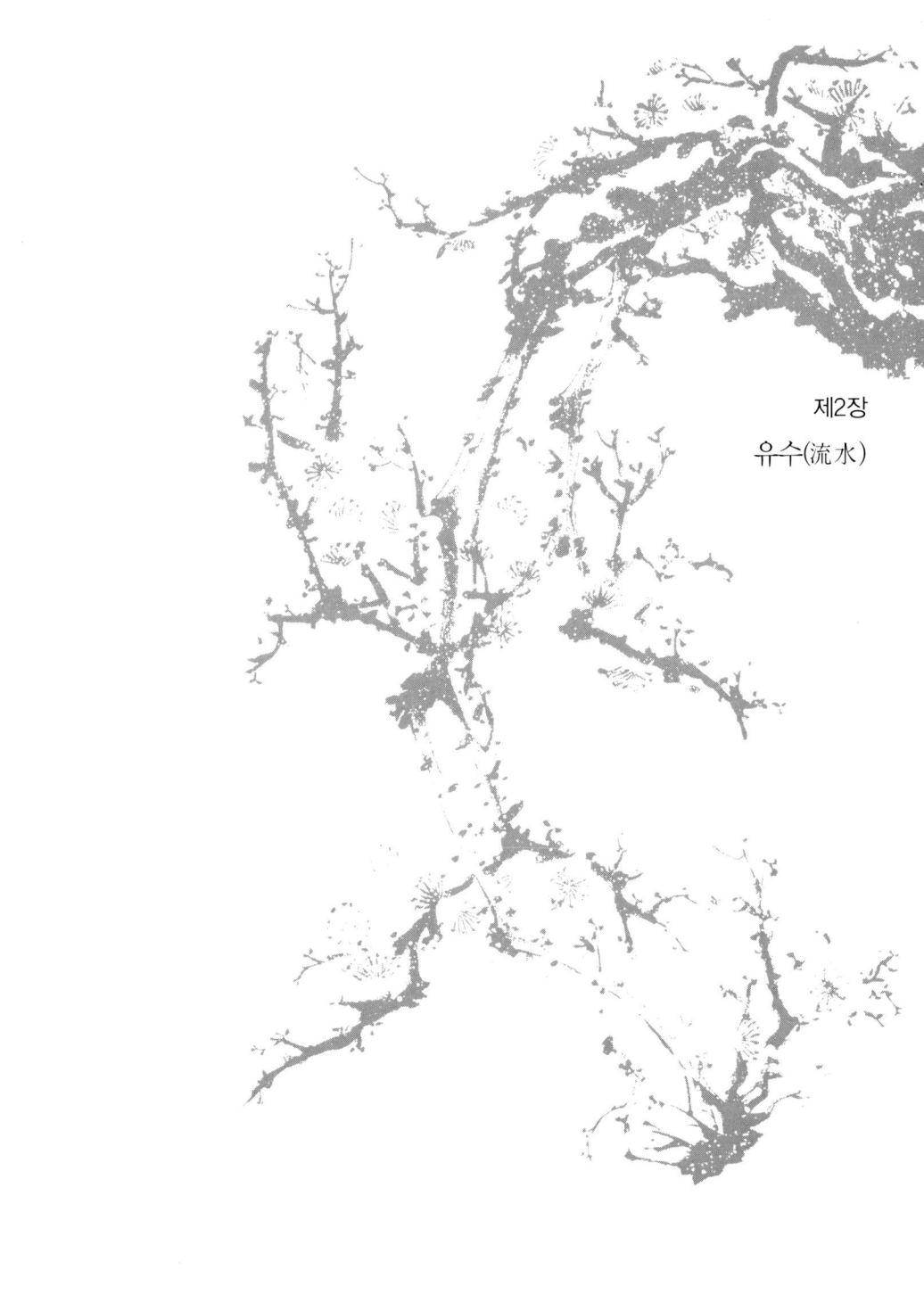

제2장

유수(流水)

광휘당포(光輝當鋪).

글자에 입힌 금박이 달빛 아래 반사되며 편액에는 금빛 광채가 선명했다. 밤이 깊었건만 관사 집무실에는 아직도 불이 밝혀져 있었다. 요 며칠 사이 기신은 밤잠을 이루지 못하고 있었기에 늦게까지 집무실에 남아 이런저런 생각을 하고 있었다.

"휴우……!"

의자 등받이 깊숙이 몸을 파묻은 기신의 입에서 긴 한숨이 흘러나왔다.

휘주상방을 위한다는 것이 그만 화를 불렀다. 이번 일로 총행두 어른까지 직접 나서서 남궁세가에 대해 정중하게 사과했다고 들었다. 장보도를 되찾기 위해 세가의 협조를 얻어 내려는 가벼운 요식행위(要式行爲)로 볼 수도 있겠지만, 사실 그 일은 수백 년을 유지해 온 휘주상방과 남궁세가 간의 평행 관계가 무너질 만한 사건이었다. 자신의 과오에 대한 처벌을 기다렸지만 총방에서는 아직 어떤 문책도 떨어지지 않고 있었다. 관사(管事:경영자) 자리에서 물러나게 하고 그저 고동(股東:투자자)으로 남게 하는 조치를 취해주었다면 차라리 마음이라도 편했을 터였다.

욕심이었다.

그랬다. 상방을 위한다는 외견상의 명분을 내세웠지만 사실은 상방 내에서 자신의 입지를 강화하는 발판으로 삼고자 했던 내심을 그대로 드러낸 행동이었다. 이번 한 건을 계기로 휘주상방의 행두(行頭) 자리를 넘보자고 했던 사사로운 욕심이 분명 있었다. 처벌이 두려운 것은 아니었지만 가슴이 꽉 막힌 듯 답답한 것은 어쩔 수 없었다. 타는 가슴을 식히기 위해 열어둔 창문으로, 왈칵 밀려온 밤바람에 등불이 화들짝 놀라 휘청였다.

"응?"

갑자기 그의 눈이 가늘어졌다. 창 너머 정원에 흐릿하게 스쳐 가는 검은 그림자를 언뜻 본 것 같았기 때문이다.

휘릿!

순간 집무실 바로 옆에서 두 줄기 인영이 쏘아져 나가는 모습이 보였다.

"그럼!"

가슴이 철렁 내려앉았다. 지금 쏘아져 나간 두 줄기 인영은 그의 비밀 호위였다. 당포에 적이 침입한 것이 확실했다.

"으아악!"

그런 생각을 확인이라도 해주듯 돌연 죽음으로 향하는 괴로운 비명성이 밤공기를 찢었다. 호위들이 몰려간 방향이 아니라 일반 일꾼들의 숙소가 있는 곳으로, 그곳에도 호위 무사들이 지키고 있었다. 가슴을 서늘하게 하는 비명 소리는 연이어 들려왔다. 족히 이십여 명은 묵고 있는 곳인데… 손이 움찔했다. 어쩌면 그들 모두 죽임을 당하고 있는지도 몰랐다. 싸늘하게 등줄기를 훑어 내리는 긴장에 모골이 송연해진 기신은 자리에서 벌떡 일어났다. 그때였다.

땡땡땡땡땡……!

당포에 도적이 침입했음을 알리는 요란한 종소리가 뒤늦게 밤을 뒤집었다.

"으악!"

어둠 속에서 비명 소리와 함께 사람으로 보이는 시커먼 그림자가 기신의 처소 바로 앞으로 튕겨져 나와 쿵 하고 바닥에 떨어졌다. 시체였다.

"헛!"

입에서 경악성이 터져 나왔다. 바닥에 나뒹구는 시신은 방금 쏟아져 나갔던 비밀 호위 중 하나였다. 비록 특급은 아니라 할지라도 일류 축에는 드는 자로, 기신의 안위를 위해 총방에서 특별히 배정해 준 자였다.

창!

날카로운 금속성과 함께 어둠 속에서 병장기가 부딪치는 불꽃이 번뜩였다. 남은 한 명의 호위가 버티고 있는 모양이었다. 하지만 순식간에 한 명의 호위를 쓰러뜨릴 침입자들이라면… 그런 생각을 한 기신은 얼른 의자 옆 어딘가를 만졌다. 순간 덜컹 하는 소리와 함께 자리가 바닥으로 푹 꺼져 들어갔다.

"커억!"

창밖의 어둠 속에서 죽음의 단말마가 터져 나오는 순간, 빈 의자 하나가 덜컹대며 다시 위로 올라와 원래의 자리를 지켰다.

휘익! 휘릿!

창문을 통해 두 사람의 흑의복면인이 기신의 집무실로 들이닥쳤다.

"아니!"

"엇!"

등불만이 흔들리는 텅 빈 방 안. 두 사람의 당황한 눈길이 허공에서 마주쳤다.

"이런 빌어먹을, 아무래도 암도를 통해 달아난 것 같구나!"

"하지만 찾아볼 시간이 충분치 않으니……!"   ·

"그럼 그놈이라도!"

빠른 목소리로 대화를 나누던 그들은 들어올 때와 마찬가지로 창문을 통해 밖으로 나갔다. 주변에서 몇 개의 검은 그림자가 쏘아져 나와 그들의 뒤를 따랐다.

외석 조평준의 거처.

쐐액!

조평준의 검이 흑의복면인을 베어갔다. 일류는 아닐지언정 한때 제법 열심히 익힌 한 수의 재간은 있었다. 하지만 상대의 신형이 흐릿하게 움직이는 순간 조평준의 검이 목표를 잃었다. 조평준은 허리께가 뜨끔한 것을 느꼈다. 혈도를 짚인 것이다.

"큭!"

조평준이 움찔하자 두 사람은 재빨리 그를 들쳐 메고 밖으로 나섰다. 비릿한 피 내음이 살랑거리는 바람을 타고 침묵에 잠긴 당포를 휘감았다.

일각이나 지났을까.

휙! 휙! 휙!

또다시 십수 명의 흑의인들이 당포의 담장을 넘어 들어왔다.

"아니!"

"이런!"

그들은 당포의 내원 곳곳에 쓰러져 있는 시신을 발견하고는 경악성을 터뜨렸다.

"우리가 늦었구나! 생존자를 확인하고 관사나 외석 등 간부들의 행방을 찾아라!"

앞장섰던 흑의인은 그렇게 소리치고 다른 두 명과 함께 등불이 밝혀져 있는 기신의 집무실로 뛰어들자 나머지 흑의인들은 부챗살처럼 당포 안으로 퍼져 갔다.

집무실로 뛰어든 그들이 발견한 것은 덩그렇게 놓여진 빈 의자뿐이었다.

"이런, 우리 남궁세가의 얼굴에 먹칠을 하게 생겼구나!"

갑자기 흑의인들의 대장인 듯한 사내가 크게 노한 목소리로 소리쳤다.

'남궁세가의 분타 사람들인가?'

내실 지하에 있는 밀실에서 음관(音管)에 귀를 대고 있던 기신은 그들의 입에서 남궁세가의 이름이 나오자 반색을 하면서도 망설이고 있었다. 그가 있는 곳은 집무실 지하에서 몇 장 떨어져 있었는데, 혹시라도 인기척이 새 나가는 것을 방지하기 위함이었다. 그곳에는 지상으로 길게 연결된 가늘고 긴 음관이 있어 바깥의 동정을 알 수 있도록 되어 있었고, 그 끝에는 마개가 달려 있어 필요 시 이쪽에서 나는 소리를 완전히 차단할 수도 있었다.

기신은 과연 그들이 남궁세가에서 구원을 위해 온 사람들인가를 확인하기 위해 위에서 들리는 대화에 계속 귀를 기울였다.

"침입자들에게 잡혀갔는지도 모릅니다."

"비상 타종 소리를 들은 지 얼마 되지도 않았는데 이토록 빨리 상황이 종료된 것으로 보아 우리 분타에서 지원이 올 것을 예상한 것으로 보입니다."

잠시 후 당포 안으로 들어왔던 자들이 그들이 있는 곳으로 모여들었다.

"생존자가 하나도 보이지 않습니다. 시체는 모두 마흔여덟 구로 하나같이 한 수의 치명적인 공격에 당했습니다."

"뭣이! 그럼 죄다 도륙당했다는 말이냐?"

"그렇습니다."

"가주께서 특별히 이 일에 신경을 쓰고 계심은 모두들 잘 알고 있을 것이다. 시신을 철저히 감식해 범인들에 대한 단서를 찾아보도록 하는 것은 물론이고, 살해 현장도 잘 살펴 사소한 증거라도 절대 놓치지 않도록 해라! 감히 남궁세가에서 뒤를 봐주는 광휘당포에서 실수를 펼치다니, 필시 간덩이가 부운 놈들이 틀림없구나!"

'확실하구나!'

기신의 얼굴에 안도의 기색이 넘쳤다. 그는 컴컴한 어둠 속을 더듬어 의자가 있는 곳 밑으로 가서 끈을 당겼다.

덜컹!

요란한 소리와 함께 의자가 밑으로 떨어져 내렸다.

"무슨 일이냐!"

방 안에 있던 흑의인들 모두 도검을 곧추세우고 조심스레 의자 쪽으로 다가갔다.

"나요! 관사 기신이오! 습격을 피해 이곳에 숨어 있었소!"

그 말에 흑의인들의 지휘자인 듯한 사내가 반색을 했다.

"기신 관사란 말씀이오? 어서 올라오시오!"

잠시 후 덜컹거리는 소리와 함께 안도의 빛이 가득한 기신이 앉아 있는 의자가 올라왔다. 그러자 가까이 서 있던 흑의인 하나가 재빨리 그의 완맥을 거머잡고 의자에서 끌어내렸다.

빠직!

흑의인의 거칠고 우악스런 동작에 의자 팔걸이가 떨어져 나갔다.

"억! 이, 이게 무슨 짓!"

기신의 표정에는 경악이 가득했다.

"흐흐흐, 역시 그곳에 숨어 있었군!"

그 말과 함께 재빨리 손을 뻗어 기신의 혈도를 제압하자, 옆에 있던 다른 흑의인 하나가 그의 전신에 검은 포대를 씌워 들쳐 멨다. 흑의인들은 나타날 때와 마찬가지로 담장을 넘어 빠르게 사라졌다. 집무실에는 외로이 남은 등불만이 창문을 넘어온 바람에 몸을 흐늘거리며 타올랐다.

사군과 연청아가 절강의 본류(本流) 근처에 도착한 것은 용호산에서 강을 따라 내려온 지 거의 보름이 지난 후였다. 절강을 찾은 것은 육로를 택할 경우 길을 제대로 잡기가 쉽지 않을 것이기에, 산적들에게 혼쭐이 난 터라 수로를 택해 조용히 빠져나갈 계획이었다. 절강의 물줄기를 따라 내려가면 어렵지 않게 돌아갈 수 있었다.

연청아의 상처가 그리 가볍지 않아 도중에 자주 휴식을 취해야 했기에 그간 사군의 고생은 말로는 표현이 부족할 정도였다.

연청아가 입을 열었다.

"저기 선착장이 보인다. 배는 제일 좋은 놈으로 빌리고, 사공도 많이 불러 모아야 해. 이 지긋지긋한 땅은 정말 넌덜머리가 나."

제 버릇 개주나?

한동안 조용히 성질을 죽이고 있던 연청아는 어느새 평소의 그녀로 돌아가고 있었다. 도중에 얻어 입은 크고 남루한 옷 때문에 연신 불평하며 따라왔다.

'나도 너한테 넌덜머리가 난다. 사공을 한 배 가득 태워 빨리 가서 헤어지고 싶다고!'

속마음이 그랬기에 선착장이 보였음에도 사군의 표정도 그리 밝지만은 않았다.

"얼굴이 왜 그래? 뭐 언짢은 일이 있어?"

아직 몸이 완쾌된 것이 아니기에 약간 불편해 보이는 자세로 걷던 연청아는 마치 무슨 불만이 있냐는 투로 물었다. 몸이 회복되면서 걸핏하면 말투가 시비조로 바뀌는 요즈음이었다.

"아뇨."

다시는 소흥 땅을 밟지 않겠다고 맹세했건만… 오랫동안 어머니와 떨어져 있으며 느끼는 것은 그리움이었다. 키워주고 가르쳐 준 것이 고마워서 그런 것이 아닌, 단지 어서 만나 안기고 싶다는 마음이 전부였다. 제가 다 잘못했노라 빌며 앞으로 더 잘해 드리겠다는 말을 하고 싶었다. 어떻게 해볼 수 없는 과거란 그저 부질없는 속박일 뿐이다.

두 사람은 다시 말을 잃었다.

연청아도 녹신의 손길에 몸이 더럽혀지는 부끄러운 장면을 내보인 마당이라 불편한 마음은 여전했다. 두 사람의 심사를 대변하는 어색한 발걸음만이 선착장을 향해 움직이고 있었다. 숲길을 나와 막 평지에 들어설 무렵이었다.

"휙! 휙! 휙!"

돌연 바람을 가르는 소리가 나더니 십여 명의 백의인들이 사방에서 날아 내리며 순식간에 앞을 막아섰다. 모두 장검을 휴대한 무인들로 재빠른 신법으로 보아 상당한 경지에 이른 자들로 보였다. 사군은 얼른 검을 빼 들었고, 놀란 연청아는 중심을 잃고 휘청거리기까지 했다. 하지만 백의인들은 자신들의 무공을 믿고 있는 듯 지켜보기만 했다.

"멈추어랏!"

포위망을 구축했던 백의인들의 뒤에 물러나 있던 중년인이 소리쳤다. 얼굴이 둥글고 두툼한 자로 한눈에 보기에도 탐욕이 잔뜩 묻어나는 얼굴이었다. 그는 거만한 눈초리로 사군을 보며 물었다.

"자네가 고검 사군 소협인가?"

"그렇소!"

가슴이 떨려왔지만 애써 마음을 다잡으며 용기를 냈다.

"금적보(金積堡)의 보주(堡主) 위지황록(慰遲黃祿)일세. 자네가 귀한 것을 가지고 있다는 말을 들었네. 원래 그런 것을 잘못 보관하면 아무런 잘못도 없이 목숨을 잃을 수도 있네."

상대의 목소리는 의외로 부드러웠다.

당금 무림에서 가장 지저분한 무인을 꼽으라면 위지황록을 윗자리에 올리는 데에 주저할 사람은 없을 것이다. 무공도 무공이려니와 그의 처세는 남다른 면이 있었다. 하남(河南) 일대에 세력 기반을 가지고 있는 그는 이자성의 농민군이 기승을 부려 근거지가 위협받자 잠시 강남 일대로 몸을 피하고 있는 중이었다. 이 근처를 지나다 우연찮게 장보도에 관한 정보를 얻고 행동에 나선 것이다.

"무슨 소리지요?"

사군은 어안이 벙벙했다.

"말귀가 통하지 않는 젊은이군. 장보도를 말하는 것일세. 광휘당포 보표로 일하지 않았는가? 제갈세가가 끼어든 백장애 싸움에서 강표는 죽었고, 온세정과 마원조는 한동안 그곳을 뒤지고 있다가 돌아왔다고 들었네. 살아남은 다른 보표라고는 자네와 연청아가 유일하지. 장보도라는 엄청난 물건이 사라졌는데 자네들만 아무런 관심도 없이 이리 유유자적하니 정말 이상하지 않은가?"

위지황록의 목소리는 갈수록 올라갔다.

"내, 내게는 장보도가 없소. 그런 엄청난 물건은 구경을 한 적도 없습니다!"

목소리가 떨렸다.

장보도라니! 그럼 강표가 가지고 있었던 물건이 장보도였다는 말인가! 그제야 보표행 도중에 계속 기습을 받고 사람들이 죽어 나갔던 상황이 이해됐다. 문득 두려움이 밀려들었다. 장보도라고는 본 적도 없지만, 상대가 그리 생각을 하고 있다면 쉽게 끝날 문제가 아닌 것이다. 사군은 은밀히 내력을 끌어올렸다.

"흐흐흐, 관(棺)을 보아야 눈물을 흘릴 젊은이로군."

도와주는 사람의 손에 힘을 쓸 수 없게 만드는 그런 여러 가지 제약 조건을 감내하며 연청아를 부축해 가야 하는 사군은 정말 힘들었다.

"사람이 죽고 사는 것은 욕심을 어떻게 다루느냐에 달려 있네. 어려운 일이기는 하지. 하지만 적당한 교훈을 받으면 결정이 쉽겠지. 애들아!"

창! 창! 창!

포위하고 있던 십여 명의 백의인들은 일제히 검을 뽑아 들었다. 햇빛에 번뜩이는 장검으로 조용하던 숲가는 일시에 살기가 충만해졌다.

'할 수 있어!'

사군은 자신감을 불어넣으려고 애썼다. 지금 황위에게 잡혀갔던 상황을 떠올리며 용기를 잃지 않기 위해 기를 쓰고 있었다. 수시로 안색이 변하는 그를 보는 위지황록은 마침내 결심한 듯 표정을 굳혔다.

"마지막 기횔세. 내놓게."

하지만 말투만은 여전히 부드러웠다.

그런데… 진기를 피워 올리던 사군은 흠칫 몸을 떨었다. 돌연 힘이 넘쳐 나더니 진득한 피 냄새가 그리워졌다. 할 수 있을 것 같았다.

"덤벼라!"

갑자기 몸 안에서 진기가 펄펄 넘쳐 나고 있었다. 말싸움이 아니라 혈향(血香)을 맡고 싶었다. 진득하게 퍼지는 그 냄새! 느끼지 못하는 사이 사군의 눈은 점차 붉게 충혈되어 가고 있었다.

"흥! 십전객(十全客) 앞에서 먼저 덤비라고 하다니, 겁을 모르는 젊은이로군."

말과 함께 위지황록은 몇 걸음 뒤로 물러섰다. 공격을 시작하라는 신호.

금적보주와 관련된 추한 소문에도 불구하고 버젓한 강호의 세력가로 인정받고 있음은 바로 이들 십전객 덕분이다. 대막(大漠)의 야적(野賊)으로 악명이 높은 그들을 막대한 자금을 이용해 끌어들인 그는 십전객들을 이용해 더 많은 악행을 저질렀다. 그가 아직까지 누구의 제재도 받지 않고 있는 이유는 십전객의 무공이 예사가 아니기도 했지만, 그보다는 그들은 결코 명문정파나 무림세가와 충돌을 일으키지 않는다는 점에 있었다. 정파나 무림세가도 자신들의 이익이 침해받지 않는 상황에선 굳이 피를 흘릴 필요가 없었기에 모르는 체 고개를 돌려 버렸던 것이다. 게다가 위지황록의 무공 역시 녹록치 않았다.

"흥!"

사군은 그들이 공격해 오기 전에 먼저 몸을 날렸다. 선수가 항상 중요하다는 것은 실전을 방불케 했던 고노와의 대련에서 이미 깨닫고 있었다.

명왕개밀(明王開密)!

현란한 검광이 허공을 찢었다. 순간 십전객들은 빠르게 뒤로 물러나 그의 공세를 피했다.

예상 못한 공격.

미처 대비하지 못했던 그들이라 우선 몸을 피하는 것이다.

파파파팟!

청룡첩(靑龍貼)!

사군의 신형이 바람을 탔다. 뒤로 피하는 십전객 한 명을 마치 추격하듯 따라간 사군의 검이 허공을 쪼갰다.

쐐액!

"천마앙복(千魔仰伏)!"

검이 허공을 내리찍었다.

"으헛!"

엄청난 검기에 십전객들 모두가 경악했다. 엄청난 기세에 미처 몸을 가누지 못한 상대의 몸이 두부처럼 갈라졌다. 섬전 같은 공격이었기에 비명 소리조차도 없었다.

"이놈!"

동료의 죽음에 가까이 있던 세 명의 십전객들이 노도처럼 달려들었다.

'흐흐흐……'

피를 보니 그윽한 혈향이 맡아졌다. 사군의 눈은 더욱 붉어져 마치 빨간 눈동자만 남아 있는 듯했다.

청룡번(青龍飜)!

이미 잠깐의 할 일을 다한 검은 어느새 그중 한 상대에게 그림자처럼 붙어가며 목줄기를 찍었고, 그와 동시에 훌쩍 허공으로 날아올랐다.

"크억!"

"으악!"

어느새 사군의 한 손에서 홍광이 번쩍거리며 풍선처럼 부풀어 오른 손이 또 다른 상대의 가슴을 후렸다. 다른 한 명은 번쩍거리는 기세에 놀라 재빨리 뒤로 물러나 버렸다. 싸움 같지도 않은 순식간의 공격에 모두 네 명이나 목숨을 잃은 것이다.

장내에 일순 싸늘한 침묵이 감돌았다.

십전객이 무림에서 제법 이름을 얻는 것은 그들이 펼치는 십전합공(十全合攻)을 막아내기가 쉽지 않은 까닭이다. 그들의 합공은 말 그대로 완벽을 추구하는 공수(攻守)를 겸비했기에 아직까지 단 한 번도 무너진 적이 없었다. 물론 상대를 가려서 싸웠다는 면이 있기는 했지만.

'대단한 놈이로구나!'

위지황록의 얼굴이 붉게 달아올랐다.

저런 애송이로부터 그토록 빠른 공세가 펼쳐질 것이라고는 조금도 예상하지 못했었다. 십전객들도 마찬가지였을 것이다. 긴장한 탓인지 안면이 부르르 떨고 있었다.

'제길!'

좀 더 조심했어야 했다. 십전이 무너짐은 금적보의 위기를 뜻했다. 그동안 그와 크고 작은 원한 관계를 맺었던 인근의 중소방파에서 감히 나서지 못했던 까닭은 바로 십전객의 존재에 있었다. 그런데 지금 그들은 우습게 무너지고 있었다.

파팟!

인내에 익숙하지 않은 사군의 검이 다시 침묵을 갈랐다. 예측을 불허할 정도로 빠르게 움직이는 그의 신법에 이미 구멍이 뚫린 십전객들은 그저 당황해하기만 했다.

"크악!"

또 한 명의 십전객이 목숨을 잃었다. 피 맛을 본 사군의 검이 광란의 살인을 즐겼다.

"이놈이!"

참을 수 없었다. 어느새 뽑혀 나온 위지황록의 검이 서릿발 같은 음기(陰氣)를 뿜으며 사군의 심장으로 향했다.

음풍투심검(陰風透心劍).

검기로 쏘아져 나간 음기가 내장을 진탕시켜 더 이상 대항할 수 없게 만드는, 위지황록이 자랑하는 절기였다.

'훗!'

사군은 몸을 짓쳐 오는 차가운 기운을 느꼈다. 그의 신체는 열양(熱陽)의 기운을 가득 품었기에 음기에 무척이나 민감하게 반응했다. 순간 그의 왼팔에서 열화와 같은 양강의 기운이 쏟아져 나갔다.

청룡대수인(靑龍大手印)!

뻥!

검과 장(掌)이 허공에서 맞부딪치며 기묘한 소리를 냈다. 놀랍게도 음기를 가득 머금었던 위지황록의 검은 사군의 붉은 기운에 휩싸이더니 그대로 녹아내렸다.

"크윽!"

위지황록은 가슴을 부여잡으며 물러났다. 그의 눈은 경악으로 물들어 있었다.

그가 보기에 사군이 강력한 열양장으로 음풍투심검의 기를 제압해버렸고, 그 여파로 검(劍)은 붉은 쇳물을 토해내며 녹아버렸던 것이다. 잠깐만 늦었더라면 심장을 태웠을 엄청난 위력의 열양장이었다.

'이런!'

강호에서 이런 무공을 본 적도 없었거니와 이 정도의 열양기를 내뿜을 수 있는 실력을 가진 사람도 알지 못했다. 왈칵 두려움이 밀려들었다. 남은 십전객들을 수습해 놈과 한판의 드잡이질을 해보고 싶었지만 모든 것을 걸기에는 그동안 모아두었던 재산들이 너무 아까웠다.

"퇴각하라!"

다급한 일성과 함께 위지황록은 빗살처럼 몸을 빼 멀리 달아났다. 그러자 남아 있던 다섯 명의 십전객들도 황급히 그의 뒤를 따랐다.

'무서운 놈!'

연청아는 입이 딱 벌어졌다.

지팡이로 쓰던 나뭇가지를 꼭 붙들고, 혹시라도 자신에게 덤벼드는 놈이 있으면 악으로 버텨보려던 그녀였다. 불현듯 강인한 무인을 연상케 하는 믿음직한 등을 내보이고 있는 사군이 두려워졌다.

'큰일 날 뻔했구나!'

연청아는 장보도 얘기를 꺼내지 않았던 것이 백 번 잘한 일이라며 가슴을 쓸어 내렸다.

오십여 장 밖에서 그 광경을 빼놓지 않고 지켜보던 두 쌍의 눈동자가 있었다.

"저 정도였을 줄은······!"

제갈옥의 면사가 요동 쳤다.

"정말 대단합니다. 지난번에는 온세정과 붙느라고 제대로 살피지 못했는데······."

천장파파 역시 혀를 내두르기는 마찬가지였다.

"이젠 적당한 선까지 소문을 내야 해요."

장보도의 비밀을 흘리는 일 또한 중요한 일이다. 너무 쉽게 퍼뜨리면 믿음이 가지 않으니 그 일조차도 쉬운 일은 아니다. 그런데 그때 두 사람의 눈에 사군의 기묘한 움직임이 들어왔다.

'으으······!'

사군은 몸을 떨고 있었다.

뒤를 쫓아 모조리 도륙 내고 싶은 살심을 애써 다스리고 있었다. 어디서 그런 용기가 났는지 몰랐다. 애초부터 초반에 승부를 보려고 작정했기에 최대한 진기를 끌어올렸던 한판이었다. 상대는 물러갔지만 바닥에 피를 흘리며 널브러져 있는 네 명의 시신에서 피어나는 혈향이 계속 그의 코를 자극했다. 여전히 시선은 위지황록이 달아난 방향을 향하고 있었다.

"후우……."

사군은 긴 한숨을 내쉬었다. 문득 보드라운 여체가 그리웠다. 뜨거운 숨을 토해내 가슴속 열기를 식히려는 몸짓이었지만, 덥석 움켜쥐고 싶은 여인의 젖가슴과 비처는 여전히 눈앞에 아른거렸다.

"으음!"

또다시 가는 신음성과 함께 몸을 떨어야 했다. 양물을 간지럽히며 유혹하는 여인의 체향이었다. 그 진원지를 끝없이 헤집고 싶었다. 모든 것을 파괴해 버리고 싶은 욕망의 대상, 연청아가 풍기는 강렬한 냄새였다.

"끄아아아아아……!"

돌연 사군의 입에서 처절한 비명 소리가 길게 터져 나왔다.

"헉!"

연청아도 몸을 떨었다.

역린(逆鱗)에 상처받은 악룡(惡龍)의 비명 소리 같은… 왈칵 두려움이 밀려들었다. 녀석은 과도한 중압감에 미쳐 버린 것 같았다. 달아나고 싶었지만 몸이 불편하니 그럴 수 없는 것이 안타까웠다.

연청아가 뒤에 있었기에 보지 못한 것이 있었다. 바지춤을 들어 올리며 불뚝 고개를 든 사군의 양물이었다. 사군은 머리를 쥐어뜯고 흔들어가며 한참을 꺽꺽대다가 겨우 이성을 되찾았다. 아직도 양물이 스멀거렸지만 대충 참을 만한 정도였다.

"가지요."

내심 겁에 질려 입을 꾹 다물고 있던 연청아는 그 말에 귀를 의심했다. 이곳에는 마치 두 사람의 사군이 있는 것 같았다. 가슴이 떨려 아무 소리도 못하고 조용히 사군의 뒤를 따랐다.

사군과 연청아는 골짜기를 빠져나오자 이내 선착장에 도착할 수 있었다. 때마침 물질을 나갔다 온 소선 한 척을 발견한 그들은 주인에게 은덩이를 하나를 안기는 것으로 사공 네 명과 배 모두를 빌릴 수 있었다. 배가 출발한 것은 대충 물과 건량을 준비한 직후였다.

산정 근처 바위 위에 앉아 있던 용진우는 피식 웃었다.

미처 배를 준비하지 못한 제갈옥과 천장파파가 연청아 일행이 떠난 선착장 근처를 바쁘게 오가는 것이 보였기 때문이다. 사군과 연청아의 배는 물살을 탔는 데다 사공 넷이 저으니 나는 듯이 하류로 내려가고 있었다.

'놈이 실패하리라고는 전혀 생각지 못했군. 멍청한 녀석!'

금적보주 위지황록에게 말을 흘렸던 사람은 용진우였다. 금적보주는 장보도만 쥐면 이곳을 떠나 버릴 놈이니 세가에서 결코 용납하지 않을 것을 알기에 슬쩍 정보를 흘렸던 것이다. 급한 대로 적당한 인물이라 생각했건만 사군이라는 젊은 녀석의 무공은 그의 상상을 초월했다. 위지황록의 무공 또한 허명이었다. 어쨌거나 제갈세가의 손에 장보도를 다시 쥐어주는 것이 그의 임무였다.

"제길!"

용진우의 신형이 산마루를 따라 비조처럼 날았다.

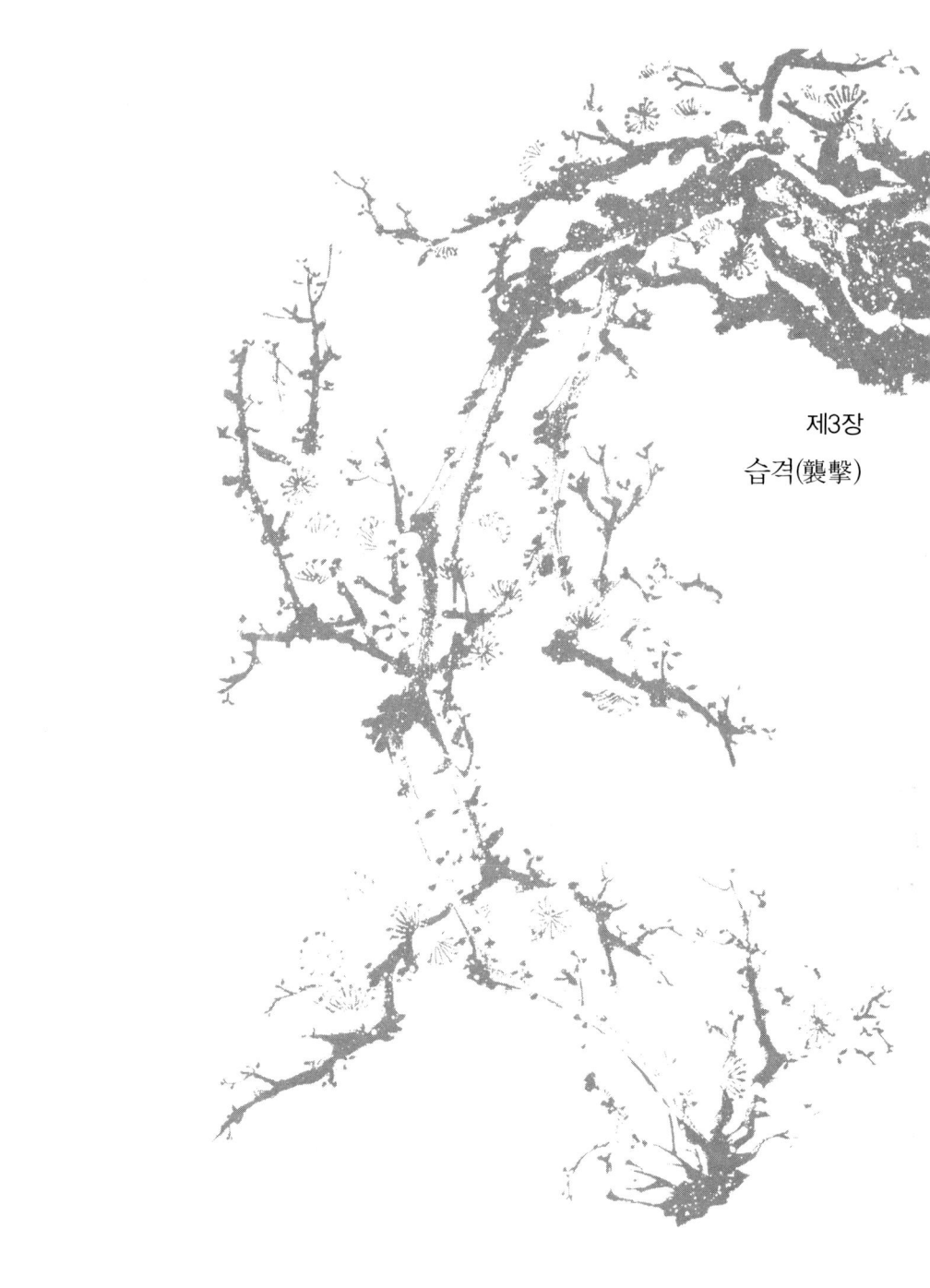

제3장

습격(襲擊)

오랜만에 만져 보는 거금에 신이 난 사공들이 젓는 배는 물살을 타고 손바람을 타 쾌속선이라도 감당 못할 정도로 내달렸다. 그들의 힘을 더 나게 만드는 것은 목적지까지 무사히 도착하면 배는 도로 가져가도 좋다는 말이었다.

두 사람은 한동안 입을 닫고 있었다.

하지만 각각의 머리 속에는 잠을 이루지 못할 수많은 생각들이 오가는 중이었다.

'몸이 이상해졌어!'

사군은 자신이 색마가 되어가고 있는지 모른다는 생각을 하고 있었다. 발정난 수캐도 아니고 싸움판에서 불쑥 솟구치는 욕정이라니! 여전히 몸을 간질이고 있는 여체에 대한 강한 유혹이었다. 묘랑이나 유하에게 달려가 마음껏 사랑을 하고 싶었다.

'아……!'

따스한 여체의 속살이 미치도록 그리웠다. 눈앞에 연청아가 있지만 썩 마음을 당기는 상대는 아니었다. 자신에게 몸을 허락할 리도 없고.

연청아 또한 깊은 생각에 잠겨 있었다.

'참 이상한 녀석이야.'

망신스런 일을 당해 의기소침해 있다가 어느 순간부터인가 서서히 용기가 되살아나며 자신감을 되찾고 있었지만, 녀석의 무공이 은근히 주눅이 들게 했다. 지금 고심하는 것은 사군에 대한 처리였다. 그럴 놈으로 보이지는 않았지만, 만약 녹신이 자신의 젖가슴과 비처를 주물렀던 일을 떠벌리고 다닌다면 고개를 들고 다닐 수 없을 터였다.

결코 짧지 않은 시간이었지만 배 안에는 어설픈 침묵만 있었다.

배가 부양현을 지난 것은 출발한 지 하루가 채 가기도 전이었고, 전당강 수계인 서흥역에 도착한 것은 그 다음날 아침이었다. 피곤해진 사공들이 이 교대로 저었음에도 거의 보름이 걸려 올라갔던 길을 하루 반나절 만에 내려온 것은 대단한 일이었다. 다행히 워낙 초라한 몰골의 배여서 그런지 도중에 흘깃거리는 수적들조차 없었다.

서흥역에 도착한 두 사람은 배에서 내려 옷가지를 새로 구입해 갈아입은 후에 말로 갈아탔다. 위지황록 같은 놈이 또 나타나지 말라는 법이 없었기에 이동 수단을 바꾸는 것이 낫겠다고 생각했던 것이다.

따각! 따각! 따각!

두 사람은 몽롱한 상태에서 말을 타고 있었다.

수적들, 백장애에서의 제갈세가, 노방채주 녹신, 그리고 금적보주로 이어지는 기나긴 사투에 쉴 틈이 없었다. 게다가 연청아는 중상을 당했다가 회복 중인데다가 금적보주와의 일전이 끝난 후 괴기스러운 비명을 질러댔던 사군에 대한 두려움이 아직 뇌리에 남아 있어 그로 인해 배에서조차 잠을 이루지 못했고, 사군 또한 그녀를 돌보아야 했었기에 지금 둘의 피곤은 이루 말할 수 없었다.

지금 두 사람이 탄 말의 걷는 속도가 일정해 말굽 소리는 자장가와 같은 느낌을 주는 말 위에서 조는 것은 당연했다. 사군은 침까지 흘리고 있었다.

소홍부 일대는 장보도의 소식을 듣고 중원 각처에서 몰려온 사람들로 북적였다. 어떻게 소문이 번졌는지 주루 술자리에서 가장 흔한 안줏감은 장보도였다. 연청아 일행도 오는 도중에 그 소문을 들었는데, 특히 사군은 그런 소문에 관심이 많아 은근히 연청아를 긴장하게 했다. 길을 오면서 두 사람의 관계는 상당히 좋아져 예전의 누님 동생 사이로 돌아가 있었다. 적어도 겉으로 보기에는.

멀리 소홍성이 보이는 주루.

두 사람은 소채를 곁들인 간단한 식사를 하고 있었다.

'안됐지만……!'

연청아는 사군의 처리에 대해 나름대로 해둔 생각이 있었다. 그동안 같이 오면서 정이 들지 않은 것은 아니었지만, 보지 말아야 할 장면들을 본 것만은 용서할 수 없었다. 내심은 그랬지만 겉으로는 여전히 무심한 척했다.

"연 누님, 저 사람들은 누구지요?"

사군은 소매 끝에 붉은 불꽃이 수 놓여진 옷을 입은 장한들을 보고 소곤거리듯 물었다. 손님들이 많아 자리가 모자랄 정도였지만 그들 주위에는 빈자리가 몇 개 있었는데, 어떤 손님들은 그들을 보고는 얼굴색까지 변해 황급히 나가 버리는 경우도 적잖이 눈에 띄었다.

주루 중앙의 탁자 두 개를 맞붙여 놓고 앉은 칠팔 명의 장한들은 술을 마시며 떠들어대고 있었다. 말투도 거칠었고 시끄럽기가 그지없었지만 아무도 말리는 사람이 없었다. 주인과 점소이들도 그들의 눈치만 살피며 비위를 맞추기에 급급해 보였다.

"화염회(火焰會)라고, 응천부 일대 건달들이야. 조직원이 족히 천 명은 넘을걸."

그들의 귀를 의식했는지 연청아는 소곤거리듯 말했다.

'흠, 월왕회와 비슷한 놈들이로군.'

사군은 왕칠을 떠올렸다.

"그런데 왜 저들이 이곳에 나타났지요?"

그의 물음에 연청아는 문득 품속의 장보도를 떠올렸다. 그 걱정 때문에 자신의 미모를 가리는 가벼운 변장까지 하고 있었다.

"아마 장보도 때문이 아닐까?"

태연하게 대답은 했지만 이미 위지황록의 추궁도 있었고 해서 가슴이 뜨끔한 것은 어쩔 수 없었다.

'하루만 있으면……'

사군을 향해 가벼운 미소를 지어 보이던 연청아는 화염회 일당에게 눈길을 돌리다가 문득 기막힌 생각이 떠올랐다.

'그래!'

연청아의 눈이 반짝 빛났다. 다시 고개를 돌린 그녀는 아무렇지도 않은 듯 말을 꺼냈다.

"여기서 이만 헤어져."

"예?"

사군은 어안이 벙벙했다. 내심 이번 기회에 연해장에 들어가 부자들은 어떻게 하고 사는가 한번 구경해 보고 싶은 마음도 있었다. 언제 친했냐는 듯이 표정까지 바뀐 연청아는 품속을 뒤적거려 은자 백 냥짜리 전표 한 장을 꺼내 사군에게 건넸다.

"여기 있어. 약속한 대로 백 냥짜리야."

'백 냥!'

사군은 저도 모르게 얼른 손을 내밀어 전표를 받아 들었다. 광휘당포에서 발행한 것으로, 처음 만져 보는 엄청난 액수에 심장까지 덜컹거렸다. 문득 처음 약속은 연청아를 연해장까지 보내는 것임을 기억하고는 덥석 받아 쥔 손이 잠시 부끄럽기는 했다.

"난 이만 갈게. 그동안 고마웠어."

사군을 향해 가볍게 씽긋 웃어준 연청아는 자리에서 일어나 음식값을 계산하고는 가버렸다.

"어!"

갑자기 가버리는 그녀를 보고 당황했다. 설마 이렇게 떠나리라고는 생각하지 않았다. 갑자기 할 일을 잃은 기분이었다.

사군은 성안으로 들어가 광휘당포를 찾았다. 이번 보표행에 대한 결과를 기신에게 보고해야겠다는 생각을 했기 때문이다.

"엇!"

하나 아직 유시(酉時)가 되지도 않았건만 당포의 문은 굳게 잠겨 있었다.

'해가 짧아져서 일찍 닫았나?'

사군은 발걸음을 돌렸다.

당포와 같이 값비싼 물건들을 감정해야 하는 점포들은 거등부속(擧燈不贖)이라 하여 날이 어두워지면 더 이상 영업을 하지 않는다. 안전

상의 문제도 있고, 무엇보다도 등불 아래서는 물건의 가치를 제대로 감정하기가 쉽지 않기 때문이다.

아직 광휘당포의 혈겁에 대해 듣지 못한 사군이기에 그렇게 생각하는 것이 당연했다.

어디로 갈 것인가를 망설이다가 일단 성안에 들어온 터라 유하의 집으로 발걸음을 돌렸다. 하지만 욕정을 이기지 못해 그런다는 생각에 광상교로 향하는 발걸음은 무겁기만 했다.

'저놈이군!'

멀찍이 뒤에서 사군을 좇는 두 쌍의 눈이 있었다.

그들은 오가는 사람들 틈에서도 사군의 움직임을 놓치지 않고 있었다. 마른 체형의 중년인들로 형형한 안광이 엿보이는 것으로 보아 상당한 내공을 쌓은 자들이 틀림없어 보였다. 사람들의 통행이 약간 드문 곳에 이르자, 돌연 한 사내가 앞으로 내달았다.

"서랏!"

뒤로 처진 사내가 소리치며 뒤쫓았다.

"응?"

사군은 놀라며 고개를 틀었다. 그렇지 않아도 뒤쪽에서 느껴지는 뭔가 이상한 기운에 은근히 신경이 쓰이던 차였다. 앞선 사내가 자신을 향해 달려오자 언뜻 도둑임을 짐작하고는 어떻게 하나 망설이는 사이 사내는 홱 하고 그의 곁을 스쳐 갔다.

"잡아랏!"

뒤쪽의 사내는 손가락질까지 해가며 달려오고 있었다. 사군의 눈은 자연 달아나던 사내에게로 향했다. 바로 그때였다.

'큭!'

허리춤에 뜨끔한 느낌이 드는 순간 몸이 굳어버린 것을 알았다. 혈도를 제압당한 것이다. 뒤따르던 사내는 재빨리 사군을 옆구리에 끼고 대로 옆으로 난 골목 사이로 사라져 버렸다. 십여 명의 구경꾼들이 있었지만 무슨 일인가 하며 어리둥절해할 뿐 감히 나서는 사람은 없었다.

미리 계획한 듯 마차를 모는 마부에 지키는 무사들도 몇 명 대기하고 있는 것이 보였다. 그들은 사군을 마차 안으로 구기듯 밀어 넣었다. 문득 사군은 죽을지도 모른다는 생각에 전신을 엄습하는 공포를 맛보았다.

마차 안에는 눈가에 칼자국이 있는 중년 사내가 앉아 있었다.

"네 이름이 뭐냐?"

아혈이 풀리는 듯한 느낌과 함께 질문이 따랐다.

"사, 사군."

"그 정보가 긴가민가했는데… 흐흐흐! 틀림없군. 얘들아, 가자!"

중년 사내가 다시 사군의 아혈을 제압하고 바깥을 향해 소리치자 마차가 덜컹거리며 움직이기 시작했다.

사군은 한동안 혼란과 공포에 빠졌다. 날벼락이었다. 정신 차려야 한다며 애써 스스로를 다잡으려던 그는 문득 해혈신공을 떠올렸다.

'조금만 모이면!'

덜컹거리는 마차 안에서 모든 잡념을 뒤로하고 오로지 진기를 모으는 일에만 집중하며 땀을 빼질거렸다. 한참을 씨름하자 진기가 조금씩 모였지만 아직은 운기를 하기에는 턱없이 모자라는 양이었다.

삐걱대는 문 열리는 소리가 있었고, 잠시 후 마차가 멈추었다.

마차 바닥에 던져져 있었기에 어디에 도착했는지 알 수도 없었다.

끌려 나와 보니 높게 쳐진 담장 안쪽에 나무들이 무성히 둘러진 작은 장원 안이었다. 건물 규모에 비해 담장이 비정상적이라 할 수 있을 정도로 높았기에 외부에서는 좀체 안에서 일어나는 일을 알 수 없을 것 같은 곳이었다.

"그리 데려가라!"

중년 사내는 그렇게 말하고는 안으로 들어가 버렸다.

건장한 근육질의 사내 둘이 달려들어 사군을 담장을 따라 서 있는 작은 건물로 끌고 들어갔다. 그들은 사군을 지하로 데려가더니 사방이 막혀 있는 석실 안에 집어넣었다. 입구 맞은편 벽면 중간쯤에 천장까지 이어진 굵은 나무 기둥이 서 있는 곳이었다. 벽에 걸린 유등 하나가 석실을 환히 밝혀주었다.

두 손은 번쩍 들려져 나무 기둥 위쪽에 묶였고, 양 발 또한 곧추 내려져 기둥에 발목이 묶여 있었다. 그나마 바닥에서 한 자쯤 올라간 곳에 발을 묶어두었기에 끈이 아니었다면 허공에 매달려 있는 것이나 진배없었다. 사군은 팔이 떨어질 것 같은 고통도 잊고 앞으로 자신에게 일어날 일을 생각하며 긴장과 두려움에 휩싸여 있었다.

잠시 후 석실 안으로 중년 사내가 들어왔다.

말도 없이 매서운 주먹이 먼저 날아왔다.

퍽!

턱이 돌아가며 머리가 나무 기둥에 부딪치는 충격에 순간적으로 정신이 멍했다.

"눈을 내리깔아!"

음침한 목소리였다.

그 말에 사군의 눈이 저절로 아래를 향했다. 점차 두려움이 커지며 가슴을 무겁게 압박해 왔기 때문이었다. 문득 아무도 모르는 이곳에서 죽을지도 모른다는 생각까지 들었다.

"너희들은 모두 올라가 있도록 해라."

사내는 수하들을 물리고는 사군의 아혈을 풀어주었다.

"후후후. 제법 말귀가 트인 놈이구나. 길게 말하고 싶지 않다. 물건은 어디에 있느냐?"

"예?"

고개를 들고 마주 보려는 순간 사내가 발을 날렸다.

"윽!"

넓적다리 안쪽이 강하게 찍히며 비틀리는 듯한 아픔에 비명이 절로 터져 나왔다.

"잊었나 보군. 고개를 들지 말라고 했지. 난 누가 나를 내려다보는 것은 질색이거든."

사군의 얼굴은 다시 바닥을 향했다.

"장보도를 어디에 두었느냐?"

"예? 장보도요?"

또다시 들리려던 고개가 움찔하더니 바닥으로 고정되었다. 두 번씩 교훈을 받았기 때문이다. 사군은 대답을 강요하는 사내의 시선을 의식했다. 위지황록도 장보도를 물어왔었다.

"장보도에 대해서는 아는 바가 없습니다."

말소리가 떨려 나왔다.

그 말에 중년 사내는 잠시 침묵을 지켰다. 불안한 정적이었다.

"고개를 들고 백장애에서 일어났던 일에 대해 자세히 설명해 보아라."

사군은 천천히 고개를 들었다.

그제야 자신을 올려다보는 사내의 생김이 자세히 들어왔다. 왼쪽 뺨에 길게 그어진 검상이 있는 음습한 얼굴의 사내였다. 사군은 떳떳하지 못할 이유가 없다고 생각했기에 백장애에서 일어났던 일을 자세히 말했다.

그가 말을 하는 동안 중년인은 사군의 눈을 똑바로 쳐다보며 귀를 기울였다. 눈을 보고 말의 진위를 파악하려는 것이다.

"그게 전부냐?"

"그렇습니다."

그런데 잠시 생각하는 듯하던 중년 사내는 사군에게 다가와 옷을 뒤졌다. 단 한 곳도 놓치지 않겠다는 듯 머리카락 속에서 발끝까지 뒤지던 그는 동전 몇 닢과 백 냥짜리 전표를 찾아내고는 비웃음을 띠었다.

"흐흐흐, 귀한 것을 가지고 있구나. 이건 네놈의 저승길 노잣돈이나 해라."

그는 전표를 동전과 함께 다시 사군의 품속에 쑤셔 넣어주었다. 이 순간에도 그게 고마웠다. 그런데 그의 안색이 돌연 바뀌더니 바깥쪽을 향해 버럭 소리쳤다.

"아무래도 쓴맛을 보기 전에는 바른 소리를 할 놈이 아니로군! 게 있느냐! 이놈에게 단단히 교육을 내리도록 해라!"

말과 함께 사군의 혈도를 짚은 그는 사군을 향해 징그러운 미소를 지어 보이고는 석실에서 나가 버렸다.

잠시 후 우락부락한 근육질 사내가 손에 긴 채찍을 들고 들어왔다.

"흐흐흐흐!"

사내는 징그러운 웃음소리와 함께 채찍으로 석실 바닥을 한 번 후려쳤다.

짝!

채찍은 마치 뱀처럼 휘어 감기며 자욱한 먼지를 피워 올렸다. 숱하게 다루어본 솜씨였다. 비릿한 미소를 지어 보이던 사내의 채찍이 힘껏 허공을 갈랐다.

쫘악!

채찍이 아니라 몽둥이로 얻어맞는 듯한 강렬한 충격이 왔고 이어 진한 고통과 함께 살점이 떨어져 나가는 느낌이 들었다. 입 안에서 비명이 뱅뱅 돌았다. 몇 대만 맞아도 피를 토하고 죽을 것만 같았다.

'살아야 해!'

이대로 있다가는 맞아 죽을 것만 같았다. 채찍의 고통을 참아가며 기를 쓰고 진기를 모아보려고 애를 썼다. 약간의 진기가 느껴지기는 했지만 아직 운기에는 요원했다.

쐐액! 짝!

쐐액! 짝!

채찍질은 한동안 계속되었고, 몸이 휘감길 때마다 지독한 충격과 고통에 화들짝 경기를 일으켰다. 매서운 채찍질에 섶옷은 아무런 보호막이 되어주지 못했다.

엄청난 고통이었다.

한순간 정신을 놓았다. 그러자 근육질의 사내는 옆구리에 달린 주머니에서 소금을 한 움큼 꺼내 그의 몸에 뿌리더니 벽에 걸린 등불을 들고 나가 버렸다. 기절한 그의 몸이 꿈틀거렸다. 어둠 속이었다. 한참이 지나자 꿈질거리기만 하던 입에서 미약한 신음성이 흘러나왔다.

"으……."

눈을 감고 있었지만, 전신을 뭉툭한 바늘로 쿡쿡 찔러대는 듯한 지독한 아픔은 자신이 지금 어디에 있는지 알게 하기에 충분했다. 채찍질로 난 상처 위로 뿌려진 소금은 견딜 수 없을 정도로 따끔거리게 만들고 있었다. 문득 죽음에 대한 공포가 그를 엄습했다.

느끼는 것은 갈증과 고통이 전부였다.

목을 태워 버릴 듯한 갈증과 고통 외에는 아무것도 떠오르지 않았다.

다시 얼마의 시간이 지났을까.

살이 덜덜 떨리게 하던 아픔도 이제는 부분적으로나마 만성이 되어버렸을 즈음이었다.

정신이 흐릿해져 왔다.

피리를 타고 소고(小鼓)를 두드리는 예향이 있었다. 사랑의 열기를 가득 머금은 뜨거운 눈길을 담아 보내며 하늘하늘 춤을 추고 있었다. 붉게 타오르는 입술이 삐죽거리는 순간 희미하게 눈을 반쯤 뜬 사군의 얼굴에 작은 미소가 감돌았다. 눈길은 예향의 눈을 지나 볼을 타고 미끄러져 땀방울이 흘러내리는 목을 더듬었다.

예향의 냄새… 코를 벌름거렸다. 유채꽃 향인가. 아니, 옥잠화 향인지도 몰랐다.

삘릴리이……

피리 소리가 아득하게 멀어져 갔다.

"드룽! 드룽!"

모진 고통도 피곤을 이기지는 못했다. 한 달 가까이 이어지는 긴 여정 동안 잠 한번 제대로 자본 적이 없었던 그였다.

"이놈 보게!"

두 손발이 기둥에 묶인 채 잠에 빠져 있던 사군은 어렴풋한 기억 속에 두렵게 각인되어 있는 목소리에 놀라 퍼뜩 눈을 떴다. 석실 안은 환하게 밝혀져 있었다.

눈을 뜬 그가 가장 먼저 본 것은 찢어진 옷 사이로 밭고랑처럼 파여지고 헤집어진 자신의 피부였다. 이어 지독한 아픔이 그를 찾았다. 너무 끔찍했다. 태어난 이래 단 한 번도 이런 고통을 느껴본 적이 없었다.

"장보도는 누가 가져갔느냐?"

또다시 그 묻던 중년 사내였다.

"모, 모릅니다."

어느새 아혈은 풀려 있었다.

빡!

사내의 주먹이 허벅지에 꽂혔지만 채찍으로 생긴 상처가 주는 아픔에 비할 바는 아니었다.

"맛을 덜 본 게로구나!"

묻는 중년인의 목소리에서 짜증이 배어났다. 사안이 중대한 만큼 확인이 필요했다.

'개… 새끼…….'

속으로 이를 악물었다. 분노가 아니라 고통을 참기 위한 것이었다. 마치 좁은 철 상자 안에 꽉 낀 듯한 기분이었다. 몸이라도 조금 움직여 볼 수 있다면 한결 편해질 것 같았다. 어깨가 빠져 버릴 듯한, 발목이 껍질째 홀랑 벗겨져 버릴 것만 같은 그런 아픔도 있었지만 채찍이 주는 고통에 비하면 아무것도 아니었다.

사군은 살길을 찾아 눈을 번들거렸다.

'혈도를 풀어야 해! 한 줌이면 돼, 한 줌!'

분노가 머리를 짓쑤셨다. 이를 악물고 몰래 진기를 모았다. 이미 두 차례나 노력한 탓인지, 이내 운기를 할 만큼의 진기가 모였다. 그 순간 해냈다는 성취감에 짜릿한 흥분을 맛볼 수 있었다. 진기를 회음혈(會陰穴)로 보내 왼발의 용천혈까지 돌게 한 후 다시 오른발로 보냈다.

"채찍 맛을 다시 보고 싶은 게냐?"

사내가 음침한 목소리로 물었다. 땀을 삐질거리며 고통스런 표정을 짓고 있는 것을 보고 상대가 겪고 있을 괴로움을 나름대로 짐작하고는 다시 겁을 주는 것이다.

사군은 내력을 혈맥에 실어 막힌 경락 부근을 두드려 대는 중이었다. 어느 정도 되었다 싶자 단전으로 끌어 모은 진기를 맹렬하게 회전시켰다.

꽈광! 꽈르르릉!

몸속이 폭발하는 듯했다. 사군은 충격에 눈을 질끈 감고 몸을 부르르 떨었다. 일단 한 곳이 뚫리자 타력을 받은 진기가 빠르게 경락을 돌았고, 그 충격에 안면 근육이 꿈틀거렸다.

"흐흐흐! 채찍이 두렵기는 한 모양이로구나. 그러니 좋게 말할 때 불어라!"

중년 사내는 사군이 떠는 모습을 보고는 채찍질이라는 말에 두려움을 느낀 것으로 알았다. 이미 자백을 받기는 했지만, 부드러움과 매서움을 교대로 사용하는 방법이 대답의 진실성을 확인하는 가장 좋은 방법임을 알고 있었다.

꽈과광!

또다시 솟구치는 내력을 경험했다. 언제 겪어도 기분 좋은 현상. 사군은 눈을 번쩍 떴다. 어둠 속에서 형형한 안광이 빛났다.

"헉!"

돌연 정기가 번뜩이는 눈을 마주한 중년 사내는 깜짝 놀라며 뒤로 물러섰다.

투두둑! 투둑!

힘을 주자 손발을 묶었던 끈들이 일시에 떨어져 나갔다.

팟!

가볍게 바닥에 내려선 사군의 오른발이 길게 허공을 돌았다. 순식간이었다. 당황한 중년 사내가 주춤하며 피하는 사이 빙글 몸을 돌린 제이타가 상대의 가슴을 내질렀다.

"컥!"

발에 무게가 걸리는 순간 사군은 반쯤 열린 철문 밖으로 내달았다. 이삼 장가량을 앞에 위로 통하는 돌계단이 보였다. 성큼성큼 서너 계단씩 올라서는 등 뒤에서 사내의 고함이 들려왔다.

"잡아라! 놈이 달아난다!"

그러는 사이 사군은 어느 틈에 위층으로 올라와 있었다.

쐐액!

막 계단을 뛰어오른 그를 향해 날카로운 일검이 날아왔다. 누군가 벽면에 기대 몸을 숨기고 있다가 급습을 해온 것이다.

"앗!"

비명을 지른 자는 습격해 왔던 자였다. 갑자기 상대의 모습이 눈앞에서 사라진 것이다. 어리둥절해하는 그의 머리통을 허공에서 내려온 사군의 오른발이 찍었다. 이어 그의 왼발이 짧게 옆으로 돌았다.

청룡등(靑龍騰)!

"커억!"

또 한 명이 더 있었다. 그 역시 반대 편 벽면에 숨어 기회를 노렸다가 사군의 빠른 기습에 가슴이 찍히며 벽면에 머리를 박고 나동그라졌다. 건물 밖으로 몸을 날린 사군은 장원을 둘러싸고 있는 빽빽한 나무들이 눈에 들어오자 망설임없이 그리로 향했다.

"서라!"

중년 사내의 다급한 목소리가 뒤를 따랐지만 사군의 신형은 이내 골목 안으로 사라졌다.

시원한 바람이 있었다. 골목을 지나던 사람들은 찢어지고 피에 전 옷과 상처를 보고는 그를 힐끔거렸지만, 사군은 조금도 의식하지 않았다.

"후우… 흡!"

입 안으로 같이 빨려 들어온 흙먼지마저도 신선했다. 퀴퀴한 습기가 가득한 석실의 악취가 아닌, 그저 그런 이웃들의 냄새였다. 문득 하초가 불끈거리며 욕정이 치밀었다. 여체를 탐하는 참을 수 없는 욕구였다. 육욕에 젖은 눈이 번들거렸다. 사군은 몸을 날려 건물 지붕을 타고 달렸다.

여체!

머리 속을 온통 지배하는 단 하나의 목표였다. 순식간에 수십 개의 지붕을 타고 넘었고 몇 개의 길도 나는 듯이 건넜다.

무우장!

사군은 바람같이 담장을 넘었다. 익숙하게 안채로 들어서니 때마침 열린 창문을 통해 밖을 내다보고 있던 묘랑이 보였다.

"흐으……."

입에서 기이한 웃음이 흘렀다.

상대는 아직 그를 발견하지 못하고 있었다.

묘랑은 그날 사군과 있었던 갑작스러운 정사를 잊지 못했다. 귀를 뜨겁게 달구었던 숨소리, 폭풍같이 몰아치는 양물의 돌진 앞에 그저 몸을 내맡겼었다. 지금도 그날의 일만 생각하면 몸이 뜨거워졌다. 혹시라도 다시 들러주면 선물하려고 깨끗한 옷까지 한 벌 마련해 둔 터였다.

휘익!

"악!"

돌연 검은 그림자가 창문을 덮으며 안으로 들이닥쳐 묘랑을 안아 침상으로 내달았다. 크게 놀란 묘랑의 두 손이 허공을 허우적거렸다. 다시 비명을 지르려는 순간 몸이 침상 위에 눕혀지며 상대의 모습이 눈에 들어왔다. 경악이 반가움으로 바뀌었다.

"사군."

놀란 목소리가 아닌 촉촉한 물기를 머금은 속삭임이었다. 두 팔이 허공을 빙글 돌아 부드럽게 등을 감아갔다.

사군은 몸을 떨었다.

부욱!

다급한 손길은 여체의 껍데기마저도 참지 못했다.

"아이… 서둘지 마."

묘랑은 언제 놀랐냐는 듯 콧소리가 섞인 목소리로 다시 등을 끌어안으며 말했다. 하지만 치마가 들쳐지고 속곳이 아래로 내려가자 오히려 묘랑이 급해졌다. 다가올 쾌감을 인지한 육체는 급속히 반응을 보였기에 어느새 꽃잎이 축축이 젖어 애타게 사내를 기다리고 있었다. 부드러운 두 손이 바삐 움직여 바지를 끌어내렸다.

사군의 눈은 한층 번들거렸다. 우악스런 손이 바삐 움직여 풍만한 젖가슴을 교대로 주물러 갔다. 더 이상 참지 못한 양물이 마침내 꽃잎을 헤집고 파고들었다.

"허억!"

예고도 없이 불쑥 밀고 들어와 버리는 성난 사내에 묘랑의 눈이 크게 떠졌다. 오랜 허전함을 단숨에 꽉 채워 버리는 양물! 가슴은 정신없이 두근거렸다.

"아이! 으흥!"

눈을 꼭 감고 열심히 엉덩이를 움직여 가며 사내를 받아들이는 묘랑의 투정에도 불구하고 거침없이 젖가슴을 헤집었다. 폭풍은 끝이 없었다.

"아학……!"

뜨거운 신음성이 흘러나왔다.

터져 나오는 희열을 감당하지 못한 여인의 입에서 사내의 심장을 녹여 버릴 듯한 교성이 끝을 모르고 이어졌다. 아련히 풀린 눈동자에 그려진 오색 하늘은 제멋대로 엉켜 버렸다. 비처를 끊임없이 파고드는 사내를 받아들이던 몸이 어느 순간 활처럼 휘어 굳어버렸다. 두 손은 사내의 등을 으스러져라 움켜쥐었고, 눈동자는 망연히 허공만 응시할 뿐 숨소리조차 멎은 듯했다.

천지의 공간을 무너뜨리는 절정의 시간이 몇 차례 더 지나갔고, 뜨거웠던 시간을 보낸 침상 위에는 거친 숨소리만 남았다.

육신의 움직임은 멎었지만 여체가 내던져진 아득한 공간에는 환희와 열락의 파도가 무섭게 휘몰아치고 있었다. 묘랑은 몸 전체로 아련히 퍼져 나가는 그 여운을 마음껏 즐겼다.

이윽고 사군은 몸을 일으켰다. 엄청나게 뜨거웠던 시간임을 말해 주듯 두 사람의 몸은 온통 땀으로 범벅이 되어 있었다.

"아!"

피곤했다. 사군은 묘랑 옆에 벌렁 누워버렸다. 흐릿한 눈길로 허공을 응시하던 그는 이내 깊은 잠에 빠져 버렸다.

"어멋!"

뒤이어 몸을 일으키던 묘랑은 그제야 피 묻고 찢어진 옷을 보았다. 게다가 몸 곳곳 살점이 헤집어져 있었다. 채찍에 맞은 듯 길게 난 상처는 한눈에 보기에도 예사로 보이지 않았다. 서둘러 옷을 걸친 그녀는 물을 데워온 후에 상처를 깨끗이 닦아냈다.

"드르릉! 드릉!"

사군은 무척이나 피곤했던 듯 요란하게 코를 골며 잠에 빠져 있어 묘랑이 금창약을 발라주고 옷을 갈아 입혀 주어도 알지 못했다. 누워서 코만 골아대는 것을 보니 그동안 말 못할 일을 당했던 것이 틀림없다.

'불쌍해라!'

애처로운 표정으로 그의 얼굴을 부드럽게 쓰다듬었다. 어린 청년이었다. 상처를 생각하니 가슴이 저며왔다.

'그래, 언제라도 오고 싶을 때 왔다 가렴.'

묘랑은 사군의 뺨에 입술을 맞추고 한동안 그렇게 있었다.

터벅터벅 길을 걸었다.

'왜 그랬지?'

아무리 생각해도 알 수 없었다. 미치도록 여자가 그리웠고, 묘랑을 찾아 긴 시간 사랑을 나눈 기억은 아직도 머리 속에 생생하기만 했다. 정녕 미쳐 버린 것 같았다. 만일 묘랑이 반항하고 소동이라도 피웠으면 자신은 관아에 끌려가 치도곤을 당했을 터였다. 부끄러운 마음에 차려주는 밥상도 마다하고 도망치듯 담장을 넘어 나왔었다.

갑자기 배가 고팠다. 그러고 보니 한동안 먹은 것이 없었다. 문득 연청에게 받은 전표를 떠올리고는 그것을 바꾸기로 했다. 웬만한 당포들은 전표를 발행했는데, 광휘당포에서 발행한 전표는 절강 일대에서는 아무 문제 없이 은자와 교환이 가능했다. 사군은 눈에 띄는 당포 하나를 찾아 안으로 들어갔다.

"이놈이! 어디서 사기를 치려고!"

전표를 내밀었던 사군은 방금 전까지 웃어주던 내결(內缺)의 갑작스런 호통에 깜짝 놀랐다.

"그게 무슨 소리지요?"

"이런 쓸모없는 종이쪽을 내밀고 내게 은자를 백 냥씩이나 내달라는 말이냐?"

내결은 안색마저 푸르딩딩하게 바뀌어 마치 큰 모욕이나 당한 듯한 표정이었다.

"이게 쓸모가 없다니요?"

"장난치는 게냐? 누굴 바보로 아느냐! 차라리 깨끗한 종이쪽이 더 값이 나가겠다, 이놈아! 썩 나가지 못해!"

상대의 엄청난 기세에 주눅이 든 사군은 얼른 전표를 빼앗아 들고 도망치듯 당포를 뛰쳐나왔다.

'이 망할 년이!'

연청아가 가짜 전표로 사기를 친 것이 틀림없었다. 그러고 보니 전표를 건네고 나서 도망치듯 급히 달아났던 것이 떠올랐다.

'어쩐지 백 냥이나 하는 전표를 너무 순순히 주더라니!'

그동안 여기까지 중상을 입은 연청아를 데려오느라 힘들었던 생각을 하며 벌게진 얼굴로 연해장을 향해 달려갔다. 서소로(西小路)까지는 그리 멀지 않았다. 한걸음에 달려왔지만 장원 문은 굳게 잠겨 있었다. 그러나 백 냥이나 하는 전표 대신 휴지 조각을 받았으니 이대로 포기할 수는 없었다.

쾅! 쾅! 쾅!

고리를 잡고 요란하게 장원의 문을 두드리자 잠시 후에 집사로 보이는 늙수그레한 사람이 나와 낯선 방문자를 맞았다.

연해장 총관 현학송이었다.

"사군이라고 합니다. 연청아 소저에게 볼일이 있어 왔습니다."

짧은 순간 사군을 훑어본 노인의 눈에 기이한 광채가 스쳤다.

그는 아무 말 없이 사군을 객당(客堂)으로 안내했다. 원래 무턱대고 오는 손님이라면 하인배들이 맞아야 맞겠지만 이곳 연해상 문은 굳게 걸려 있는 경우가 많아 손님이 찾아오는 경우란 일 년에 한두 차례라 해도 좋을 정도였다. 그 손님들은 대개 중요한 사람들이었기에 항상 현학송이 나와 맞았다.

반 시진이 지나도록 연청아는 모습을 드러내지 않았다.

그러는 것에는 이유가 있었는데, 방 안에서 그녀는 지금 꼼짝도 않고 뭔가를 생각하는 중이었다.

'어떻게 된 일이지? 화염회 놈들이 실패했단 말인가?'

무공이 보통이 아니라는 것을 알기에 불안해진 연청아는 은근히 겁이나 감히 그를 만나볼 용기가 나지 않았다. 소흥으로 잠입한 화염회 일당들에게 몰래 편지를 보내, 사군이 장보도를 운송했던 보표였다는 것을 알려준 사람은 바로 자신이었다. 녀석이 이곳까지 찾아왔다면 그 사실을 알고 그러는 것만 같아 불안하기만 했다. 위지황록과 십전객을 상대했던 사군의 무공이라면 장원을 뒤집어도 말릴 사람이 없을 것만 같았다.

"손님이 계속 아가씨를 만나뵙고자 합니다."

현 총관이었다. 장원에서 그의 내력을 아는 사람은 연대종밖에 없어 딸인 연청아마저도 자세한 내력은 몰랐다. 관심도 없지만.

"오늘은 몸이 불편해서 그러니 내일 아침에 만나겠다고 전해줘요. 반드시 후하게 한상 차려서 준 다음에 그 말을 하도록 해요. 잠자리도 최상으로 하고… 목욕물에 비단옷은 기본인 거 아시죠?"

사군의 집안 형편에 대해 들은 바가 있었기에 일단 상다리가 휘도록 산해진미를 먹으면 마음이 한결 풀어질 것이라는 생각이었다. 지금 장원에는 힘이 되어줄 아버지마저 없었다.

사군은 연청아의 의도대로 마음이 한결 풀려 있었다.

우선 코와 혀를 자극하는 엄청난 저녁상에 녹았고, 옥 가루와 금 가루를 풀고, 그것도 모자라 정신이 번쩍 나게 하는 묘한 향이 자욱한 욕실에서 또 한 번 녹았다. 마지막으로 안내된 곳은 은은한 색의 비단 휘장이 감긴 침실이었는데, 그 이전에 사군의 마음은 이미 바뀌어 있었다.

'내게 가짜 전표를 준 것은 실수일 거야. 이런 식사와 목욕만 해도 벌써 은자 몇십 냥은 충분히 될 터인데…….'

너무 엄청난 후대에 은근히 불안하기까지 했다. 어쩌면 연청아는 자신에게 준 전표가 가짜인 것도 모르고 있을지도 모른다는 생각이 들었다.

"에라!"

비단 금침이 깔린 침상 위로 몸을 던졌다. 이런 기회가 아니면 언제 누워본단 말인가! 일단 자리에 눕자 피곤이 한꺼번에 몰려왔다. 사군은 이내 코까지 골며 깊은 잠에 빠져들었다.

소흥 동북의 서시산(西施山) 아래 구석진 곳에 조그만 장원이 있다.

낙방 서생 윤 모(某)라는 사람의 장원으로, 수십 년째 과거 시험에 떨어져 얼굴을 들고 다니기가 부끄럽다며 대문을 걸어 잠그고 두문불출했기에 이웃들도 그의 얼굴을 본 지는 오래라고 했다.

장원의 내실, 둥근 탁자를 가운데 두고 세 사람이 은밀한 대화를 나누고 있었다. 마원조와 강오웅, 그리고 한 중년인이었는데, 두 사람 모두 상석이라 할 수 있는 벽 쪽에 앉은 중년인을 상당히 어려워하는 기색이 역력했다.

순풍이(順風耳) 당자기(唐紫琦).

날카로운 눈매에 약간은 신경질적으로 보였고, 어딘지 모르게 음침한 기운을 풍기는 사십 세가량의 중년인이었다. 그는 지금 천하를 넘보려 하는 이자성의 비밀 호위 격인 용호쌍신(龍虎雙神) 중 백호신(白虎神)의 실체이기도 했다. 이자성의 호위를 맡아야 할 그가 강남으로 내려와 있는 것은 휘하 백만 농민군의 가장 큰 당면 과제인 병량(兵糧) 해결을 독려하기 위함이었다.

강오웅은 친순왕 조정이 임명한 절강 지역의 총책임자이고 마원조는 당자기 직속의 수하로, 수하들과 함께 백장애 일대를 수색하다가 이제 막 돌아온 길이었다.

'만약 장보도가 사실이라면 그분께서 천하의 주인이 되는 것은 기정 사실이나 다름없는데… 물건은 지금 사군, 연청아 중 한 명의 손에 있는 것이 틀림없어!'

당자기는 확신을 굳혔다.

'후후후, 그래도 장보도에는 내가 제일 근접해 있는 격이군.'

이미 조평준이 모진 고문을 견디지 못하고 모든 사실을 불었기에 장보도의 행방에 관한 윤곽은 어느 정도 잡고 있었다. 그를 납치할 수 있었던 것은 큰 행운이라 할 수 있었다. 일이 잘 풀리는 것을 보니 뭔가 큰 공을 세울 수 있을 것 같았다.

"제가 알기로 사군이라는 젊은이는 내막을 모르고 끼어든 것 같고, 온세정은 아직까지 백장애 일대를 수색하고 있다는 말이고 보면, 지금으로서는 연청아가 가장 유력합니다."

마원조가 조심스런 어조로 말했다.

"흠, 나도 그렇게 생각하네. 게다가 연해장주가 재산을 모은 사연도 석연치 않아. 그가 바로 장강신투가 아닐까 하는 의심을 해볼 필요도 있어."

말을 하는 당자기의 눈이 날카롭게 빛났다.

"일단 연청아를 잡아오는 것이 급선무인 것 같습니다."

강오웅이 거들었다. 순간 세 사람은 번갈아 눈길을 마주치며 고개를 끄덕였다.

마침내 당자기는 결정을 내렸다.

"이런 일은 시간을 끌수록 냄새가 퍼져 날파리들이 꼬이게 마련이지! 오늘 밤으로 한다!"

밤이 깊어 이미 이경을 지나고 있었다.

초가을로 접어드는 즙산의 서늘한 산바람이 골짜기를 타고 마을로 내려와 마을에 계절의 변화를 전했다.

획! 획! 획!

수십 명에 이르는 흑의인들이 어둠 속에 몸을 숨기고 연해장 주변으로 접근했다. 선두에 선 자는 순풍이 당자기로, 좌우에는 흑의를 걸친 강오웅과 마원조가 자리를 같이했다.

'음, 특별한 경계는 없는 것 같은데… 이런 장원이 이토록 경계가 허술하다니 되려 이상하군.'

당자기는 어딘가 모르게 음습한 기운마저 감도는 연해장의 분위기가 마음에 들지 않았다. 시간만 충분하다면 치밀하게 조사를 마친 연후에 움직였을 터였지만. 그의 눈에 어둠 곳곳에 자리를 잡는 수하들의 모습이 들어왔다.

연해장은 마을 끝자락에 위치해 있었다.

마을 노인 곽씨는 요 며칠 잠을 설치고 있었다. 죽을 때가 되면 소변이 잦고 잠이 적어진다고 하는 말을 되씹으며 소피를 보러 나왔던 그는 연해장 주변에서 얼쩡거리는 검은 그림자들을 보았다.

'엉!'

눈이 보배라고, 죽을 때가 다 되었지만 남달리 좋은 시력은 그의 유일한 자랑거리였다. 곽 노인은 그것이 젊었을 때 우연히 즙산에서 캐먹은 산삼 한 뿌리 덕분이라고 굳게 믿었다.

'이 시각에 흑의를 입은 밤손님들이라……'

그는 슬며시 창고 안으로 들어가 바닥에 늘어진 줄을 당겼다. 장원과 연결된 경보(警報)였다. 연해장주와의 오랜 약속으로, '돈이 있는 곳에 도적이 있게 마련이니 혹시라도 미리 발견하시면 이 줄을 당겨주십시오. 사례는 충분히 하겠습니다'는 말을 떠올리고 하는 일이었다. 연해장과 가까운 곳에 사는 마을 사람들의 집에는 모두 그런 줄이 있었는데, 마을 사람들은 그 대가로 매달 은자 한 냥씩을 받았다.

딸랑, 딸랑, 딸랑!

"웅!"

총관 현학송은 침상에서 벌떡 일어났다.

그의 눈은 잠결에서 금방 일어난 사람의 것이라고 보기 힘들 정도로 매섭게 빛나고 있었다. 머리맡에 놓아둔 검을 집어 든 그는 황급히 연청아의 거처로 향했다. 이곳에서 유일하게 그가 보호해야 할 대상이었다.

연청아는 오늘 밤도 하루도 거르지 않고 찾아오는 그 지독한 악몽에서 벗어나지 못하고 있었다. 게다가 요즘은 꿈에 나타나는 사람이 세 사람으로 늘었다. 어릴 때의 이웃집 아저씨는 물론 산적 두목에 사군까지 나타나 교대로 자신을 능욕하고 있었다.

'아악! 개새끼들!'

입이 떨어지지 않았다. 소리쳐 아버지를 부르려고 해도 말문은 터지지 않고 입 안에서 맴돌았다. 애가 탔다.

쾅! 쾅! 쾅!

문을 두드리는 소리가 들렸다.

'아, 아버지!'

놈들이 아버지가 들어오지 못하도록 문을 잠근 것이다. 굳게 잠근 문에 아버지도 애가 타실 것이다. 안으로 들어오시기만 하면 이놈들을 죄다 죽여 버릴 터인데…….

쾅! 쾅! 쾅!

"아가씨! 아가씨!"

퍼뜩 눈을 떴다. 또 악몽이었다. 이마와 콧잔등에서 촉촉한 땀방울이 느껴졌다.

"아가씨, 어서 일어나세요!"

'현 총관이구나. 어쩌면 그 녀석이 밤중에 난동을 피우고 있는지도 몰라!'

그런 생각에 황급히 겉옷을 걸치면서도 허리춤에 새로 마련한 연검이 잘 있는지를 확인했다.

"무슨 일이지요?"

"장원에 도적이 침입한 것 같습니다. 어서 지하 비도로 피하십시오. 사군이라는 젊은이와 함께 가서야 합니다."

다급한 어조였다.

"왜 하필이면 그놈이지요?"

"비도가 그리 길지 않으니 밖으로 나가서가 더 위험합니다. 제가 뒤를 막겠지만 혼자서는 아가씨의 안전을 지켜줄 수 없습니다. 어서 서두르십시오! 항주, 소주의 순서로 생각하십시오!"

사군에게 확실한 믿음이 있는 것은 아니었지만 연청아에게 후한 대접을 받았던 녀석이니 상황이 급박한 이런 판국에서는 믿는 도리밖에 없었다.

그는 연청아의 등을 떠다밀다시피 하고는 황급히 밖으로 내달았다.

잠시 멈칫하던 연청아는 객당으로 달려갔다.

"으아악!"

놈들이 공격을 시작한 모양인지 어디선가 단말마의 비명성이 들렸다. 발걸음이 더욱 빨라졌다.

"드르렁! 드르렁!"

사군은 코 고는 소리가 문밖에까지 들릴 정도로 깊은 잠에 빠져 있었다. 문을 박차고 안으로 들어간 연청아는 다급히 그를 흔들어 깨웠다.

"누, 누구!"

사군은 그제야 벌떡 일어났다. 몇 달 만에 즐기는 편한 잠이었지만 연청화의 화급한 목소리에 깨지 않을 수 없었다.

"도적 떼들이 장원을 습격했어! 어서 일어나!"

다급하게 옷을 걸치던 사군은 그 말에 깜짝 놀라며 검을 찾아 허둥댔다.

"아차!"

그러고 보니 화염회 놈들에게서 검을 회수하지 않은 것이다.

"날 따라와!"

연청아는 엉뚱한 짓거리를 해대는 그를 본 체도 않고 앞장섰고, 사군은 옷깃을 여며가며 얼른 연청아의 뒤를 따랐다. 장원을 덮은 어둠 속에서 간간이 도검이 부딪치는 소리와 비명성이 들려왔다. 원체 규모가 있는 장원이라 몇십 명에 불과한 습격자들은 쉽사리 살상의 대상을 찾아내지 못하고 있었다.

연청아는 어둠을 뚫고 자신의 방을 향해 달렸다. 그녀가 알기로 비도와 연결된 입구가 있는 곳은 모두 세 곳인데, 자신과 아버지 연대종의 침소, 그리고 현 총관의 침소였다.

쐐액! 쐐액!

어둠 속에서 두 줄기의 검광이 그들을 노리고 달려들었다. 사군은 몸을 빙글 회전시켜 검을 피하더니 어느 틈에 오른발을 뻗어냈다.

빡!

발길질은 정확히 공격자의 안면을 강타했다. 챙, 하는 소리와 함께 연청아의 연검도 상대를 맞아갔다. 빠른 신법을 이용해 현란하게 펼쳐지는 검초에 상대가 잠깐 허둥거리는 사이 그녀는 얼른 건물 안으로 뛰어들었다. 하지만 사군은 상대에게 뒤를 잡혔다. 갑작스레 나타난 공격자는 강오웅이었다. 그는 안으로 들어가려는 사군의 등을 노리고 박도를 휘둘렀다.

'아니!'

상대의 얼굴을 확인한 사군은 흠칫했다.

강오웅은 사군을 모르지만 사군은 그를 알아보았다. 지난번 조씨 노인의 상두꾼으로 가장해 반란을 일으켰던, 항상 아프고 병든 이웃을 돕는다던 강 생원이었다. 설마 그가 연해장을 습격하는 밤도적 무리에 끼어 나타날 줄은 전혀 예상하지 못했다.

상대를 탐색하듯 어둠 속에서 두 사람의 눈이 맞부딪쳤다.

마주한 상대의 눈빛이 예사롭지 않다는 것을 느낀 강오웅은 움찔했다. 내심 그를 존경하는 마음이 있던 사군 역시 마찬가지였다.

'안됐지만!'

연청아가 안으로 사라진 건물 입구를 막아서는 사군을 노리고 강오웅의 박도가 번뜩였다.

팟!

왼쪽 어깨에서 반대 편 허리로 길게 베어오는 매서운 공격이었다.

사군이 오른쪽으로 몸을 틀며 피했다고 여기는 순간, 별안간 허공에서 방향을 바꾼 박도가 그의 심장을 깊숙이 찔러왔다. 베기를 위주로 하는 도(刀)로는 어울리지 않는 수법이지만 지금의 초식은 절묘하다고 할 수밖에 없었다.

"우훗!'

숨 가쁜 경탄성과 함께 사군의 몸이 다급하게 뒤로 젖혀졌다. 철판교(鐵板橋)를 연상하는 수법. 하지만 철판교는 아니었다. 뒤로 누워가던 사군이 빙글 몸을 돌리며 왼발로 강오웅의 하체를 쓸어갔다.

"으헛!'

중심을 잃은 상황에서 공격이라니! 도저히 믿기지 않는 반격이었기에 강오웅의 입에서 헛바람이 절로 나왔다. 상대가 맨손이라고 너무 쉽게 보았던 것을 후회하며 앞으로 내밀던 발을 축으로 삼아 허공으로 뛰어올랐다. 희미한 어둠 속에서도 상대가 애송이라는 것이 보였던 까닭이다. 그의 눈이 경악으로 물들었다. 어느 틈에 뒤를 이은 사군의 오른발이 그의 하체를 감아 찼기 때문이다. '탁' 하는 소리와 함께 강오웅이 몸은 허공에서 중심을 잃고 비스듬히 기울었다.

"으헛!'

강오웅의 입에서 경악성이 터져 나왔다. 손에 쥔 박도도 이 순간만큼은 거추장스러운 존재일 따름이었다. 허둥대던 강오웅은 그만 중심을 잃고 바닥에 처박히고 말았다.

쿵!

요란한 소리만큼이나 충격이 작지 않았다. 욱신거리는 허리춤의 통증을 애써 무시하고 화닥닥 일어나기는 했지만 어느 틈에 상대는 건물 안으로 사라지고 없었다.

"이런!"

강오웅은 쩔뚝거리며 두 사람이 사라진 방향으로 달려갔다. 무기도 없는 새파란 애송이에게 당했다는 것이 그의 자존심을 무척이나 상하게 만들었다.

허탈했다. 십수 년을 박도 연마에 매달렸지만 어미 뱃속에서 나오자마자 검을 잡았어도 비슷한 수준이 되어야 옳지 않은가.

'더러운 세상이야.'

오늘의 이런 어이없는 결과가 마땅한 스승도 구하지 못해 홀로 무공을 익혀왔던 탓이라고 생각했기에 문득 억울한 마음까지 들었다. 있는 자도 없는 자도 뜻만 있으면 공평하게 살수 있는, 하루 빨리 바뀌어야 할 세상이다.

사군은 정신없이 연청아의 뒤를 따랐다.

침실로 들어온 연청아가 침상 위 휘장 뒤에 숨겨져 있던 금색 줄을 당기자 덜컹 하는 소리와 함께 침상의 한쪽 면이 꺼지며 아래로 통하는 계단이 나타났다. 기다리고 있던 연청아가 먼저 내려가자 사군은 강오웅이 따라오는 입구를 향해 의자를 던지고 뒤따라 계단으로 뛰어들었다.

"어이쿠!"

두 사람의 뒤를 따라 막 안으로 들어서려던 강오웅은 자신을 향해 날아오는 시커먼 물체에 크게 놀라 황급히 반대 편으로 몸을 굴렀다. 미처 물건의 정체를 확인할 틈도 없었다.

덜컹!

두 사람이 지하 비도로 사라지자 침상은 다시 원래의 모습으로 복구

되었다. 강오웅이 안으로 들어서서 본 것은 비어 있는 침상이 있는 횅한 방이었다.

"빌어먹을!"

강오웅은 재빨리 구석구석을 살폈지만 휘장 뒤에 숨겨진 금줄을 발견하진 못했다.

허탈했다.

인간의 추악한 탐욕이 천하를 바꾸려는 대사를 망치고 있었다.

"그저 등을 쭉 펴고 잘 만한 방 한 칸에 삼시 세 끼 굶지만 않고 살면 되는 것을……"

이자성의 농민군이 하고 있는 일은 가진 자가 없는 자들의 등골을 쥐어짜는 세상을 바꾸려는 것이다. 썩고 부패한 관리와 왕족들, 그리고 가난한 자들의 피 같은 구리돈을 긁어모아 담장 높은 장원을 지어 그 안에서 온갖 더러운 짓을 하는 부호들을 몰아내고 진정한 농민들의 세상을 만들려는 원대한 꿈의 실현을 위한 장정이다. 장보도만 손에 넣을 수 있다면 익지도 않은 생감을 따먹고 전투에 임하는 농민군에게 넉넉한 군량을 공급해 줄 수 있을 것이다. 그런데…

강오웅은 문득 실소를 흘렸다.

'후후후. 누구라도 그걸 손에 넣었다면 같은 생각이겠지!'

장원 안에서의 싸움은 아직 끝나지 않고 있었다.

현 총관은 당자기와 대치했는데, 그의 주변에는 이미 고혼이 되어버린 네 명의 흑의인들이 바닥에 나뒹굴고 있었다.

"으음!"

당자기의 입에서 가는 침음성이 흘러나왔다.

눈앞에 버티고 선 사내! 근육을 긴장하게는 만드는 뭔가가 느껴지는 고수였다. 한 번의 피 맛을 본 검이건만 여전히 현 총관의 검집 안에 들어가 있었다.

'좌수 쾌도!'

당자기는 한눈에 그것을 짐작했다. 이런 상황에서도 검을 빼지 않고 있다면 발검의 순간은 문제시하지 않는 고수다. 자신감이 없이는 결코 취할 수 없는 자세. 당자기의 눈이 절로 상대의 손끝을 향했다.

'음!'

현 총관도 긴장하고 있기는 마찬가지였다. 비명 소리가 잦아들며 주변으로 모여드는 흑의인들의 수는 계속 늘어나고 있었다. 그런데도 그가 시간을 끌고 있는 것은 연청아의 안위를 걱정한 때문이었다.

"연청아가 비도를 통해 달아났습니다!"

팽팽한 긴장이 이어지는 가운데 강오웅이 달려와 보고했다.

당자기의 눈썹이 꿈틀했다. 오늘의 목표물을 놓쳤다니!

"하앗!"

순간 힘찬 기합성과 함께 현 총관의 검광이 번뜩였다.

'헛!'

당자기는 헛바람을 들이켰다. 허세였다. 잔뜩 긴장하고 몸을 움츠리는 순간 상대는 돌연 몸을 틀어 어둠 속으로 사라진 것이다.

"이런!"

당자기는 건물 안으로 스며드는 상대를 향해 화살처럼 쏘아갔다.

사군과 연청아는 지하 통로를 따라 바깥으로 향하고 있었다. 지하 통로에는 드문드문 야명주가 박혀 있어 밝지는 않았지만 그런대로 방향을 잡아가는 것에는 문제가 없었다.

"놈들이 뒤따라오면 어떡하지요?"

바쁘게 걸어가는 연청아의 등에 대고 묻는 말이었다.

"걱정하지 마."

어느 정도 앞으로 나아가자 걸음을 멈춘 연청아는 벽면에 삐죽 나와 있는 손잡이를 당겼다.

쿠르르릉!

돌연 후면에서 요란한 소리가 나며 천장에서 두터운 석벽이 내려와 뒤를 차단했다. 연청아는 사군을 향해 씨익 미소를 지어 보이고는 다시 걸음을 재촉했다. 도중에 또 한 번 차단 벽을 내린 두 사람이 나온 곳은 장원에서 백 장가량 떨어진 조그만 농가의 마른 우물이었다.

"어서 가자!"

연청아는 알 수 없는 두려움에 그저 서두르기만 했다.

"어디로요?"

"일단 항주로 가자."

"왜요?"

연청아는 말문이 막혔다.

토끼는 위험을 대비해 도망갈 구멍을 여러 곳 만들어둔다. 마찬가지로, 항시 노출의 위험에 시달리는 도둑들도 여러 곳에 거처를 마련해 두고 수시로 이리저리 옮겨가며 자신의 흔적을 숨긴다. 장강신투 역시 항주는 물론 소주와 양주, 무창, 북경, 남경 등 숱한 곳에 크고 작은 은 거지를 마련해 두고 있었다. 연청아는 우선 가까운 항주로 가서 몸을 피하려는 것이다. 하지만 도둑놈 집안의 그 같은 사정을 일일이 설명해 줄 수는 없는 노릇이었다.

"각자 갈 길로 가지요, 내 돈이나 주고."

"무슨 돈?"

"가짜 전표를 줬잖아요!"

"엉? 푸훗!"

연청아는 그제야 사군이 이곳에 온 까닭을 짐작하고는 실소를 터뜨렸다. 도둑이 제 발 저린 격이었다. 사군과 헤어져 장원에 도착했을 때 현 총관으로부터 광휘당포에서 큰 혈겁이 일었다는 소식을 듣기는 했다. 그렇다면 지금 광휘당포의 전표는 당연히 휴지 조각에 불과할 거였다.

'그럼 내가 사군에게 건넨 것이 광휘당포의 전표였나? 휴우… 난 또!'

내심 안도의 한숨을 내쉬었다. 하기는 화염회 놈들에게도 정체를 밝히지 않고 은밀히 단서를 넘겼으니 누가 사군의 정체를 알려주었는지는 그들도 알 턱이 없을 것이다. 그런 생각을 하자 사군에 대한 두려움이 완전히 가셨다.

연청아는 문득 혼자 가야 한다는 사실이 겁났다. 연해장을 습격한 무리들의 정체는 모르겠지만, 자신의 품속에 장보도가 있다는 단서를 포착한 것이 틀림없었다. 그렇다면 이제부터는 장보도를 노리는 무수한 습격자들의 목표가 되어 끊임없이 공격받을 것만 같았다. 아버지의 협조도 받아야 하고 지도에 대한 분석도 필요하고… 현 총관이 항주로 가라고 했으니 일단 그리로 움직일 필요는 있었다. 본거지가 습격을 받으면 헤쳐 모이는 것이 요령이다. 하지만 그곳에 가는 동안은 누구의 도움도 받을 수 없는 것이다.

'저 녀석이라면……!'

연청아는 게슴츠레한 눈으로 사군을 바라보았다.

녀석만한 보표를 구하는 것은 쉽지 않을 터였다. 뛰어난 무공에 약간은 멍청하기까지 한… 문득 이 녀석과 동행해 보물을 찾는 것이 더 낫겠다는 생각이 들었다. 아직 사군에 대해 자세히는 모르지만, 녀석의 무공이라면 가능할 것 같았다. 다만 마음에 걸리는 것이 싸움 직후에 미친놈처럼 꺽꺽대며 비명을 지르는 해괴한 증세였다. 하지만 세상만사에 일장이 있으면 일단 또한 반드시 있는 법. 한참을 망설이다 마침내 연청아는 결정했다.

"사실 집안 대대로 내려오는 장보도가 있어. 이번 표행을 마치고 곧바로 그리로 갈 작정이었는데, 알다시피 그만 일이 어그러지고 말았어. 같이 한번 찾아 나서지 않을 테야? 만약 제대로 된다면 반반씩 나누는 조건으로 하고."

"예?"

눈이 왕방울만해졌다.

"쉿! 잘은 모르지만 전해 내려오기를 은자 이천만 냥은 족히 넘을 액수래. 한 건 잘만하면 대대손손 팔자 늘어지게 살 수 있는 액수야. 당금황제가 일 년에 거두어들이는 수입과 비교해도 결코 모자라지 않을걸."

"컥!"

숨이 턱 막혔다.

처음에는 그저 금액을 잘못 들었거니 했다. 하지만 황제의 수입까지 들먹거리는 것을 보니 결코 그게 아니었다. 눈은 절로 왕방울만해졌고 손이 떨리는 것은 물론 심장까지 벌렁거렸다. 한 달에 은자 한 냥만 받아도 감지덕지하는 처지인데… 그 절반을 준단다!

그럼 천만 냥!

사군은 한동안 미동도 하지 못했다. 머리는 텅 비어버렸고 심장의 고동 소리는 대장간의 망치질 소리처럼 크게 들렸다.

'딱 걸렸어!'

연청아는 은근한 미소를 지어가며 그런 사군을 지켜보기만 했다.

'은자 천만 냥!'

고루거각을 지어 어머니를 편히 모시고 마누라는 백 명쯤 두고, 시비나 하인배는 천여 명쯤…… 머리 속으로 온갖 엄청난 상상이 오갔다. 한참을 그런 망상 속에 헤매던 사군은 돌연 머리를 저었다.

'아니야!'

냉정히 생각해 보니 연청아가 뭔가 헛된 꿈에 사로잡혀 있는 것 같았다. 그런 엄청난 장보도가 있다면 결코 묵혀두고 대를 이어 내리지는 않았을 거라는 생각이 들었다. 난세에는 가짜 장보도 같은 것이 사방에 나돌아 사람들을 미혹시킨다는 말을 들은 것 같기도 했다. 어디서 허접한 헌 지도 한 장을 구해 가지고 허황된 망상에 사로잡혀 있는 것이 분명했다.

'제기랄, 내가 미쳤지.'

그런 생각을 하니 맥이 탁 풀렸다.

"세상에 그런 엄청난 보화를 숨긴 곳이 어디 있겠어요. 잘못 알고 계신 것이 아니에요? 그 장보도라는 것이 정말 대대로 내려온 것이 맞나요? 가짜도 엄청 많다고 들었어요. 그런 것에 미쳐서 가산을 탕진하고 평생을 허송세월하는 사람도 많아요. 석숭(石崇)이 남겼다는 황금을 찾아다니다가 백발이 된 사람에 대해 써 있는 책을 읽은 적도 있어요."

침을 튀겨가며 정신없이 내뱉었다.

'후후후, 욕심은 있되 확인을 해보자는 거지?'

연청아는 내심 회심의 미소를 지었다. 너스레를 떠는 녀석의 속이 훤히 들여다보였다.

"동생은 내가 그만한 것도 확인하지 않고 일을 벌이려는 것으로 보여?"

"그, 그렇지만……."

"내가 누구야? 소흥에서도 손꼽히는 부호 축에 드는 연해장주의 딸, 그것도 무남독녀녀! 아버님이 가지고 계신 재산은 모르기는 해도 천만 냥은 족히 넘을걸. 말을 바로 하자면, 내가 관심을 가지는 것은 금은보화 자체가 아니라 그걸 찾는 과정에서 느끼는 즐거움이야!"

연청아의 솔직한 심정이기도 했다.

'혹시?'

엄청난 액수에 휘둘려 잠시 머리가 혼란스러웠던 사군은 위지황록이 장보도를 내어놓으라며 윽박지르던 일과 지하 석실에 감금되어 고문을 당했던 일을 떠올렸다. 그런 정황과 연관을 지어보니 장보도가 사실일 거라는 확신이 들었다. 한데…

문득 그 물건이 원래는 휘주의 총방으로 운반되던 광휘당포의 물건일 것이라는 짐작이 들었다.

"그럼 백장애 일대에서 강표를 죽인 사람은?"

'혁!'

연청아는 뜨끔했다. 멍청한 것으로 생각했는데 의외로 머리가 제법 도는 녀석이다. 하긴 그 정도 생각도 하지 못한다면 바보겠지만.

"너, 눈치 챘구나. 사실 내가 말한 장보도는 집안에서 내려오던 것이 아니야. 네 말대로 강표의 품속에 있던 것이지."

"그럼, 사람을 죽이고 강도질을 한 것 아니오?"

"그건 아니야. 강표는 누군가의 암습에 의해 죽었어. 그자가 강표를 죽이고 뭔가를 훔쳐 가는 것을 내가 보았는데, 운 좋게도 내가 숨어 있는 쪽으로 오기에 암습을 가해 빼앗은 거야."

사군의 퉁명스런 질문에 연청아는 천만에 말씀이라는 듯 손사래까지 쳐가며 말했다. 언젠가 이런 사태를 예상하고 미리 준비해 둔 말이었는데, 사군이 그 상대가 되리라고는 생각지 못했다. 어쨌거나 부상자를 죽였다는 사실을 시인하고 싶지는 않았다.

"그래도 엄연히 광휘당포의 물건 아닙니까?"

사군의 말투가 한결 부드러워졌다.

"풋! 너, 바보 아냐? 이런 물건에는 임자가 따로 없다는 말은 들어보았어? 생각해 봐. 광휘당포인들 이걸 정상적으로 얻었을 것 같아? 아니겠지. 장보도를 사들이려면 적어도 몇백만 냥은 줘야 하니, 당포까지 처분해도 모자랄걸. 게다가 누가 이런 걸 팔려고 하겠어? 그렇다고 기신 관사 집안에서 대대로 내려오는 물건이겠어? 이런 물건의 임자는 하늘이 내리는 법이야. 알아? 우리 손에 들어왔으니 하늘이 기회를 준 거지. 반반씩만 나누어도 대대로 몇십 대까지는 풍족하게 쓸걸. 이런 기회가 흔한 것은 아니야. 평생이 아니라 네 몇십 대 후손들까지 따져도 좀체 잡지 못할 기회지. 후회할 말일랑은 아예 꺼내지도 마!"

준비해 둔 생각이 있기에 침을 튀겨가며 빠르게 말을 뱉었다. 하지만 그 장보도는 아버지 장강신투가 광휘당포에 팔아먹었던 것이라는 말은 차마 하지 못했다.

"음……."

사군은 한마디 빼지 않고 모두 주워들었다. 그 말이 사실이라면 굳이 돌려줄 필요까지는 없을 것 같기도 했다.

"같이 갈 거야, 말 거야? 아니면 다른 사람을 구해보고!"

"가지요!"

말이 떨어지기 무섭게 나오는 대답이었다. 생각해 보니 자신도 장보도 때문에 여러 번 재난을 당했으니 당연히 몫을 챙길 권리가 있었다. 문득 화염회 놈들에게 잃어버린 검이 생각났다. 아버지의 것인지, 아니면 친모의 것인지는 알 수 없지만, 자신에게는 무척이나 소중한 검이 아닌가.

"하지만 어떤 놈들에게 납치를 당해 검을 빼앗겨 버렸는데 먼저 그걸 찾아야 해요."

'으이그!'

연청아는 속으로 한 대 쥐어박고 싶었지만 애써 참았다.

"지금 그럴 여유가 어디 있어? 내가 가는 길에 백 냥짜리 멋진 걸로 하나 사줄 테니 그냥 가!"

"집안에서 내려오는 검이라 잃어버리면 안 돼요."

"그럼 마음대로 해. 이쯤에서 각자 헤어지는 것이 낫겠군. 천만 냥을 목표로 하는 판에 그게 더 소중하다니 할 수 없지."

연청아는 매정하게 등을 돌렸다. 하지만 겁을 줘본 것에 불과한 행동으로, 녀석이 정말 가버린다면 난처했다.

천만 냥이라는 말이 사군의 발목을 붙들었다. 그는 약간 망설이다가 하는 수 없다는 듯이 고개를 저으며 연청아의 뒤를 따랐다.

연청아는 길을 가는 도중에 숲 속에서 역용을 했다. 숲을 나서는 그녀는 삼십 대 중반의 평범한 시골 아낙으로 바뀌어 있었다. 그녀는 사군도 비슷한 나이 대의 사내로 역용을 해주었다. 부부인 양 행세하며 길을 편하게 가려는 속셈이었다.

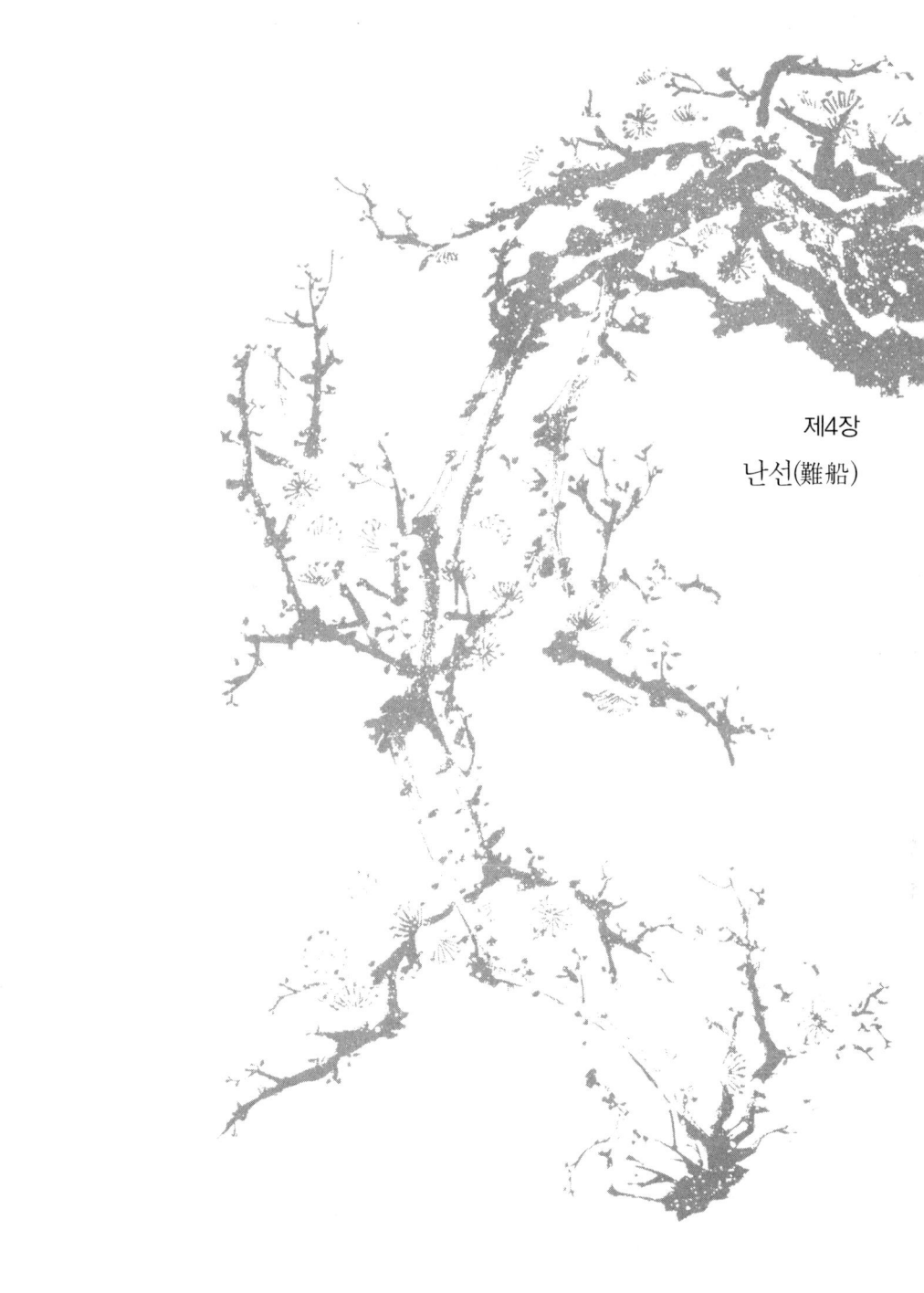

제4장
난선(難船)

"올라오면 죽어!"

연청아가 자그만 주먹을 불끈 쥐고 침상 위에서 내려다보며 소리쳤다. 먼 길을 떠나는 부부 행세를 한다고 하는 것까지는 좋았는데, 점소이 녀석이 진짜 부부로 취급해 무조건 한 방을 배정해 주는 바람에 아무 소리도 못하고 사군과 같은 방을 써야 했다.

당연히 침상은 연청아, 바닥은 사군이 맡았다. 밤이 두려운 연청아였기에 잠자리에 들기 전에 혹시 모를 불상사를 대비해 사군의 기를 꺾어놓는 건 당연한 절차였다. 그런 속내를 알고 있는 사군이기에 행동은 한결 조심스러웠다.

연청아의 허풍에 사군은 씨익 웃어주는 것으로 대답을 대신했다.

예향이 반했던 넉넉한 웃음!

연청아는 흠칫했다. 은근히 가슴이 진탕되었기 때문이다.

'망할 자식!'

문득 여자의 모든 것을 드러내 보여야 했던 그날의 아픈 기억이 떠올라 와락 이불을 뒤집어썼다. 잠이 쉽게 오지 않았다.

"드르렁! 드르렁!"

녀석은 이미 깊은 잠에 빠져 코를 골고 있었다.

'멍청이!'

너무도 싱거운 동침이라 내심 허전하기까지 했다.

이틀을 항주에서 보내며 장보도를 두고 연구하던 두 사람은 일단 움직이기로 했다. 연청아의 아버지 장강신투나 현 총관은 끝내 그곳에 모습을 드러내지 않았다. 그간 중원 각처에 보물이 숨겨져 있을지도 모른다고 소문이 난 장소가 몇 곳 있기는 했다. 연청아와 사군은 그런 곳을 차례로 돌아보기로 하고 길고 긴 여행을 떠나기로 했다.

두 사람을 태운 배가 항주 선착장을 떠났다.

그들은 지금 무창으로 가는 중이었다.

그곳을 택한 이유는 무창이 지금은 사라진 무림맹(武林盟)이라는 단체가 있던 곳으로, 역대 맹주들의 보물이 숨겨져 있다는 소문이 있는 곳이기 때문이다. 장보도가 있는 비고(秘庫) 안으로 들어가는 지도이기는 했지만, 문제는 정확히 폐궁의 위치가 어딘지는 아직 밝혀지지 않고 있다는 데 있었다.

배를 타면서부터 연청아는 강호의 견문이 전혀 없다시피 한 사군을 위해 쉬지 않고 입을 놀려가며 설명을 해주어야 했다. 설명을 듣고 난 후에도 사군의 질문은 금방 다시 이어졌다. 지금은 개방에 관한 설명을 하는 중이었다.

"개방이라면 거지들이 모인 방파가 아닌가요?"

"으음……."

신음성과 함께 연청아의 눈이 가늘어졌다.

'이런 머저리하고 같이 다녀야 한다니… 무공이 그 정도면 돌아가는 정세도 웬만큼은 알아야지, 이거야 원!'

사군의 백치에 가까운 무식함은 아무리 좋게 생각해도 이해할 수 없었다.

연청아의 반응에 사군은 얼굴을 붉혔다. 이미 보름 가까이 동행을 한 덕분에 연청아의 이런 반응이 무얼 의미하는지는 잘 알고 있었다.

"연 누님, 너무 그러지 마세요. 저도 이제 대충은 안다고요. 단지 확인하려는 것이었어요."

그 말은 차라리 하지 않는 편이 나을 뻔했다.

"아항, 그렇구나. 훗훗훗!"

연청아는 입까지 가려가며 크게 웃었고, 사군은 다시 한 번 얼굴을 붉혀야 했다. 어색해진 사군은 난간 쪽으로 눈길을 돌려 강변 경치를 구경하는 체했다.

배안에는 선객들이 적지 않았다. 그들 중에 두 사람의 일거수일투족을 감시하는 사람이 있었다.

마른 얼굴의 문사 차림의 중년 사내였는데, 부채로 얼굴 한쪽을 가리고 있었고, 네 명의 보표들이 호위하듯 그의 주변에서 떨어지지 않고 있었다. 그들은 남경에서 배에 오른 자들로, 워낙 험악한 세월이라 웬만한 집안에서는 바깥 나들이를 할 경우 보표를 붙여 호위하는 일은 흔했기에 사람들의 주의를 끌지는 않았다.

강물을 쳐다보는 시늉을 하고 있던 중년 사내는 짐짓 고개를 끄덕였다.

'음, 연 누님이라…… 저 계집이 연청아로군.'

그는 남경 일대의 타항(打行)인 화염회(火焰會)의 총호법 진충(陳沖)과 호법단 소속의 네 명의 수하들이었다. 그는 역용을 하고 두 사람을 쫓고 있었다.

진충이 연청아의 뒤를 쫓을 수 있었던 것은 정말 행운이었다. 일을 실패하고 남경으로 돌아가던 그들은 우연히 탄 배에서 눈에 익은 장한을 목격했던 것이다. 불쑥한 키가 그의 눈길을 끌었고, 그와 동행한 계집 또한 어딘가 어색한 느낌을 주었기에 몰래 주시하고 있었는데, 몸을 숨기고 두 연놈들이 나누는 대화를 들어보다가 애타게 찾던 연청아와 사군이 역용을 하고 있는 것을 눈치 챘던 것이다.

'흐흐흐… 재수가 좋았어!'

일단 주의해서 살피니 거의 확실하다는 결론에 도달했다. 배 안에서 일을 벌인다는 것이 마땅찮았지만, 곧 남경에 도착할 터이니 그 전에 일을 마무리 지어 연놈들을 배에서 끌어내려야 했다.

진충은 주변을 살폈다.

객선에 보표들을 대동한 상인이나 여행객들이 여럿 타고 있기는 했다. 하지만 자신의 안전과 관련이 없을 경우 다른 일에는 일체 간섭하지 않을 터였다. 진충은 네 명의 단주들과 의미심장한 눈빛을 교환했다. 그러자 네 명의 장한이 서서히 연청아 주변으로 접근했다.

'엇!'

사군은 자신을 향해 살기를 피워 올리며 접근하는 네 명의 중년인들을 보고 안색을 굳혔다. 그의 표정에 연청아도 뭔가 심상치 않은 기운을 느끼고 허리춤으로 손을 가져갔다. 네 명의 수하들이 두 사람을 포위하자 진충이 거드름을 피운 채 나서며 얼굴을 가리고 있던 섭선을 치웠다.

"나를 알아보겠느냐?"

"네, 네놈은!"

진충을 본 사군은 크게 놀라 자신이 역용을 했다는 사실도 잊고 주춤거리고 한 걸음 뒤로 물러섰다. 그것을 본 진충은 두 사람의 정체에 대해 완전히 확신할 수 있었다.

"흐흐흐, 감히 본좌의 수하들을 죽이고 달아나다니!"

사군의 눈에서 원독이 뿜어져 나왔다. 석실에 갇혀 놈에게 당했던 모진 고문이 생각난 것이다. 이미 주변에 있던 사람들은 혹시라도 불똥이 튀는 것을 겁내 저만치 멀찍이 물러서 있었다.

창!

흉흉한 기세를 감지한 연청아가 먼저 연검을 뽑아 들며 일갈했다.

"웬 놈들이냐!"

"본좌는 화염회 총호법 진충이다. 내가 왜 그러는지는 잘 알고 있겠지?"

진충이 거드름을 피우며 다가왔다. 화염회를 거론한 것은 주변 사람들 중 공연히 철없이 나서서 귀찮게 굴려는 놈들에게 경각심을 일깨우려는 것이다.

연청아의 얼굴이 흙빛으로 변했다.

자신이 직접 사군을 잡으라는 밀서를 몰래 던져 놓았기에 그녀도 진충의 얼굴을 알고 있었다.

"흐흐흐, 네년이 영계를 좋아하는지는 미처 몰랐다. 어디서 솜털도 가시지 않은 애송이를 꼬드겨 데리고 다니며 재미를 보다니. 핫핫핫!"

진충은 은근히 말을 돌렸다. 연청아도 머리가 있으니 장보도 이야기를 입에 올리지는 않겠지만, 아무래도 주변을 의식하지 않을 수 없었던 것이다. 그의 말에 연청아는 물론 사군도 얼굴을 붉혔다.

"닥쳐라! 화염회의 쓰레기 주제에 총호법이라니! 요즘은 쓰레기들도 호법을 세우는 줄은 미처 몰랐다!"

연청아도 지지 않고 말을 맞받았다.

"흐흐흐, 그년 성깔 한번 대단하구나. 설마 간밤에도 저놈에게 그렇게 성질을 부리지는 않았겠지?"

진충은 그렇게 말하며 사군의 얼굴을 쳐다보았다. 마치 '간밤에는 어땠냐?' 하며 물어보는 듯한 태도였다. 사군의 얼굴이 또다시 붉어졌다. 사실 상처를 싸매주었던 연청아의 속살이 밤마다 생각나 은근히 잠을 설치고 있었던 것이다.

"퉤! 쓰레기!"

연청아는 분통이 터지는지 진충의 얼굴에 침을 뱉었다.

"엇!"

돌연한 침 공세를 미처 피하지 못한 진충은 얼굴에 침을 뒤집어썼다.

"이 계집이!"

미처 그의 말이 끝나기도 전에 네 명의 호법들이 연청아와 사군을 향해 칼을 휘둘러 왔다.

"계집의 모가지만 붙어 있으면 된다! 팔다리는 하나쯤 잘라 버려도 절대 나무라지 않겠다!"

진충은 자기까지 나설 필요는 없다는 듯 옆으로 몇 걸음 물러서며 소리쳤다. 월왕회 총호법 자리는 화염회 내부에서 서열 삼위에 이를 정도로 막강한 자리라 남경 건달들에게는 평소 하늘같이 떠받들어지던 그였기에 그만큼 모욕감도 컸다.

하지만 그는 뒤로 물러나서도 사군의 움직임에 눈을 떼지 않았다.

이미 한번 무공을 견식한 터라 진충은 사군의 움직임을 주시해 견제하려는 생각이었다.

상전의 분노를 해결해 주어야 한다는 생각인지 수하들의 공세는 사납기만 했다.

창! 창!

연청아의 연검은 장한들의 공세에 밀려 힘을 잃고 휘청거렸다. 건달들이라고 해도 이들은 진충이 가리고 가려 뽑은 직속 호법들이었다. 남경의 일류무도장에서 십수 년 이상 고련을 쌓은 자들이라 무공이 결코 평범하지만은 않았다. 두 사람의 합공은 연청아로서는 버거운 상태였다.

자신을 견제하려는 진충의 움직임이 신경을 쓰이게 했지만 사군은 연청아를 돕지 않을 수 없었다. 사군은 팔방풍우의 초식으로 연청아를 노리던 호법 하나의 명치에 발길질을 가했다.

퍽!

일격을 당한 상대는 주저앉을 듯 휘청거리며 뒤로 물러났다.

"엇!"

그것을 본 다른 호법 하나가 잠깐 멈칫하더니 박도를 휘둘러 사군의 허리를 세차게 쓸어왔다.

"등(騰)!"

사군은 펄쩍 뛰어오르며 박도를 피함과 동시가 검을 내리그었다. 연청아가 새로 사준 검이었다.

"크억!"

비명 소리와 함께 장한은 머리를 그대로 갑판에 처박으며 쓰러졌다. 눈을 부릅뜨고 죽은 장한의 이마에서 미세한 혈선이 보이더니 이내 홍건한 핏물이 흘러나왔다.

'제길!'

사군은 내심 후회했다. 죽으려는 생각까지는 없었는데 습관적으로 검이 먼저 나갔던 것이다.

"아니!"

진충은 사군이 가세하자 검을 뽑아 기회를 노리다가 수하의 죽음을 보고는 사군을 행해 달려들었다. 방금 죽은 수하는 화염회에서도 백여 명밖에 되지 않는 호법단 소속의 자였다. 그런데 단 한 수에 목숨을 잃다니… 진충의 검이 살기를 잔뜩 품고 사군을 요혈을 노렸다.

창!

검과 검이 마주치며 불꽃이 튀는 순간 사군의 발이 허공을 갈랐다.

휘릿!

"옷!"

진충이 크게 놀라며 머리를 젖혀 발길질을 피했다. 모욕감에 자세를 바로 하고 공격을 가하려는 순간, 그는 턱을 향해 차올리는 또 하나의 큼지막한 발바닥과 마주쳤다. 몸을 눕히며 차올리는 상전퇴(上剪腿)의 수법이었다. 진충은 얼른 몸을 옆으로 돌아 위기를 모면했다.

"악!"

그 순간 연청아의 짤막한 비명이 들려왔다. 사군이 흘낏 돌아보니 연청아는 등에 비스듬히 일검을 맞고 휘청거리고 있었다. 좁은 배 안이라 자신의 주특기인 현란한 신법을 이용한 검법으론 조금의 득도 보지 못하고 있다가 당한 것이다. 사군은 마음이 급해졌다.

"명왕개밀(明王開密)!"

사군의 검이 수십 줄기의 검광을 번뜩이며 진충을 노렸다. 크게 놀란 진충이 황급히 뒤로 물러서는 순간 사군은 비호처럼 몸을 날려 연청아를 공격하던 호법 하나를 베었다.

"크윽!"

상대는 진충이 사군을 충분히 잡고 있으리라 생각해 방심하고 있다가 급습을 당하자 피하지 못하고 그대로 절명했다. 사군은 손속에 조금도 사정을 두지 않았다. 어느 틈에 그의 검은 다시 달려드는 진충을 매섭게 핍박했다.

"이런!"

진충은 크게 놀라며 다시 뒤로 물러났고, 사군의 신형은 언제 그랬냐는 듯이 팽이처럼 돌아 또 한 명의 호법을 노렸다. 이미 한 동료가 당했기에 신경을 쓰고 있던 상대는 기다렸다는 듯이 그의 검을 맞받아 냈지만, 사군의 공격에는 항상 제이타가 준비되어 있었다. 돌연 그의 발이 짧게 돌아 상대의 턱을 후렸다.

빡!

턱이 부서진 것이 틀림없었다. 상대는 비명도 지르지 못하고 몸을 꼿꼿이 해서 뒤로 자빠졌다.

'이 정도로 대단한 놈이라니⋯⋯!'

다시 앞으로 나서던 진충은 그제야 사군이 예사 고수가 아닌 것을 알았다. 지하 뇌옥에 가두어두고 고문을 가할 때만 하더라도 이런 실력은 상상도 하지 못했었다. 하지만 오늘 상대해 보니 전혀 아니었다. 사실 그는 사군과 진정으로 맞선 적이 없었다. 당시는 사군이 그저 지하에서 달아나기에만 급급했기에 진충에게 전력을 기하지 않았었다. 진충은 그제야 자신들이 가장 기피해야 할 무림의 범털을 건드린 것을 알았다.

"으악!"

진충이 놀라 멈칫하는 사이 마지막 남은 호법도 목숨을 잃었다.

사군은 이어서 방향을 틀어 진충을 쪼개갔다. 일단 싸움이 시작되니 자신도 모르는 살심이 일어 손속이 매서워졌다.

삑!

사군의 공격에 검을 들어 막는 진충의 가슴팍으로 무지막지한 발길질이 가해졌다. 진충은 왈칵 피를 토하며 허리를 꺾었다. 이토록 쉽게 당할 그는 아니었지만, 수하들의 죽음에 충격을 받은 것은 물론, 통상적인 공격과는 궤를 달리하는 검과 발이 어우러진 사군의 공격에는 속수무책이었다.

'헉!'

정신이 흐릿해져 오는 순간 목 언저리를 스치는 화끈한 따가움을 느꼈다. 붉은 핏줄기가 꽃잎처럼 허공에 흩뿌려졌다. 진충은 마치 술에 취한 사람처럼 비틀거리며 바닥으로 구겨져 눈을 감았다.

꽈당!

한동안 쓰러진 진충의 시신을 노려보던 사군의 눈이 그의 손에 들려 있는 검에 가서 멎었다. 눈동자가 흔들렸고… 잠시 후에 눈에서 스르르 광기가 걷혔다.

"많이 다쳤어요?"

아직 상황이 정리되지 않은 탓에 잔뜩 흥분한 말투였다.

"등이 살짝 베인 것이 전부야. 되게 따끔거리네. 젠장. 이러다간 처녀 몸이 남아나지 않겠네. 대체 요즘 들어 칼질을 당한 것이 벌써 몇 번째야!"

연청아는 인상을 찡그리며 말했다.

등에 난 상처에서 피가 옅게 배어나 옷을 적시고 있었다. 얼마 전에 새로 산 값비싼 비단 경장이었다. 연청아는 사군의 호위를 받는 듯하며 선실로 향했다. 한데 사군의 움직임은 싸움에서 부상을 당한 사람 같이 어색하기만 했다. 또 정욕이 일며 양물이 벌떡거리고 있었다. 불쑥 솟아오른 양물 때문에 걸음조차 옮기기가 쉽지 않았다.

'으음!'

애써 욕정을 누르자니 이마에 땀까지 배어 나왔다. 그는 연청아를 부축하듯 하여 방패로 삼아 황급히 자신의 선실로 돌아갔다.

멀찍이 물러서 있던 선부들은 그제야 시체 주변으로 몰려들었다. 끔찍하게 나자빠져 있는 시체들을 치우려는 것이다. 웬만하면 강으로 던져 버렸으면 속이 시원하겠지만 후일 화염회 놈들이 어떻게 나올지 몰라 손도 대지 못하고 구석진 곳에 치우고 거적을 덮어두는 것이 고작이었다. 선객들은 싸움이 벌어진 반대 편으로 몰려 모든 상황이 끝난 지금에도 아직도 움직이지 않고 있었다.

소동이 일었던 갑판의 한구석에서 무심한 눈빛으로 일련의 사태를 지켜보던 자가 있었다.

'백장애 일대에서 대단한 활약을 보였다더니······!'

평범한 눈매의 문사 차림의 청년으로 몇 명의 수행원들과 동행하고 있었는데, 그는 바로 제갈강이었다. 그는 사군과 연정아를 발견했다는 동생의 전서를 받고 급히 이 배에 올랐던 것이다. 연청아와 사군이 역용까지 하고 길을 나섰지만 사실 그들의 행적은 제갈옥에 의해 손금 보듯이 훤히 밝혀져 그에게 전해지고 있었다. 우선 사군의 큰 키는 어떤 역용으로도 숨길 수 없었고, 연청아는 자신의 변장에는 잔뜩 신경을 썼지만 정작 사군에게는 다소 소홀한 점이 없지 않았기에 그들의 행적은 곳곳에 널린 제갈세가 정보원들의 눈을 피하지 못했다.

배 안에는 제갈강만이 있는 것이 아니었다. 배 한구석에서 그 싸움을 지켜본 사람은 또 있었다. 그들은 상인 차림의 한 명의 중년인과 그들의 보표로 보이는 여섯 명의 검수들이었다.

"이 배에서 사군이라는 녀석의 무공을 견식할 수 있었다니 정말 운이 좋았다."

중년인은 옆 자리의 젊은 보표에게 전음을 건넸다.

"함부로 건드렸다가는 뼈도 추리지 못하겠군요."

그의 전음을 받은 청년 하나가 조심스럽게 전음으로 대답했다.

"쯧쯧. 그렇게 자신이 없어서야!"

중년인의 전음으로 보낸 일갈에 젊은 보표가 목을 움츠렸다. 그들은 화산파에서 대외 정보를 총괄하는 비응당(飛鷹堂) 부당주(副堂主)인 오경동(吳暻動)과 화산파가 절치부심(切齒腐心)한 끝에 십수 년이 걸려 양성한 육합검수(六合劍手)들로, 천시원(天市垣) 소속의 이십팔수(二十八宿) 중 비응당에 배정된 육 인이었다.

그들은 장보도에 관한 일련의 사건들에 대해 모처에서 청한 도움 요청에 따라 움직이는 중이었다. 그들 일행도 다른 사람들의 이목을 끌지 않으려는 듯 행동거지를 조심하는 기색이 역력했다.

연청아의 벗은 몸매가 눈에 아른거렸다.

침상에 고개를 처박은 사군은 돌연 치밀어 오르는 욕정에 한동안 머리를 쥐어뜯으며 괴로워했다.

'이상해. 진기만 과도하게 사용하면 이런 현상이 나타나니…….'

이해할 수 없는 일이 몸에서 벌어지고 있었다. 어쩌면 몸속에서 더러운 피가 끓고 있는지도 몰랐다. 치미는 욕정에 괴로워하던 그의 머리 속으로 유하와 묘랑과의 정사가 떠올랐다.

"어이쿠!"

오랜 노력으로 식어가던 몸이 다시 뜨거워지고 있었다. 그는 황급히 머리를 저어 부끄러운 생각을 털어버리려고 했다.

연청아는 자신의 선실에서 왼쪽 등 바로 밑에 세 치가량 스친 검상을 치료하기 위해 구슬땀을 흘리고 있었다. 금창약을 바르기도 마땅치 않아 대나무젓가락 끝에 헝겊을 둘러 그 위에 약을 묻혀 상처에 바르는 중이었는데, 눈에 보이지 않다 보니 젓가락이 상처를 자극해 여간 아픈 것이 아니었다.

'망할 놈, 하필이면 손이 닿지 않는 곳에 상처를 입힐 게 뭐람!'

속으로 그렇게 투덜대던 연청아는 문득 상처가 앞쪽에 났다면 젓가슴을 다쳤을 수도 있다는 생각에 다시 고개를 저었다. 아무튼 그놈의 무공이 항상 문제였다. 겨우 상급 이류검수 정도밖에 되지 않는 실력은 종종 그녀를 위험에 빠지게 했는데, 그때마다 오로지 경공에 의지해 몸을 피해야 했다.

'그 녀석에게 발라달라고 할 걸 그랬나?'

어차피 보여줄 건 다 보여준 마당에 새삼스러울 것도 없겠다는 말도 되지 않는 생각까지 들었다.

"저……"

선실 앞에서 누군가 비실거리는 목소리로 인기척을 냈다.

'사군 녀석이로군.'

연청아는 후닥닥 겉옷을 걸쳤다.

"들어와!"

사군은 조심스레 연청아의 선실 안으로 들어왔다.

은은한 욕정이 일어 자신도 모르게 발걸음이 이리로 향했던 것인데, 연청아의 싸늘한 목소리에 양물은 언제 그랬냐는 듯 고개를 숙여 버렸다.

"연 누님, 우리 보물을 포기하고 그만 돌아가면 안 될까요?"

막상 할 말이 없었던 사군은 그렇게 둘러대었다. 연청아는 갑작스런 제안에 화들짝 놀라기까지 했다.

"뭐라고?!"

"너무 위험한 것 같아요. 아직 근처에도 가지 못했는데 벌써부터 수시로 부상을 당하니 제가 불안해서요. 그리고 집에 혼자 남아 계신 어머님도 걱정이 되구요."

'으이그, 허우대는 멀쩡한 놈이…… 쯧쯧.'

연청아는 내심 혀를 찼다. 아직 어머니 젖이 먹고 싶은 건가? 이천만 냥이 넘는 엄청난 일을 하는데 기껏 한다는 소리 하고…… 이런 말을 하러 일부러 찾아오다니, 한심한 생각마저 들었다.

"동생, 한 건만 제대로 하면 평생 어머니를 편히 모실 수 있어. 자그마치 이천만 냥이야, 이천만 냥! 게다가 절세의 무공비급도 있는데 시작도 하기 전에 포기하겠다는 말이야?"

그 말에 사군은 다시 마음이 흔들려 고개를 끄덕였다.

'휴, 수시로 잘 달래야지!'

연청아는 가슴을 쓸어 내렸다. 어쩌면 방금 전 벌어졌던 상황은 시작에 불과할지도 몰랐다. 사군이 없었더라면 진작 죽은 목숨이나 다름없었다.

'음! 연청아가 장보도를 가지고 있는 것이 틀림없구나!'

옆방에서 이들의 대화에 귀를 기울이고 있던 제갈강의 얼굴에 격동의 빛이 떠올랐다. 동생에게 연락을 받고 급히 추격에 나서기는 했지만 혹시라도 중간에 목표물이 바뀌었을까 걱정을 하던 차였다.

'운이 좋았군!'

두 사람의 뒤를 따르고 있다가 선장을 매수해 바로 옆방에 자리 잡을 수 있었기에 이런 말을 들을 수 있었다. 제갈강의 이번 임무는 목표물의 방향을 제대로 인도하는 것이다.

천하의 운명을 위한 방향을…….

딸랑! 딸랑! 딸랑!

"오늘 저녁이면 무호(蕪湖)에 도착합니다! 준비하시오!"

선부 하나가 종을 흔들고 갑판과 선실 앞을 지나며 소리쳤다. 선객들이 내릴 준비를 할 수 있게 미리 알리는 것이다. 항주를 떠난 지 보름이나 지난 무렵이었다.

사군은 가급적 선실 밖으로 나가지 않았다.

지난번 염왕회와의 사건으로 여러 사람들 앞에 얼굴을 드러내는 것이 꺼려졌기 때문이었다. 대신 그가 하는 일은 고노가 남긴 무공을 익히는 일이었다. 아직 내력의 적시(適時) 운용이 순조롭지 않다는 것을 스스로 느끼고 있었다.

연청아 또한 이목이 번잡한 갑판 위로 올라가는 것을 꺼려했다. 화염회 사건으로 뜨끔했던 것이다. 심심해진 연청아는 자연 벽을 두드려 옆방의 사군을 부르거나 수시로 사군의 방으로 건너와 자신이 강호에서 경험했던 이야기를 과장 섞어가며 들려주는 것을 낙으로 삼았다. 사군은 그녀를 통해 대충이나마 당금 무림의 정세를 알 수 있었다.

그 사건을 기회로 선실을 벗어나지 못하는 두 사람 사이가 그런대로 돈독해졌지만 자신들 주변으로 서서히 좁혀 들어오는 어두운 그림자를 알지 못했다.

"오는가!"

남궁황은 장강을 거슬러 북상하는 한 떼의 선단을 보며 나직이 중얼거렸다. 그는 유계구(裕溪口)에서 조금 비켜난 한적한 야산에 서 있었다. 이번 출정은 세가의 차기 가주로서 그의 역량을 시험받는 자리이기도 했기에 그의 행보는 자못 신중했다.

십여 명에 이르는 백의대(白衣隊)는 물론 홍의대(紅衣隊) 이십에 청의대(靑衣隊) 일백 명 등, 가히 세가 정예의 일 할이 넘는 전력이 이번 작전에 투입되었다. 무림에서 남궁세가가 다시 한 번 도약할 수 있는 계기였다.

남궁황의 오른손이 허공으로 올라가자 펑, 하는 소리와 함께 다섯 줄기의 황색 화전(火箭)이 누런 연기를 뿜으며 허공으로 치솟았다.

잠시 후 십여 척의 쾌속선들이 유계하(裕溪河)를 타고 내려와 장강의 물줄기를 막듯이 길게 횡으로 늘어섰다. 쾌속선에는 남궁세가를 뜻하는 '남궁(南宮)'이라는 기(旗)가 크게 내걸려 있었고, 갑판 위에는 활을 든 십수 명의 궁수들이 타고 있었다.

객선과는 불과 삼십여 장의 거리였다.

힘겹게 물줄기를 거슬러 오르던 객선이 약간 흔들리는가 싶더니 속도를 늦추었다. 그러자 쾌속선들이 빠른 속도로 내려와 배를 둘러쌌고, 그중 한 척이 가까이 붙여왔다.

"선장은 들어라! 이 배를 검문할 것이니 지금부터 지시에 따라야 한다!"

말을 마친 사내가 한 손을 들어 올리자 객선을 둘러싼 쾌속선의 궁수들이 활에 불화살을 매겨 허공으로 들어 올렸다.

"아! 아니!"

"저런!"

무슨 일인가 하여 난간에 서서 지켜보던 선객들은 그 광경을 보고 새파랗게 질렸다. 그들은 저마다 아는 이들을 찾아 소리를 지르며 우왕좌왕했고, 일부는 도검을 빼 들고 싸울 채비를 하기도 했다.

"음!"

갑판에 나와 있던 선장은 마른침을 삼켰다. 수백 명이 탈 수 있고, 웬만한 수적들이 덤벼도 눈 하나 깜짝하지 않을 준비를 갖춘 객선이었지만, 큰 돛이 달려 있는 관계로 가장 취약한 것이 불화살 같은 화공이었다. 공격자들은 그 점을 간파하고 있었다. 하물며 상대가 무림제일 세가라는 남궁세가임에야…….

"알겠소! 말대로 할 테니 쏘지 마시오!"

금방이라도 자신의 배로 불화살이 떨어질 것만 같은 생각에 선장은 황급히 소리쳐 대답했다. 다행히 수적들이 아니라 남궁세가이니 경우 없는 짓은 하지 않을 것이라는 믿음도 있었다.

'이런 제기랄!'

제갈강도 이런 사태를 지켜보고 있었지만 딱히 대응할 방법이 생각나지 않아 그저 잠자코 있을 뿐이었다.

'예상보다 과격한 방법으로 나오는군! 큰 변수야!'

제갈강의 안색이 크게 일그러졌다.

그는 당황하고 있었지만 이런 변화를 흥미로운 시선으로 지켜보는 사람도 있었다.

'후훗! 재미있군!'

객선의 난간 한구석에서 그런 광경을 지켜보는 백의인이 있었다. 죽림을 쓴 객상(客商)차림의, 족히 사십은 넘어 보이는 장한이었다.

생사판관(生死判官) 범우(范遇)!

그의 임무는 장보도에 남궁과 제갈 두 세가가 휘말리게 만들어 양패구상을 당하게 하는 일이었다. 그의 곁에는 도검을 찬 십여 명의 장한들이 동행해 있었다. 장한들이 그의 눈치를 보았다. 어떻게 행동해야 하는가를 묻는 것이다.

"상인이 무슨 힘이 있겠느냐? 그저 목숨만 붙어 있기를 바라야지."

그의 말에 장한들 모두 눈을 내리깔았다.

남궁세가 사람들은 사군과 연청아를 지목해 자신들의 배로 옮겨 태운 후 나타났을 때와 마찬가지로 빠르게 그곳에서 떠나 버렸다.

'장보도를 노렸어!'

아무것도 모르고 선실에 있다가 졸지에 포로가 되어버린 연청아가 사군을 향해 다급히 전음을 날렸다.

"어떡하지요?"

"무얼 어떡해! 기회를 봐서 달아나야지!"

"기회가 있을 것 같지 않은데요."

마치 남의 일같이 대답하는 사군의 말에 연청아는 하마터면 빽 하고 소리를 지를 뻔했다.

지금 자신이 어떤 위험에 빠져 있는지도 모르고 마치 남의 일 얘기하듯 하는 멍청한 놈이라니! 가뜩이나 흥분 상태인 얼굴이 더욱 붉어졌다.

"두 사람을 데려와라!"

남궁황의 명령에 따라 사군과 연청아가 끌려왔다.

"물건을 내놓아라!"

잠시 망설이던 연청아는 품속에서 기름종이에 싼 것을 꺼내 건넸다. 무척이나 안타까운 표정이었다. 그것을 받아 품속에 간직한 남궁황은 꽤나 만족스러운 표정이었다.

사군과 연청아는 배를 타고 남궁세가로 끌려가면서도 후한 대접을 받았다. 두 사람은 각각 배를 나누어 타야 했는데, 쾌속선에 달린 한 칸짜리 작은 선실문 앞에 감시를 붙여놓은 것을 제외하고는 특별히 신경을 거스르게 하는 사람도 없었다.

쾌속선들은 빠르게 소호를 향해 달려갔다.

유계하를 거슬러 올라가자 하늘과 물이 맞닿아 바다처럼 끝없이 펼쳐진 호수가 나타났다.

소호(巢湖). 바람에 밀린 소수 물결이 바다처럼 넘실댔다. 일 장가량이나 되는 제법 큰 파도가 치솟아 연신 쾌속선을 덮쳐 왔다.

'여기가 마지막 관문이지……'

소호를 지난다면 그때부터는 세가의 직접적인 통제가 미치는 관할지로 누구도 세가의 손길을 피할 길은 없다. 호수를 밀어내는 강한 맞바람에 남궁황의 붉은 장포가 힘겹게 펄럭이며 파다닥거렸다.

바람을 뚫고 나타난 갈매기가 수면 위를 낮게 날더니 물고기를 낚아채고 허공으로 튀어 올랐다. 물고기를 입에 문 갈매기는 먹이를 빼앗으려는 다른 갈매들을 피해 허공 높이 오르며 달아났지만, 뒤를 바짝 쫓은 다른 갈매기에게 먹이를 빼앗기고 말았다. 두 마리의 갈매기는 수면 위에서 엎치락뒤치락 싸움을 벌이다가 마침내 빼앗긴 놈이 포기를 했는지 싱겁게 멀리 가버렸다.

남궁황의 입가에 작은 미소가 피어났다. 누구도 다치지 않은 그런

먹이 싸움이었다. 그는 호수에서 불어오는 맞바람에 저항하듯 한참을 그렇게 서서 자리를 지켰다.

타타타타타타……

바람이 거세져 남궁황의 장포가 요란한 소리를 내며 붉은 깃발처럼 펄럭였다. 홍의대주를 상징하는 장포였다.

"대주(隊主), 바람이 너무 세서 계속 뚫고 나가는 것이 힘들겠습니다. 아무래도 이곳에서 하루 야숙(野宿)을 한 후에 떠나야 하겠습니다."

홍의를 입은 수하 하나가 다가와 말했다. 웬만한 배라면 무리를 해볼 수도 있지만 유달리 바람에 취약한 것이 쾌속선이다.

"그리하라!"

남궁황은 짧게 대답하고 입을 다물었다.

비가 오려는지 바람이 점차 거세지며 먹장구름이 빠르게 몰려와 소호 주변에 때 이른 어둠을 깔기 시작했다.

갑작스런 강풍에 마땅한 정박지를 찾지 못한 쾌속선들은 갈대가 우거진 강변에 속속 접안했다. 재빨리 쾌속선에서 내린 세가 사람들은 익숙한 손놀림으로 배를 강 위로 끌어 올린 다음 임시로 박은 말뚝에 묶어 고정시켰고, 이어 바람이 들지 않는 야트막한 언덕 너머에 천막을 치기 시작했다.

"이곳에서 하루 묵을 모양이지?"

갈대 숲으로 끌려 나온 연청아는 사군에게 다가와 낮은 목소리로 물었다. 대답을 하려던 사군은 입을 다물었다. 남궁황이 다가오는 것을 보았기 때문이다.

"힘들겠지만 이곳에서 하루 묵을 예정이니 준비하도록 해라."

남궁황의 말에 사군은 대답 대신 고개만 끄덕여 주었다. 장보도는 빼앗겨 버렸고 강제적으로 포로가 되어 끌려가는 마당이니 심사가 좋을 턱이 없었다. 연청아도 시무룩하기는 마찬가지였다.

후두두두둑……!

초저녁부터 시작된 빗방울은 시간이 흐를수록 거세졌다.

사군과 연청아는 남궁황에 의해 혈도가 짚인 채 같은 천막에 배정되었다. 두 사람은 잠을 이루지 못했다. 빗소리가 요란하기도 했거니와 아직은 실감나지 않는 죽음에 대한 공포에 대해 진지하게 생각하느라 마음이 심란했기 때문이다. 몇 곳의 혈도를 점혈당해 몸은 나무토막처럼 굳어 누워 있었기에 바닥에서 스멀스멀 올라오는 한기로 추위마저 느끼고 있었다.

이경이나 되었을까?

사군은 벌써 한 시진째 해혈대법을 펼쳐 혈도를 풀려고 노력했고, 마침내 성과가 있었다.

한동안 전체가 풀리기를 기다려 잠자코 기다리던 그는 이윽고 혈도가 모두 풀린 것을 알고는 서서히 진기를 운용해 보았다. 진기는 빠르게 전신 혈맥을 돌아 유통되고 있었다. 몸을 오들거리게 만들었던 추위도 말끔히 가셨고 바깥 동정도 훤히 느낄 수 있었다.

연청아는 여전히 죽은 듯 누워 있었다. 사군이 재빨리 혈도를 풀어주자 그녀는 눈치있게 숨을 죽였다.

"달아나야겠어요!"

사군은 전음을 날리며 바깥 동정을 살폈다. 우의를 걸친 십여 명의 감시 인원만을 남겨두고 모두 잠이 든 것 같았다. 빗소리를 무릅써 가며 전신을 집중해 보니 그런대로 감시가 허술한 곳은 북쪽으로 보였다.

두 사람은 약속이나 한 듯이 몸을 일으켰다. 대지를 요란하게 두들

겨 대는 빗소리가 새삼 고맙게 느껴졌다. 살며시 천막 모퉁이를 들고 보니 어둠 속에서도 감시하는 무인들의 형체가 눈에 들어왔다.

사군이 앞장서고 연청아가 뒤를 따랐다. 천막 바로 앞에는 두 명의 사내들이 지키고 서 있었지만 사군의 가벼운 손짓에 혈도를 제압당해 석상처럼 서 있을 뿐이었다. 사군은 사내의 검을 빼앗아 들고 연청아와 한 덩어리가 되어 어둠 속으로 몸을 날렸다.

"서랏!"

"포로가 달아난다!"

십여 장도 채 나가기 전에 사방에서 떠들썩한 고함이 일었다. 두 사람은 뒤도 돌아보지 않고 빗속을 뚫고 앞으로 내달렸다. 매서운 빗줄기는 따끔거리도록 얼굴을 때렸다. 어둠과 빗줄기는 쫓고 쫓기는 사람들의 눈과 귀를 모두 삼켰다. 일 장 앞이나 겨우 볼 수 있는 시야였고, 요란한 빗줄기는 발소리를 흩었고, 대지를 파헤치는 빗물은 발자국을 씻어버렸다.

반 시진가량을 달렸을까.

"헉헉……!"

"후아! 후아……."

두 사람은 가쁜 숨을 몰아쉬며 잠시 발걸음을 늦추었다. 워낙 전력을 다해 경공을 펼쳤기에 몸에 무리를 느끼고 있었다. 추적자의 움직임은 전혀 느껴지지 않았다.

"사군, 좀 천천히 가지!"

숨이 턱에 닿을 듯한 목소리였다. 사실 그녀는 아까부터 자꾸 뒤로 처지는 통에 사군이 속도를 조절해 가며 경공을 전개하는 양상이었다. 사군은 말없이 연청아의 허리에 손을 감고 몸을 날렸다.

"앗!"

손길에 놀란 짤막한 비명이 있었지만 이내 몸을 맡겼다. 남궁세가의 백의대까지 출동했다는 것을 알기에 곧 있을 추격이 걱정되었기 때문이다. 걱정은 오래지 않아 현실로 나타났다.

"멈추어랏!"

돌연 빗속에서 고함 소리와 함께 두 사람의 모습이 나타났다.

백의를 입은 두 중년 사내였다.

"백의대야!"

연청아의 전음이었다. 개개인의 실력이 명문정파의 당주급에 해당한다는 백의대. 다음 순간 사군은 매섭게 상대를 몰아쳐 갔다.

"훗!"

급작스러운 공격에 놀란 두 사람의 신형이 빠르게 흩어졌다. 하지만 예상하고 있었다는 듯, 사군의 검은 그중 한 명을 따라 그림자처럼 쫓았다.

창!

다급히 검을 비껴 막는 백의인의 옆구리를 발로 쏠어갔다. 도무지 진검 승부의 위험함을 모르는 듯한 대담한 행동이었다. '퍽' 하는 소리와 함께 백의인의 몸이 팽이처럼 빙그르르 돌았다.

남은 백의인 하나는 그 틈을 이용해 연청아를 공격하고 있었다. 그들의 목표는 연청아였고 둘 중 하나라도 다치게 만들면 달아나는 속도가 느려질 것이라는 계산에 더해 사군이 동료를 그토록 쉽게 제압하리라고는 생각지 못한 면도 있었다.

"악!"

허둥대던 연청아는 미처 피하지 못하고 어깨에 상처를 입었다. 사군이 달려오자 상대는 방향을 틀어 그를 공격해 왔다.

"이놈!"

상대의 검이 빗줄기를 매섭게 갈랐지만 사군이 더 빨랐다.

"천마앙복!"

"크윽!"

번쩍거리는 검광과 함께 상대의 몸은 마치 썩은 수숫단처럼 빗속으로 무너졌다. 그 틈에 연청아는 재빨리 달려가 검을 주워 들었다.

"죽어랏!"

등 뒤에서 날카로운 살기가 그어져 왔다. 하지만 그런 공격은 이미 예상하고 있던 바였다. 청룡번. 훌쩍 허공으로 몸을 날린 사군은 상대의 머리를 넘어가며 일검을 쪼개갔다.

"으헛!"

설마 자신을 상대로 제비넘기를 할 줄 예상치 못했던 상대가 주춤거리는 사이 검광이 번뜩였다.

"으악!"

몸을 틀어 피하기는 했지만 한쪽 어깨가 떨어져 나가며 빗속에서 팔이 퍼덕거렸다. 사군은 그를 본 체도 않고 연청아를 안아 들고 유가무상보를 최대한으로 펼쳐 달렸다. 빗속에서 또 다른 움직임을 감지했기 때문에 조금도 지체할 틈이었었다.

그렇게 반 시진가량을 더 달렸다.

추적자의 기미가 느껴지지 않자 방향을 틀었다. 계속 나아간다면 장강 줄기에 이를 수 있을 것 같았다.

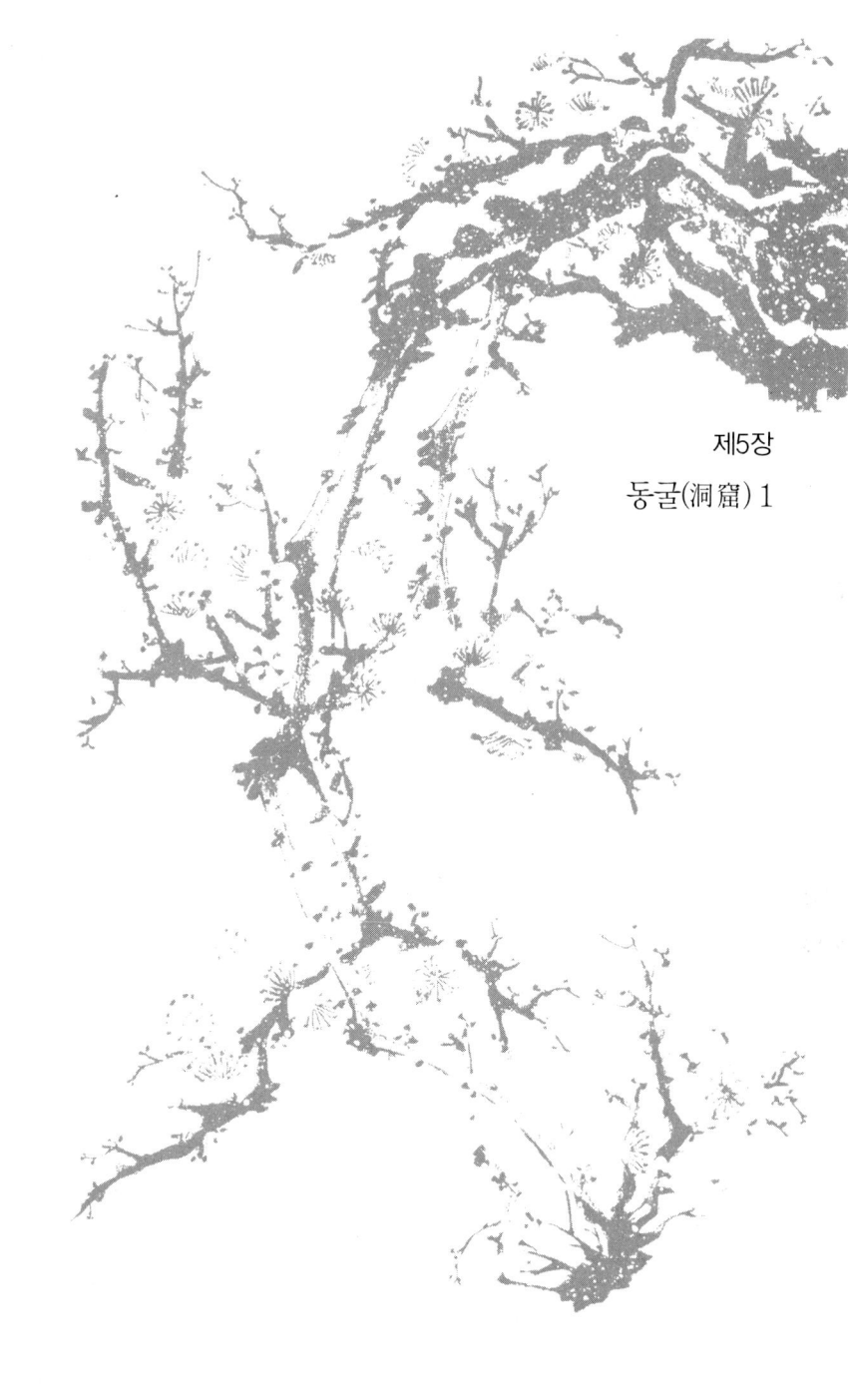

제5장

동굴(洞窟) 1

"**헉!** 헉! 헉······!"

무리하게 진기를 운용한 탓에 숨이 턱에 닿았다. 더 이상
추격자가 느껴지지 않자 약간 속도를 늦추어 앞을 가로막고
있던 깊은 산중으로 들어섰다. 나무가 빽빽이 우거진 산이었
다. 그제야 사군은 연청아의 허리에 감았던 손을 풀었다. 우
선 비를 피할 장소를 찾는 것이 급했다.

"고마워."

연청아의 작은 목소리. 사군은 아무런 말도 없이 숲을 헤
치고 산중으로 들어섰다. 대답하기도 힘들었다. 사람의 손길
이 단 한 번도 거치지 않은 그런 숲인지 한 걸음을 떼기도 쉽
지 않았다. 한참을 헤맨 끝에 그들은 커다란 바위 사이에 난
작은 동굴 하나를 발견했다. 두 사람은 약속이나 한 듯이 그
리로 몸을 날렸다.

그리 넓지는 않지만 오 장 정도 길이로, 십여 명은 족히

들어가 누울 만한 곳이었다. 좁은 것이 흠이라 길게 누울 수밖에 없었는데, 바닥까지도 바위로 되어 있는 동굴이었다. 몸이 축 처진 연청아는 동굴 벽에 기대어 눈을 감았다. 차가운 한기가 배어났지만 이것저것 가리기 위해 애를 쓰기에는 몸이 너무 지쳤다.

밖으로 나간 사군은 주변에서 연하고 잎이 많은 나뭇가지들을 한아름 잘라와 동굴 깊숙한 곳의 바닥에 깔았다. 몇 번 그러니 제법 사람이 누울 정도로 나뭇잎이 쌓였다. 잎들도 비를 맞아 푹 젖어 있어, 그저 바위에서 올라오는 얼음덩이 같은 느낌의 한기를 막을 수 있을 정도였다.

"이리 누워요."

사군이 잎이 많은 곳을 골라 가리키며 말했다.

"아!"

연청아는 무너지듯 그 위에 몸을 실었다. 체면상 고맙다는 말이라도 해주고 싶었지만 입이 떨어지지 않았다. 그저 덜덜거리며 웅크린 채 눈을 감고 있는 것이 고작이었다.

사군도 옆에 나란히 누웠다. 연청아를 안고 오느라 진기의 소모가 심했기에 몸이 무척이나 지쳐 솜방망이처럼 풀어졌다. 속옷까지 몽땅 젖은 터라 팔다리며 등을 비롯한 전신에서 한기가 일었다.

"딱딱딱딱딱!"

연청아의 이가 마주치는 소리로, 무척이나 추운 듯 두 팔을 가슴에 파묻어 새우처럼 등을 구부리고 한기와 싸우고 있었다. 불을 피우고 싶었지만 추격을 생각한다면 어림없는 일이었다. 추위 때문에 목숨을 걸 수는 없는 것이다.

"딱딱딱딱딱……!"

이제 이는 물론 온몸을 덜덜거려 가며 떨고 있었다. 혈도를 제압당했던 시간이 너무 길어 몸이 풀리지 않은 상태에서 입은 상처라 타격이 심했다. 사군도 추위를 느끼는 처지이니 공력까지 약한 연청아는 한기에 정신을 차리지 못했다.

'두 사람이 안고 있으면 그런대로 따스할 터인데……'

사군은 웅크린 상태에서 문득 그런 생각을 했다. 하지만 다른 사람이라면 몰라도 상대가 연청이라면 언제 따귀를 날릴지 몰랐다. 사군은 다른 생각을 떠올리는 것으로 추위를 잊으려고 했다.

한기를 쫓기 위해 태양이 불같이 타오르던 여름날 오후 뽕나무 숲에 둘러싸인 공터에서 예향의 춤을 지켜보던 그때를 떠올렸다. 잠묘를 흉내 내 삐죽거리던 빨간 입술이 어른거렸다.

'잘 있을까?'

입가에 미소가 감돌았다. 석호인의 품에 안겨 있던 그날은 더 이상 생각나지 않았다. 마음에 걸리는 것은 다시 도하촌에 돌아와 울며 안기던 예향의 마지막 모습이었다.

'무슨 말인지 들어봤어야 했어. 석호인 놈에게 차인 얘기를 하며 하소연하려고 했던 것이겠지만.'

예향이 자신만 사랑하라는 법은 없는 것이다. 그날 속 좁게 대한 것이 원망스러웠다. 어차피 책임질 만한 주제도 되지 못하는 것을……. 갑자기 하초가 불끈거렸다. 힘든 싸움을 하고 나면 늘 나타나는 현상이었다.

'제기랄!'

비가 몸을 식혀주지 않았더라면 엉뚱한 짓을 벌였을지 모른다는 생각에 피식 웃음이 나왔다. 하지만 여전히 여체가 그리웠다. 묘랑과 유하의 젖가슴이 교대로 머리 속에서 아른거렸다. 연청아의 가슴으로 손이 나갈 것만 같아 사군은 얼른 등을 돌렸다.

　"딱딱딱딱딱!"

연청아의 이 부딪치는 소리가 유난히 크게 들리며 사군의 상념을 깨웠다.

　'나쁜 놈!'

연청아는 또 이를 갈고 있었다. 여자가 이렇게 덜덜거리며 떨면 무슨 조치라도 취해주어야 하는 것이 사내놈의 도리가 아닌가. 모른 체하고 저리 돌아누워 버티고 있는 저 심보란 얼마나 고약한가. 무슨 사내 녀석이 소갈딱지는 밴댕이 같아서 도무지 여자를 위하는 마음이라고는 손톱 밑에 때만큼도 없으니…….

　"딱딱딱딱딱!"

속이 상한 연청아는 이를 더욱 크게 딱딱거리며 맞부딪쳤다. 돌아누운 사군의 널찍한 등을 보니 안고 있으면 절로 몸이 따스해질 것도 같기는 한데… 저리도 박정히 모른 체하니 이러지도 저러지도 못하고 있었다. 하지만 자존심만으로 견딜 수 있는 추위가 아니었다.

　"딱딱딱딱딱!"

이를 덜덜거리던 연청아는 더 이상 견디지 못하고 슬며시 사군을 향해 돌아누웠다.

　'고약한 놈!'

입에서 욕이 절로 나왔다. 분명 돌아눕는 소리를 듣지 못했을 리 없건만 녀석은 끝내 모른 체하고 있었다. 심사가 꼬인 연청아는 한참을 또 그렇게 버텼다.

　"딱딱딱딱딱!"

더 이상 견딜 수 없었다. 손을 빼 사군을 등을 안아가려고 했지만 몸이 말을 듣지 않았다. 가을비를 뒤집어썼고 산중의 밤 기운을 고스란히 맞았기에 몸이 굳어버린 것 같았다. 그러고 보니 머리도 멍한 것이 정신이 어질어질했다.

"사⋯ 군⋯⋯."

몇 번이나 노력한 끝에 연청아는 힘겹게 입을 열었다.

'응?'

사군은 화들짝 놀라 벌떡 몸을 일으켰다. 연청아의 목소리가 중병을 앓는 환자 같았기 때문이다. 얼른 이마에 손을 대보니 펄펄 끓고 있었다.

"허⋯⋯!"

탄식 소리가 절로 흘러나왔다.

저번에는 인적없는 강변에서, 이번에는 이런 깊은 산중에서 또 환자가 되어 있다니⋯ 정말 곁에 있는 사람을 무척이나 힘들게 만드는 여자였다. 한참을 망설이다가 몸이 굳은 것을 알고는 주물러 주기 시작했다. 머리의 뜨거운 열기와 달리 싸늘하게 식어 굳어버린 몸은 마치 나무토막 같았기에 팔부터 다리는 물론 발바닥에 이르기까지 땀을 뻘뻘 흘러가며 정성을 다해 주물렀다. 힘을 쓰니 몸에서 피어나는 더운 열기로 사군의 옷은 이내 말라 버렸다. 하지만 젖은 옷을 입고 있어서 그런지 연청아의 열은 내릴 기미가 보이지 않았다. 불도 피울 형편이 아니고.

'어쩔 수 없지!'

주무르기에도 지친 사군은 자신의 체온으로 연청아를 녹여야겠다는 생각을 했다. 나중에 따귀를 한 대 맞을 각오를 해가며 옆으로 뉘이고 등을 감싸 안았다. 젖은 옷이 몸에 달라붙으며 겨우 말라가던 사군의 옷에 물기를 옮겨왔다. 차갑게 식어버린 속살의 냉기도 예외는 아니었다. 한동안 추위를 느끼는 듯했지만 이내 사군의 체온이 옮겨 가며, 두 사람의 몸에 서서히 온기가 돌기 시작했다. 한참을 그러고 있자 서로의 체온이 살아나 이제는 제법 따뜻하고 포근한 느낌마저 들었다.

따스한 온기에 연청아는 그제야 살아난 것을 실감했다. 어느 한순간 피곤을 이기지 못한 눈이 스르르 감겼다.

또 꿈을 꾸었다.

다시 악몽이 찾아온 것이다. 얼굴이 시커먼 사내의 솥뚜껑 같은 손길이 속옷을 쫘악 찢었다. 눈을 부릅떴다.

'개자식!'

욕은 여전히 입 안에서만 뱅뱅 돌 뿐 밖으로 나오지 않았다. 몸이 벌벌 떨렸고 금방이라도 숨이 넘어갈 듯 헉헉거렸다.

'아버지……!'

아무리 소리치려고 해도 입이 떨어지지 않았다. 사내의 손이 연청아의 젖가슴을 덥석 움켜쥐었다.

'아악!'

제발! 제발 비명이 나오도록 해주세요! 간절히 빌었다. 몇 번이나 악을 쓰려고 해도 소리가 나오지 않았다. 거의 미쳐 버릴 지경이었다. 시커먼 손길이 경장 허리띠를 풀어버리고 은밀한 부위로 손을 쑥 밀어넣었다.

'아악……!'

가슴이 막히는 충격이었지만 끝내 비명 소리가 나오지 않았다. 이마에 송골송골 땀이 배어나더니, 이내 콧잔등 위에도 작은 땀방울들이 맺혔다. 얼굴이 잔뜩 찌푸려졌고, 마침내 견딜 수 없는 괴로움에 고개를 바쁘게 좌우로 젖혀가며 손발마저 꿈틀거리고 있었다.

사군도 꿈을 꾸었다.

늘씬한 몸매를 좌우로 흔들어가며 유하가 다가왔다.

'왜 그동안 들르지 않았지? 이젠 내가 필요없어진 거야?'

몹시도 외로움에 지친, 서글픈 표정이다.

'아니요. 바빴어요. 집에도 한 번 들르지 못했는걸요.'

'그랬구나! 사내란 그럴 때도 있는 법이지.'

다가온 유하는 겉옷을 벗고 젖가리개를 풀고는 곁에 누웠다. 봉긋한 살 위에 오뚝 솟은 검붉은 꼭지가 있었다. 때늦은 여름날 산에서 따먹었던 작은 산딸기 같다. 손이 부드럽게 움직여 그리로 향했다. 순간 유하는 두 손으로 완강하게 젖가슴을 가렸다.

'하하하!'

그냥 웃었다. 유하가 장난을 치는 것이다. 밀고 당기는 가벼운 실랑이 끝에 마침내 유하의 손이 살짝 들리며 젖가슴 속으로 손을 밀어 넣을 수 있었다. 보드라운 가슴살 위로 작은 무엇이 만져졌다. 사군이 절대 놓치고 싶지 않은… 그것이었다.

'이! 이! 이……!'

연청아는 눈물을 흘렸다. 사내의 손이 마음껏 젖가슴을 주물러 가며 희롱하는 이런 상황에 절망했고, 아무리 소리쳐도 나오지 않는 목소리에 또 절망했다.

'아악!'

여전히 소리가 나오지 않았다. 차라리 마음껏 비명이라도 지를 수 있다면 조금이라도 속이 후련하련만⋯ 끝내 비명은 나오지 않았다. 사내는 야비하게도 젖꼭지를 비틀기까지 했다. 이마의 땀이 뭉쳐져 작은 방울이 되어 귓가로 흘러가는 것이 느껴졌다.

'헉!'

문득 이게 꿈이 아닐지도 모른다는 생각이 들었다.

입을 더욱 크게 벌렸다.

"아아!"

소리가 터져 나왔다. 마침내 바라고 바라던 그 소리!

연청아는 기쁨의 눈물을 쏟았다.

"아!"

정말 꿈이었다!

밤마다 찾아왔던 그 꿈, 이제는 눈을 뜨지 않고도 출연자와 순서를 훤히 외우고 있었다. '휴' 하며 가슴을 쓸어 내리려던 연청아는 뭔가 이상한 것이 자신의 젖가슴에서 움직이는 것을 알았다.

"헉!"

짧은 비명이 터져 나왔다.

눈 주변에는 아직도 마르지 않은 눈물이 촉촉이 젖어 있었다. 두려움에 살며시 눈을 뜬 그녀는 머리칼이 곤두서는 느낌을 받았다. 사내의 큼지막한 손길이 팽팽하게 조여놓은 젖가리개 사이를 용케 뚫고 들어와 꼼지락거리더니 어느새 젖꼭지까지 조물락거리고 있었다.

'이, 이게!'

너무 황당한 사태에 눈을 뜨고 있음에도 더 이상 비명이 나오지 않았다. 마치 머리를 둔기로 맞은 듯 한참을 멍하게 있던 연청아는, 그 손의 임자가 사군이라는 것을 알았다. 장보도를 빼앗기고 포로가 되었다가 녀석과 함께 도망쳐서 이곳 산중 동굴 속에 갇혔고… 무척 추웠던 기억이 떠올랐다.

'맞아! 녀석이야! 이런 괘씸한……!'

그제야 현실을 인식한 그녀는 정신을 차리고 사군의 손을 빼내려고 했다. 하지만 몸이 천근만근이나 되듯 무겁게 느껴지는 것이 조금도 움직일 수 없었다. 팔 하나를 드는 것은 물론 손가락 하나 꼼지락거리는 것조차도 힘에 겨웠다. 어떻게 해보려고 땀까지 흘려가며 애쓰던 그녀는 자신이 사군의 팔을 베고 누워 있다는 것을 알았다.

'끙!'

몸이라도 돌려 누워보려 했지만 말을 듣지 않았다. 육신은 마치 남의 것인 양 머리에서 내리는 명령을 거부하고 있었다. 몇 번이나 힘을 쓰던 연청아도 마침내 지쳤다.

'죽여 버릴 거야!'

그저 독한 마음이나마 품으려는 것이 고작이었는데, 한순간 그런 생각을 하는 것도 귀찮게 여겨졌다. 그저 만사가 귀찮았다. 조용히 눈을 감고 처분을 기다리기로 했다. 다행히 손은 젖가리개 안에서 꼼지럭거릴 뿐 더 이상 다른 행동으로 옮겨지지 않고 있었다. 어느새 푹 젖었던 옷도 체온에 의해 말라 있었다.

"후… 후……."

뛰는 가슴을 안정시키려고 숨을 골랐다.

귓전에 희미한 숨결이 느껴졌다. 무심코 느끼던 숨소리였는데, 생각해 보니 자는 사람의 그것과 같았다. 정신이 희미한 와중에도 그게 이상했던 연청아는 힘겹게 눈을 떠 사군을 향해 눈길을 돌렸다. 그런데…

하! 녀석은 자고 있었다.

입가에 희미한 웃음을 띠어가며 손가락으로 젖가슴을 주무르고 있는 것으로 보아 꿈을 꾸는 것 같았다. 갑자기 무섭게 피어올랐던 증오가 봄눈 녹듯 사라졌다.

'젖을 덜 먹고 컸나?'

연청아는 문득 그런 생각을 했다. 여자를 범하려는 것이라기보다 잠결에 어머니의 젖을 만지는 어린아이의 편안한 얼굴이었다.

'어머니!'

문득 자신이 어렸을 때 먼 하늘나라로 가버렸다는 어머니 생각을 했다. 얼굴도 떠오르지 않는 어머니라는 이름의 여자일 뿐인데, 그 이름만 들으면 이상하게 가슴이 미어져 왔다. 어쩌면 이 순간 자신은 사군의 꿈속에서 녀석의 어머니가 되어 있는지도 모를 일이다. 그런 생각을 하자 마음이 더욱 포근해졌다. 젖가리개 속을 꼼지락거리는 손이 더 이상 징그럽지도 않았다. 힘을 쓰려 했던 탓인지 피곤이 밀려와 다시 눈을 감고 평온을 즐기기로 했다.

유하와 함께하는 사군의 꿈은 끝없이 이어졌다.

시간이 지날수록 사랑은 짙어져 이제는 유하의 영원히 마르지 않을 깊고 깊은 샘을 정복하려 하고 있었다. 젖가슴 주변에서 움직이던 사군의 손이 스르르 아래로 내려가더니 이내 배꼽을 지나 은밀한 속살로 파고들었다.

'헉! 이놈이!'

연청아는 다시 눈을 부릅떠야 했다.

젖가슴까지는 봐주고 있었는데…… 손길은 경장 바지의 허리춤과 속살 사이를 더듬으며 틈을 찾으려 애쓰고 있었다. 이틀 동안 건량만

먹은 탓에 허리춤이 헐렁해져 버렸는지 몰랐다. 그리 강한 힘이 들어간 것 같지는 않았지만 몇 번을 그러던 손은 마침내 바지춤 사이를 뚫고 그 안으로 들어와 버렸다. 은근한 손길은 마지막 비처로 향하는 두툼한 삼각의 둔덕을 부지런히 매만지며 헤집고 다녔다.

'악!'

연청아는 머리털이 곤두서는 공포를 맛보았다. 그곳에 사내의 손길이 닿은 것은 노방채주 녹신에게 처음 허락한 이래 이번이 두 번째였다.

"헉!"

모공까지 곤두서게 하는 충격! 두툼한 손길이 자신의 은밀한 꽃잎 부위에 닿았음을 느꼈기 때문이다.

'아, 안 돼!'

말이 목구멍을 맴돌았다. 하지만 손길에는 조금의 인정도 없었다. 기를 쓰고 피해보려 했지만 아까와 마찬가지로 몸은 조금도 말을 들어주지 않았다. 식은땀까지 뻘뻘 흘려가며 애를 썼건만… 둔덕의 위아래를 부지런히 오가며 비처(秘處)를 쓰다듬는 그 손길은 무력한 연청아로 하여금 다시금 모든 것을 포기하게 만들었다. 몇 번을 망설이다가 힘들게 눈을 돌려보니 녀석의 얼굴에는 여전히 편안한 미소가 떠올라 있었다.

'아!'

꿈을 꾸는 것으로 보였다.

제길! 이번에는 애인 꿈인가!

그런데… 경험이 없고서야 손길이 어찌 이리도 능수능란하단 말인가! 별의별 생각이 다 들었다.

'에라!'

연청아는 다시 눈을 감았다. 더 이상 눈을 뜨고 있다는 것이 부끄럽
기도 했지만, 몸과 마음이 극한으로 지쳐 있어 복잡한 생각을 허락하지
않았다. 한껏 지쳐 늘어진 몸이었지만 계속되는 사군의 손길은 마침내
야릇한 흥분을 몰고 와서 속눈썹까지 바르르 떨리게 만들고 있었다.
코에서 뜨거운 김이 흘러나오는 것이 느껴졌다.

사군은 여전히 욕념에 촉촉이 젖은 유하의 꽃잎을 즐기고 있었다.

말로 도저히 표현할 수 없는 한없는 부드러움이 가득한 여인의 비밀
스런 속살… 아련한 쾌감이 전신으로 몰아쳤다.

"으응……."

사군의 입에서 옅은 신음성이 흘러나왔다.

'헉!'

그 소리에 화들짝 놀란 연청아는 얼른 눈을 뜨고 사군을 돌아보았지
만, 아직도 여전히 꿈속에 있는 것으로 보여 안심했다.

'자고 있으니 별일은 없을 게야!'

그렇게 믿기로 했다. 계속되는 사군의 손놀림에 어느덧 그녀의 육체
도 서서히 더운 열기에 휩싸이고 있었다. 비록 손끝 하나 까딱할 수 없
는 몸이기는 했지만 그 열기만은 어쩌지 못했다. 연청아는 순간적으로
몸이 둥실 떠가는 짜릿한 쾌감을 맛보았다.

'아……!'

일각이나 지났을까. 연청아의 눈이 초점을 잃고 희미하게 윤곽을 드
러낸 동굴 천장으로 향했다.

'으흥!'

계속되는 자극에 연청아는 자신도 모르게 흘러나오려는 교성을 겨

우 참고 있었다. 심신이 지쳐 힘 하나 쓸 수 없는 상태라 그마저도 무척이나 힘든 일이었다. 어느 결인가 자신의 심장이 쿵쿵거리며 뛰는 소리가 스스로의 귀에도 들리는 듯했다. 손가락 하나 까딱할 수 없을 정도이기에 이미 놓아버렸던 육체였지만, 야릇한 열기가 전신을 꿈틀대며 돌아 축 늘어졌던 육체를 일깨우고 있었다.

'아⋯⋯!'

연청아의 눈은 부드러운 사군의 손길에 다시 사르르 감겨 버렸다. 어느 순간부터인가 사군의 그런 행동을 즐기고 있는 자신을 느꼈다. 생전 처음 느끼는 기묘한 감정. 이제는 오히려 그 손길이 갑자기 멎어 버릴까 두려워하는지도 몰랐다. 사군의 꿈이 언제까지고 계속되기를 바라고 있었다.

'허억!'

연청아의 하체가 움찔했고 입술이 사르르 벌어졌다.

비처 깊숙한 곳을 파고드는 손길을 느꼈기 때문이다. 하지만 그 움찔거림은 거부의 몸짓이 아니라 더 강렬한 것을 바라는 행동으로 이어지고 있었다. 조금도 움직일 수 없다고 생각했던 몸이건만, 어느새 살며시 다리를 벌려 사군의 움직임을 편하게 해주고 있었다. 연청아는 끝내 자제를 잃었다.

'자고 있는데⋯ 괜찮을 거야!'

사군의 손은 조금도 쉬지 않고 유하의 몸을 탐닉했다.

오랜만에 안아보는 따스한 육체였다. 한참이나 까칠한 그 촉감을 즐기던 그는 문득 이게 사실이 아닐 거라는 생각이 들었다. 서서히 밀려오는 흥분이 그의 몸을 깊은 잠에서 일깨우고 있었다.

남궁황에게서 정신없이 달아나던 상황이 떠올랐다. 분명 연청아와 함께였는데… 왜 지금 유하와 함께 있는 거지? 비가 왔고… 산중을 헤매다가 어느 동굴에 들어오고, 연청아가 앓아 눕고… 아!

사군은 퍼뜩 꿈에서 깨어났다. 몸이 무겁게 느껴졌고 손끝에 닿는 이상한 감촉도 있었다.

'응?'

살며시 눈을 떠보니 연청아가 자신의 팔을 베고 누워 있었다.

'맞아! 어젯밤에 앓고 있어 내가 안아서 재웠지!'

묘한 감촉이 느껴지는 왼손을 따라가던 그의 눈길은 연청아의 바지춤 깊숙한 곳을 파고들어 있는 자신의 손을 발견하고는 화들짝 놀랐다. 너무 큰 충격을 받은 나머지 손을 빼야 한다는 생각조차도 하지 못했다. 잠깐 그러고 있던 사군은 얼른 연청아의 얼굴을 살폈다.

그런데……

아! 바르르 떨고 있는 속눈썹이 보였다. 그러고 보니 숨소리도 거칠었고, 살짝 벌어진 입술에서는 원초의 욕망을 갈구하는 더운 열기가 느껴졌다. 그 의미를 알고 있었다. 사군은 곁눈질로 그런 연청아를 뚫어지게 바라보았다.

자신이 유하의 꿈을 꾸면서 실은 연청아를 더듬었고…

'깨어 있었어!'

문득 하초가 불끈 하는 것을 느낀 순간, 손은 어느새 더욱더 깊숙한 곳을 보듬고 있었다.

연청아는 몸을 떨었다.

한 번도 느껴보지 못했던 강렬한 쾌감이었다.

"으흥!"

더욱 강렬해진 손길에 마침내 연청아는 참지 못하고 낮은 신음성을 흘려냈다. 사군은 몸을 돌려 반쯤 벌어진 그 입술을 살며시 덮었다. 훅 하는 더운 열기가 입술 가득히 느껴졌다. 벌어진 입술 틈으로 사군의 혀가 미끄러지듯 파고들었다. 연청아의 혀가 뱀처럼 그 혀를 감아왔다. 허벅지와 허벅지가 서로 교차했고, 남은 손이 다시 젖가슴을 파고들었다. 연청아가 베개로 쓰는 다른 한 손이 작고 귀여운 머리를 감아안는 순간 손끝에 물기가 느껴졌다. 머리칼 속으로 축축이 배어 있는 땀이었다.

'아!'

문득 연청아가 환자라는 생각이 떠올랐다.

'어이쿠! 내가 짐승이지!'

사군은 화들짝 놀라 촉촉한 비처를 향하던 엉덩이를 얼른 빼냈다. 양물은 아직도 미치도록 보드라운 감촉을 잊지 못해 연신 벌떡거리고 있었지만 환자를 상대로 그 짓을 할 수는 없는 노릇이다.

'아!'

은밀한 쾌락을 즐기던 연청아에게 허전함이 찾아왔다.

사군이 깨어났다는 것을 느끼고 있었지만 부끄러움에 감히 눈을 뜨지 못했다. 다음 순간 사군의 팔이 몸을 끌어당기며 어깨를 눌러왔다. 마치 전신을 온기로 감싸는 듯한 따스함이 찾아들었다. 서서히 흥분이 가시며 이번에는 포근함이 느껴졌다. 연청아는 사군의 품속에서 보금자리를 찾은 작은 새와 같은 편안함 속에 잠을 즐겼다.

"드룽! 드르룽!"

동굴 안은 이내 사군의 코 고는 소리와 연청아의 깊은 숨소리만 가득했다.

비는 언제 그쳤는지 파란 하늘만 가득했다.

아침 해가 서서히 대지를 밟고 하늘로 올라섰다. 두 사람이 있는 동굴 가장 깊숙한 안쪽에도 그 밝음은 찾아들었다. 하루 밤에도 몇 번씩이나 악몽에 시달렸었지만 사군의 품에 안긴 그 밤에는 더 이상 아니었다.

연청아는 깨어나 있었다.

'정말 잘 잤어!'

악몽이 없는 그런 밤을 보낸 것이 신기했다.

"몸이 많이 아픈 것 같아요."

사군은 한층 대담해져 있었다. 이제는 더 이상 연청아의 따귀 치기가 두렵지 않았다.

연청아는 귓전에 대고 속삭이듯 하는 사군의 말에 심장이 터질 듯한 짜르르한 감정에 휩싸여 하마터면 그를 꼭 끌어안을 뻔했다.

'아무리 보아도 나쁜 녀석은 아니야!'

고맙게도 녀석은 마지막 선을 지켜주었다. 사군의 품속에 안겨 있던 연청아는 그게 너무 고마워 몰래 눈물을 흘렸다. 사내의 품이 이렇게 편안할 줄은 정말 몰랐다. 마치 여자의 모든 것을 한껏 감싸 버릴 듯한 넉넉한 품. 연청아는 그 속에 더욱 깊숙이 자신을 파묻었다. 순간 등을 꼭 끌어안는 사군의 손길이 느껴졌다.

사군도 깨어 있었던 것이다. 이제 동굴 안은 한낮 깊은 숲 속의 어둠 정도로 환해져 있었지만 두 사람은 말없이 그렇게 누워 있었다. 사군은 연청아의 젖가슴에서 느껴지는 따스한 그 감촉이 좋았다. 편안한 중에 여러 가지 생각이 슬며시 머리 속에서 고개를 들었다.

사군은 한순간 모든 것이 날아가 버리는 이런 상황을 아쉬움 속에서도 꿈으로 치부하기로 했다.

'꿈이야!'

유씨 면포점을 나와 보표로 나서고, 장보도를 찾아다니고… 한때는 보물만 찾으면 세상 모든 것이 품속으로 들어올 것 같은 상상을 했었다.

모든 것은 꿈이었다. 하늘이 내려준 물건의 임자는 따로 있었다. 연청아가 어이없이 장보도를 빼앗기는 것을 보고 아쉬워하기도 했지만 한편으로는 후련하기도 했는데, 지금은 그때보다 머리가 더 복잡해졌다.

"휴우……."

긴 한숨을 내쉬자 연청아는 그런 사군의 복잡한 심사를 짐작하고 달래주기라도 하듯 꼬옥 끌어안아 주었다.

'푸웃!'

사군은 연청아의 그런 변화에 자신도 모르게 터져 나오려는 웃음을 삼켜야 했다. 표독스런 암고양이 같던 여자. 문득 한쪽 뺨이 근지러웠다. 예전에 따귀를 맞았던 곳이다.

"몸은 어때요?"

사군이 둥그렇게 만 나뭇잎에 모은 칡 즙을 건네주며 물었다.

며칠째 연청아는 고열과 기침에 시달려 왔다. 칡 즙은 그녀를 위해 준비한 것으로, 칡을 캐다 돌로 적당히 짓이긴 후에 냇물에 깨끗이 빤 옷에 싸서 꽉 짜낸 것이다. 해열제로는 갈근탕(葛根湯)만한 것이 없다는 것을 알기에 공을 들여 즙을 짜 비슷하게나마 만들어 먹였는데, 첫날부터 열이 떨어지는 확실한 효과를 보였다.

준비했던 건량도 다 떨어져 이제는 산짐승이나 나무 열매로 끼니를 때워야 할 판이니 더 버틸 수도 없어 연청아만 정상을 회복하면 이런 산중에 계속 있을 이유도 없었다.

"이젠 머리가 좀 가벼워진 것 같아. 오늘 밤만 푹 잘 수 있다면 내일 은 길을 떠날 수 있을 것 같아."

연청아는 가볍게 얼굴을 붉혀가며 말했다. '푹 잔다' 는 말에는 두 사람만이 알 수 있는 특별한 뜻이 담겨 있기 때문이다.

"이제 어떡하지요?"

"뭘?"

"장보도를 빼앗겼으니 그만 돌아가야 하는 것 아니에요?"

"누가 빼앗겼대?"

"예?"

연청아는 배시시 웃으며 허리춤의 연검을 스릉 빼 들었다. 손잡이에 해당하는 허리띠 앞면 중앙에 예쁜 꽃이 수놓아져 있었는데, 그곳을 살짝 들자 얇게 접은 종이쪽이 나왔다.

"엇!"

그제야 사군은 어떤 일이 생겼는지 깨달았다. 남궁황이 가져간 장보 도는 가짜이고, 지금 연청아의 손에 들린 것이 진짜가 틀림없었다.

"남궁황이 가져간 것은 네가 검을 고르는 동안 저잣거리에서 은자 몇 냥씩을 주고 산 거야. 그것 말고도 몇 장 더 있어."

장보도는 곳곳에서 나왔다. 머리띠 속에서, 허리춤에 매달린 노리개 안에서, 그리고 마지막 한 장은 혜리(鞋履:신발)의 목에 해당하는 가죽 과 비단 사이에서 나왔다. 모두 기름종이에 싸 있었는데, 누렇게 바랜 종이 위에 가늘게 얽힌 선들이 교차하고 있어 누가 보더라도 그럴듯한 진짜 장보도로 보였다.

"대체 어느 것이 진짜입니까?"

"머리띠! 연검은 적에게 빼앗길 수 있고, 노리개는 땅에 떨어뜨리거나 좀도적들에게 날치기를 당할 우려가 있잖아. 그리고 신발은 자다가 미처 신지 못할 우려도 있고. 그러니 당연히 머리를 묶은 띠 안에 숨겨 둔 것이 진짜지. 호호호!"

사군은 그저 혀만 내둘렀다. 하기는 수천만 냥짜리 장보도니 그런 행동이 이해가 되기는 했다.

"다시 한 번 연구해 보자."

연청아는 장보도를 바닥에 펴며 말했다. 두 사람은 머리를 맞대고 장보도를 뚫어지게 바라보았다.

사군은 천심통을 발휘해 장보도의 모든 내용을 머리 속에 집어넣으려고 애썼다. 배 안에서도 여러 차례 보면서 몰래 외우려 하기도 했지만, 워낙 작은 선들이 얽히고설키어 자꾸 헷갈리고 있었는데, 이번 기회에 완전히 외워 버리려는 것이다.

"아무래도 방향을 바꾸어야 할 것 같아. 우선 가까운 곳부터 차례로 뒤져 나가는 것이 좋겠어."

연청아의 말에 사군은 고개를 끄덕여 동감을 표시해 주었다. 장보도의 보물에 관해 강호에 떠도는 몇 개의 소문을 종합해 보면, 몇 개의 장소로 국한되어 있다는 일관성은 있다. 첫째가 월왕 구천이 모아둔 보물이 숨겨져 있다는 소주와 항주, 그리고 오왕 부차의 소흥, 손권의 남경, 석숭의 낙양, 최후의 무림맹주(武林盟主) 역무군의 옥허궁(玉虛宮), 그리고 보물을 싣고 오던 정화(鄭和)의 보선(寶船) 몇 척이 풍랑을 만나 침몰했다는 복주(福州) 앞바다 일대다. 그 밖에 몇 곳이 더 거론되기는 하지만 자주 입에 오르내리는 곳은 아니다. 가까운 곳을 뒤지자면 남경, 항주, 소주, 소흥 일대가 될 것이다.

"그럼, 어디부터 시작할까요?"

"남경이 제일 적당하겠지?"

연청아와 사군은 겉옷을 빨아 동굴 안에 나뭇가지를 걸쳐 놓고 말렸다. 사군은 이참에 옷 전체에 칡 물을 들였다. 연청아를 위한 갈근즙을 짜느라고 군데군데 칡 물이 들어 아예 색을 모두 바꿔 버린 것이다.

연청아는 언제나처럼 쉬지 않고 재잘거렸다. 다른 점이 있다면 자기 자신에 관한 얘기를 많이 한다는 점이다.

난계현 제갈세가.

제갈홍 앞에는 여덟 명의 노인이 부복해 있었다.

팔노(八老).

제갈가의 실질적인 두뇌라 할 수 있는 가문을 지키는 뼈대. 세가를 이끌어왔던 당대 가주 제갈홍을 보필해 수십 년 인고의 세월을 함께했고, 이제 백발이 머리를 덮으니 모두 휘장의 뒤편으로 물러날 때가 되었건만, 중원 천하와 황실의 명운을 점치고 대비해야 하기에 아직도 자리를 지키고 있는 것이다.

강호인들은 제갈가 사람들의 빼어난 지모(智謀)를 타고난 천재성에서 찾지만, 결코 그것이 전부는 아니다. 오히려 그런 부분은 천재성으로 표현되는 재능을 이루는 작은 일부일 뿐이다.

그들은 어머니의 뱃속에서부터 학문을 배운다.

고개를 갸웃하게 하는 말이지만, 세가의 임부(妊婦)들은 하루에 일정 시간 이상 세가 내의 뛰어난 선생으로부터 강학(講學)을 듣는다. 그렇게 태어난 아이에게 자장가 삼아 들려주는 것은 가려 뽑은 명문장들이다. 물론 그들 중에는 학문적 재능이 전혀 보이지 않는 아이들도 있다. 그런 아이들에게는 외부의 적으로부터 세가를 수호할 책임이 있는, 미래의 구룡수호대(九龍守護隊)나 백팔지살(百八地煞)이 될 무공을 전수한다.

세가에서 가르치는 학문 역시 일반 가정의 교육 과정과는 사뭇 다르다. 그들은 기본적으로 주역의 도를 깨우치고, 잡학이라 할 수 있는 천문을 통해 하늘의 이치를 배우고, 지리를 통해 땅의 조화를 알아야 한다. 그 밖에도 진법(陣法)과 산술(算術), 의리(醫理) 등, 그들이 배워야할 것들은 산더미 같다.

그런 어려운 과정을 거치는 중에 탈락자도 생겨난다.

그들은 무공을 배우기에도 너무 늦은 나이기에 세가의 재정 일체를 책임질 일을 배운다. 탈락자들은 상인이 되는 교육을 받아 훗날 세가를 유지하는 돈을 벌게 한다. 이런 모든 것들이 바로 수천 년을 이어온 제갈세가의 힘이다.

지금 제갈홍 앞에 부복해 있는 팔노는 아직은 당대 가주를 실질적으로 보좌하는 원로들이기도 했다.

"전서에 의하면 친순왕을 참칭(僭稱)한 이자성이 서안(西安)에 무혈입성(無血入城)했다고 하오. 군대를 계속 몰아 태원(太原)과 대동(大同)을 향해 진군을 계속하는 중이라고 하는데, 문제는 방어에 책임이 있는 장수들이 백만 가까이로 불어난 그의 군대를 감히 막을 생각도 하지 못하고, 앞 다투어 백기를 들고 있다는 것이오. 오늘 여러분들을 부른 것은 그동안 준비해 온 대책을 논의하기 위함이오."

"향후 중원 판도에 대한 저희들의 예측입니다."

팔노의 수좌인 제갈광(諸葛廣)이 품속에서 얇은 책자를 꺼내 제갈홍에게 올리며 말했다.

제갈홍은 책자를 받아 읽어 나갔다. 몇 달 전 그가 내린 문제에 대한 팔노의 대답이라 할 수 있었다. 책자를 읽어 나가던 제갈홍의 안색이 점차 어두워졌다.

"역시 이렇게 되는 것인가?"

"산서(山西)나 하북(河北)에는 그의 대병을 막을 병력이 없습니다. 황제의 정병은 모두 산해관(山海關) 일대에 집결되어 청병(淸兵)들에게 발이 묶여 있고, 남방의 몇몇 근왕군(勤王軍)들이 북경으로 진군을 하고 있기는 하지만, 그 병력이란 것이 보잘것없어 도저히 상대가 되지 못할 것입니다."

"그라도 무사히 천명(天命)을 받을 수 있다면 좋으련만……."

"하지만 요동(遼東)의 오삼계(吳三桂) 총병(總兵)은 그를 받아들이지 않을 것입니다. 그는 지주 출신이라 근본적으로 농민군에 대해 큰 반감이 있습니다. 차라리 청군(淸軍)과 손을 잡겠다고 할 가능성도 배제할 수 없습니다."

제갈광이 말하는 '그 사람'이란 하북과 산서 일대를 휘젓고 있는 농민군의 수장 이자성이다.

"휴우… 그게 내가 가장 우려하는 바요. 자칫하다가는 이 나라의 사직을 오랑캐에게 넘겨주는 사태가 일어날 수도 있으니……."

"그럴 경우 농민군과 청군 사이에 천하를 놓고 벌이는 일전은 불가피할 것입니다. 결국 화기와 기동력에서 우세한 청군이 이길 가능성이 높습니다."

"허허허, 그대는 내가 가장 아파하는 말만 하는구려."

그 말에 제갈광은 송구스러운 표정을 지으며 입을 닫았다. 사실 그런 결과는 이 자리에 있는 누구라도 예측하고 있는 사실이기도 했다.

"중원에 방어선을 긋는다면 어디가 적당할 것 같소? 내 생각에는 역시 장강이 아닐는지……."

"그렇습니다. 장강이야말로 오랑캐로부터 황실과 백성들을 지키는 생명선이나 다름없습니다."

"아직은 시간이 있으니 그때를 예상해 군대를 모으고 나라를 군건히 할 방도를 생각해 보도록 하시오. 장보도에 관한 일을 제대로 추진할 방도도 빼지 말고."

"알겠습니다. 그런데 장보도 건은 이쯤 해서 사군이라는 아이에게 모든 사실을 말하고 도움을 청하는 것이 좋지 않을까 합니다만……."

돌연 제갈광의 조심스런 어조로 사군에 관한 말을 했다.

"아직 문제가 있는 것은 아니오. 경거망동했다가 대사를 그르치는 수가 있으니 지금은 지켜보는 것이 더 좋을 듯싶소. 강아와 옥아가 뒤를 따르며 방향과 속도를 조절해 주고 있지 않소?"

말을 마친 제갈홍은 자리에서 일어났다. 나라의 운명을 근심하기에 머리를 짜고 수시로 토론을 해봐도 얘기는 쳇바퀴처럼 그 자리를 놀고 있었다. 길게 늘인 은백의 수염을 쓰다듬던 손이 돌연 흠칫했다. 수염은 갈수록 윤기를 잃고 있었다.

"남궁세가에서 장보도를 탈취했다!"

"연청아가 다시 훔쳐 달아났다!"

"그건 남궁세가의 음모다. 천하의 남궁세가에서 한번 빼앗은 장보도를 그리 쉽게 도둑맞았겠는가!"

한번 달아오른 장보도에 대한 열기는 식을 줄 모르고 중원을 후끈 달구었다. 남궁세가라고 생각한 사람은 감히 상대할 수 없음에 더 이상 미련을 접었고, 또 어떤 사람은 연청아를 찾아 헤맸다.

깊은 숲 속에 있는 동굴에는 밤이 일찍 찾아왔다.

연청아는 언제나처럼 사군의 팔을 베고 누웠다. 자신이 어색해할까 봐 사군이 미리 한 팔을 뻗어주었기에 망설이지 않고 옆에 누울 수 있었다. 처음에는 약간의 거리를 두었지만, 서늘한 밤공기를 핑계 삼아 이내 사군의 품속으로 파고들었다. 더 이상 밤이 두렵지 않았다.

가슴이 뜨거웠다.

오늘 밤이 지나면 다시는 이렇게 누울 수 없다는 것을 알기에 더욱 그런지 몰랐다. 이미 자신의 모든 것을 본 상대라는 생각으로 자신의 정염(情炎)을 합리화시켰다. 연청아는 중대한 결심을 했던 것이다. 뭔가 잘못되고 있는지도 모른다는 생각이 들기도 했지만, 뜨겁게 달궈진 육체의 열망은 모든 것을 잊게 만들었다.

'헛!'

연청아의 한 팔이 겨드랑이 사이를 부드럽게 파고들어 두르자 사군은 움찔했다. 잠시 망설이던 그는 등을 두르고 있던 손을 빼 품속으로 밀어 넣었다. 겉옷은 빨아 널어서 얇은 속옷만 입고 있었기에 체온이 합쳐져 몸이 뜨거워졌는지 몰랐다.

지금 두 사람이 추구하고자 하는 것은 원초의 욕망이요 관능이다.

'이, 이러면 안 되는데……'

마지막 남은 사군의 이성이 만류했지만 이런 상황을 뒤집기에는 너무나 미약했다.

사군은 언제부터인가 마음을 지배해 오기 시작하는 정욕을 감당하지 못하고 있었다. 하루에도 몇 번씩 불끈거리는 욕구를 참아야 했다. 언제부터 이렇게 변해 버렸는지 알 수 없었다. 알지 못하는 사이에 내심의 은밀한 곳에서 일어난 욕망은 사군으로 하여금 스스로를 합리화시켜 이를 해결하게 만들고 있었다.

사군은 젖가리개를 천천히 풀었다. 혹시라도 반항할까 내심 두려웠는데, 연청아는 오히려 몸을 약간 뒤로 젖혀 사군의 손이 움직이기 쉽게 해주었다.

"꿀꺽!"

침 넘어가는 소리가 동굴 안을 크게 울렸다.

'아!'

따스하고 봉긋한 젖가슴이 한 손 가득히 들어왔다. 사군은 그 봉우리 사이에 얼굴을 묻었다. 두 사람은 모든 것을 동굴의 암흑 속에 맡기고 있었다.

부끄러움도, 두려움도, 그리고 내일마저도…….

캄캄한 어둠 속에서 연청아의 옷은 새로운 탄생을 애타게 바라는 매미의 껍질처럼 차례로 벗겨져 갔다.

'학!'

사군의 뜨거운 손길에 연청아는 내심 나직한 탄성을 터뜨렸다. 연청아는 사군의 속옷을 젖혀 사내의 뜨거운 열기를 찾아 헤맸다.

어둠 속에서 두 그림자가 엉컸다.

서늘한 밤공기도 두 사람이 내뿜는 열기에 어느덧 뜨겁게 데워져 동굴을 뜨겁게 휘감았고, 그 열기는 꽃뱀의 혀처럼 동굴 안팎을 날름거렸다. 한밤의 정염에 놀란 주변의 풀벌레들이 숨을 죽였다.

꾸욱, 꾸욱!

짝을 찾으려는 것인가. 이름 모를 야조(夜鳥) 한 마리가 목청을 가다듬었다.

"하악!"

한순간 나직하면서도 짤막한 신음성이 동굴 밖으로 흘러나왔다. 짙은 잿빛 구름이 달을 가려 버렸다.

연청아는 꿈을 꾸었다.

밤마다 찾아오는 그 꿈이었다. 시커멓기만 했던 사내의 얼굴이 오늘은 또렷이 보였다.

사군이었다. 녀석은 바보처럼 빙그레 미소를 지으며 자신이 누워 있는 침상으로 다가왔다. 연청아는 그의 손을 이끌어 침상 위로 인도했고, 어느새 두 사람은 한 몸이 되어 서로를 보듬었다. 묵직한 사내의 몸무게가 느껴지자 그녀는 몸을 뒤척였다. 잠결에 사내의 크고 널찍한 등이 만져졌다.

'사군이야!'

꿈이었다. 그리고 현실이었다.

흐느적거리는 여체는 다시 꽃뱀이 되어 스르르 사군의 몸을 휘감아 갔다. 꿈에서 깨어났지만 그 꿈은 동굴 안에서 다시 이어지고 있었다. 연청아는 더 이상 두려워 않고 그 꿈을 즐겼다. 지금 맞는 것은 악몽이 아닌 기쁨과 열락만이 가득한 환희의 시간이었기에 밤마다 찾아와도 두렵지 않을 그런 꿈이었다.

또 한 차례의 열풍이 동굴 안을 휘저었다.

"아아……."

막 개화(開花)를 앞둔 꽃잎처럼 살짝 벌어진 여인의 입에서 흥분에 겨운 신음성이 흘러나왔다. 두 개가 하나로 되어 시간을 지배했고… 관능의 흐느낌은 햇빛이 동굴 입구를 기웃거릴 때까지 몇 번이고 다시 이어졌다.

마침내 동굴에 안에도 태양의 온기가 스며들었다.

사군은 좌정을 하고 운기행공을 시작했다.

이미 점심때가 다 되어가건만, 워낙 늦게 일어났기에 이제 행하는 것이다. 아직도 단전에는 융화되지 않은 고노의 진기가 남아 있는 것이 느껴졌다. 덩어리 형태인 그것은 조식을 할 때마다, 혹은 심한 격전을 벌이느라 진기를 최대한 끌어올린 이후에는 그 크기가 점차 줄어들었다. 연청아를 안고 무리하게 경공을 펼친 것이 전화위복이 되어 진기의 융합을 도운 것 같았다.

한 식경이나 지났을까.

사군은 긴 숨을 내뱉는 소리와 함께 눈을 떴다. 연청아는 그 눈에서 도저히 측량할 수 없는 깊이를 보았다. 한없이 맑고 투명한 눈, 사람을 빨아들일 것 같은 그 눈을 감당할 수 없어 얼른 고개를 돌려야 했다.

가슴을 진탕시켜 버리는 눈이었다.

"뭐가 이상해요?"

황급히 고개를 돌리는 연청아를 본 사군은 얼굴에 뭐라도 묻었나 하고 물었다.

'멍청이!'

연청아는 대답을 않고 동굴 밖을 내다보았다. 눈을 마주치면 마음속 모든 것이 드러날 것 같았다.

마지막 건량을 꺼내 홀홀 털듯이 먹어치운 그들은 동굴을 나섰다. 후련하면서도 뭔가 아쉬움이 가득 남는 곳. 연청아는 동굴을 떠나면서도 몇 번이나 뒤를 돌아보았다. 눈물이 핑 돌았다.

사군은 검을 휘둘러 서로 엉켜 앞길을 막는 잔가지들을 부지런히 쳐내가며 숲길을 뚫었다. 지금 있는 곳이 어디라는 것은 정확히 알 수 없지만, 그동안 움직인 방향으로 볼 때 동쪽으로만 곧장 나가면 장강이 나올 것이라는 믿음은 있었다.

연청아는 그런 사군의 뒤를 말없이 따랐다.

오늘 아침에도 또 한 번의 사랑을 나누었기에, 사내를 처음 겪는 그녀로서는 지금 은밀한 곳에 아픔까지 느끼고 있었지만 그렇다고 그런 내색을 할 수는 없었다.

'저 녀석과 같이 살아버려?'

문득 그런 생각을 했다.

몸을 내준 이상 망설일 까닭도 없지만, 행여 '싫어요' 하면 뭐라고 하나 하는 것이 그녀의 고민이었다. 따지고 보자면 어젯밤 사군을 유혹한 것은 자신이었다. 동굴의 어둠 때문이었는지, 혹은 숨어 있던 육체의 욕망이었는지는 알 수 없었지만 아무튼 스스로가 원해서 한 일이었다. 게다가 십여 년이나 늙은 노처녀인 주제에 스물도 안 된 총각보고 어떻게 결혼해서 같이 살자고 한단 말인가. 누가 들어도 자신을 욕할 터였다.

마음이 편치 않았다.

탁!

생각이 깊어지니 주의를 하지 못해 잔가지 하나가 이마를 스치며 따끔한 아픔을 전했다.

꽉!

은근히 부아가 치민 연청아는 벼락같이 연검을 빼 들어 그 가지의 밑동까지 잘라 버렸다.

검을 빼는 소리에 무슨 소란인가 하여 돌아보던 사군은 인상을 찌푸린 그녀의 얼굴을 마주하고는 '이크' 하는 심정으로 얼른 고개를 돌려 버렸다.

'성질은 여전히 더럽군.'

'혁!'

그런 사군을 본 연청아는 뜨끔했다.

자신의 성격이 모났다는 것을 스스로도 알고 있기에, 방금 전 사군의 눈길이 무엇을 말하는지 가슴으로 느낄 수 있었다. 공연한 행동으로 나쁜 모습만 보여준 것 같아 속이 더욱 상했다.

탁!

이번에는 돌부리에 걸어차였다. 험한 비탈의 숲길을 내려오며 정신을 산만하게 하니 자꾸 몸에 괴로운 일만 생기는 것은 당연한 결과였다. 연청아는 눈물까지 찔끔거려 가며 이를 악물고 아픔을 참았다. 또 성질을 부렸다가는 사군이 자신을 어떻게 생각할까 걱정되었기 때문이다.

'거 이상하네.'

소리만 듣고도 대충 어떤 상황인지 짐작을 하고 있던 사군은 당연히 있어야 할 후속 반응이 없자 내심 궁금했지만, 감히 돌아보지는 못하고 고개만 갸웃했다.

사군도 생각이 많았다.

어떻게 해야 할까? 이미 선을 넘었으니 사내라면 의당 책임을 져야 할 것이다. 하지만 들고양이 같은 여자와 한평생을 보내야 한다고 생각하니 두려움이 왈칵 밀려들었다. 조금만 실수해도 뺨을 날려 버릴 여자가 아닌가. 우습게도 살을 섞은 연청아가 여전히 무섭게만 느껴졌다. 갑자기 엄처시하(嚴妻侍下)라는 말이 떠올라 피식 웃음이 났다. 그런 일은 생겨서는 정말 곤란했다.

서로의 생각에 잠겨 산길을 뚫고 내려오던 바로 그때였다.

"핫핫핫! 쉬지도 않고 어디를 그리 바삐 가시나?"

별안간 호탕한 웃음소리가 나더니 십여 명의 흑의인들이 삼 장가량 앞에 있는 커다란 고목 위에서 떨어져 내렸다. 울창한 숲과 관도가 비탈을 경계로 맞이어진 곳이었다.

사군과 연청아는 거의 동시에 퍼뜩 정신을 차리고 고개를 들었다. 앞선 자는 여유있게 팔짱을 긴 자세로 죽립을 눌러쓰고 있었다.

"누구냐?"

사군이 검을 곧추세우고 소리쳤다.

"저 계집이 필요한 사람이지."

죽립인이 턱으로 연청아를 가리키며 말했다.

"건방진 놈!"

연청아는 검을 뽑아 들며 소리쳤다. 하지만 죽립인에게서 풍기는 범상치 않은 기운에 주눅이 들었는지 평소의 당찬 목소리가 아니었다.

"후후후, 흑사낭 연청아. 간이 부은 모양이로구나. 하긴 고분고분 하리라고는 예상하지 않았지만."

죽립인은 장포의 옆 자락을 들쳐 천천히 무기를 꺼내 들었다.

흑백으로 된 두 자루의 판관필(判官筆)이었다. 그것을 본 연청아의 표정이 새파랗게 질렸다.

"생사판관(生死判官) 범우(范遇)!"

그녀는 비명을 지르듯 소리쳤다.

"호호호, 귀는 열려 있었던 게로구나!"

빙글거리며 비웃듯 내뱉는 범우의 말에는 시종 여유가 엿보였다.

범우라면 그럴 만했다.

생사판관 범우, 하북무림의 패자(覇者). 하북제일무인(河北第一武人), 무적판관(無敵判官), 생사귀(生死鬼)… 그를 부르는 이름은 수없이 많았다.

어떤 이는 그를 무림십대고수의 반열에 올려놓기도 했고, 또 어떤 이는 삼대고수에 넣어도 무방할 것이라는 말까지 했다. 그동안 범우는 적수를 만나지 못했기에 진정한 실력은 평가할 수조차도 없었다.

하북 일대에서 명성을 드날리고 있던 그는 일 년 전에 돌연 종적을 감추었기에 한동안 그의 실종을 의아해하던 사람들의 입에 회자되다가, 언제부터인가 무림인들의 관심 속에서 멀어졌던 자였다. 그런 그가 돌연 이 자리에 모습을 드러낸 것이다.

연청아가 크게 놀라는 것은 너무도 당연했다.

'목숨은 건질 수 있을까?'

연청아는 문득 그런 생각을 했다. 장보도를 건네준다고 하더라도 살인멸구를 할 것은 자명했다. 어느 누가 자신이 장보도를 가졌다는 소문을 듣고 싶겠는가. 어쨌거나 길(吉)보다는 지독히도 흉(凶)이 많은 만남임에는 틀림없었다. 두려움을 온몸으로 느끼며 가슴을 졸이는 그녀에게 가느다란 전음이 들려왔다.

"범우가 누구예요?"

사군은 처음으로 맞닥뜨린 엄청난 기도에 중압감을 느끼다가 문득 상대의 정체가 궁금했다. 그동안 전음을 제대로 쓰지 못했다가 몇 번 연습을 하니 이젠 제법 할 만하다 싶었던 차에 겸사겸사 물었던 것이다.

'이런!'

연청아는 정말 울고 싶었다. 그동안 보표행을 하면서 웬만한 무림인들에 관해서는 대충이나마 가르쳐 주었지만, 생사판관 범우는 그녀가 자체적으로 실종 처리시켜 말해 주지 않았던 것이다. 하지만 분위기를 보면 모른단 말인가. 바보같이! 이런 판국에 그런 건 알아서 무엇에 쓰겠다고 묻고 지랄인가!

"풋!"

하지만 연청아는 가볍게 웃었다. 문득 사군이 지독히 멍청한 놈이라는 생각에 웃음을 참지 못했던 것이다. 그런데 실소가 다른 반응을 불러왔다.

범우의 죽립이 은은히 흔들렸다.

'건방진……!'

그동안 숱한 강적들과 생사를 겨루었지만, 비무를 앞두고 감히 면전에서 웃음을 터뜨리는 상대는 단 한 명도 없었다. 범우는 죽립을 뒤로 젖혔다. 내심 자랑스러워하는 굵은 눈썹이 하늘을 차고 올라가 한층 위엄을 더하게 했다. 그는 이들에게 죽음을 선사하기로 결정했다.

범우의 비무는 항상 생사(生死)를 가른다.

휘릿!

한 쌍의 판관필이 허공에서 빙글 원을 그렸다.

'좋은 인연으로 환생(還生)하게나!'

굳이 해석을 하자면 그런 의미로, 죽음을 앞둔 상대에 대해 나름대로 마지막 예를 표하는 범우만의 독특한 자세였다.

'꿀꺽!'

연청아는 마른침을 삼켰다.

죽음에 대한 공포였다. 어느 틈에 범우의 수하들은 그들의 퇴로를 완벽하게 차단하고 있었다. 하지만 죽기 전에 사군에게 해주고 싶은 말이 있었다. 여자로 태어나 사내에게 안겨보고 죽는 것이나마 다행이라는 생각이 들었다. 그것도 갑자기 좋아진 사내와 함께 맞는 죽음이라면. 지난밤 파과(破瓜)의 아픔은 아직까지 은은히 느껴지고 있었다. 그 짓도 한 번 못해보고 죽는다면 너무 억울할 터였다. 갑자기 녀석이 고맙게 생각되었다.

"야, 너 그동안 수고 많았어!"

사군은 갑자기 들려오는 연청아의 말에 움찔했다.

이런 판국에 그동안 수고했다니… 갑자기 엄청난 상대를 만나더니 돌았나? 하는 생각마저 들었다.

"전에 뺨 때린 거, 정말 미안해. 예전에 나쁜 사내에게 좋지 않은 일을 당했었거든. 그런데 넌… 괜찮은 사내야."

사람이 죽을 때가 되면 착해진다고 하던가. 연청아는 진심을 담았다. 그런 말을 하기에 적당한 자리가 아니었지만, 상대가 범우라면 더 이상 기회가 없을 것 같았다.

또다시 전음이 들려왔다.

"범우가 누구예요?"

연청아는 포기했다. 적어도 이런 대답을 기대하지는 않았는데… 하지만 이내 스스로를 탓했다. 저런 멍청이라면… 먼저 범우에 대한 얘기를 해주고 마음을 고백했어야 하는 것이다. 그랬다면 듣고 싶은 답을 들었을지도 몰랐다. '저도 연 누님이 좋아요' 하는.

"하북제일고수야. 아직 적수를 만나지 못했대."

눈물이 날 것 같았다. 큰맘먹고 한 말이었는데…….

속으로 '그래, 이 자식아! 같이 싸우다가 죽자!'고 말해 주고 싶었다. 녀석과는 저승길을 동반하며 따져도 늦지 않을 터였다. 연검을 잡은 손에 더욱 힘이 들어갔다. 난생처음 느끼는 비장감이었다.

전음을 받은 사군은 한층 전의를 다졌다. 지금 연청아의 말을 되씹어 느끼기에 그의 심신은 너무도 무거웠다. 막강한 범우의 기도가 그의 전신을 압박하고 있었기 때문이다.

사군은 한 걸음 앞으로 나섰다.

'하북제일고수? 난 도하촌 제일고수다!'

지난번 같은 그런 기운만 뻗쳐 준다면 할 수 있을 것 같았다.

사군은 내력을 끌어 모았다. 단전에서 뻗쳐 나온 진기가 전신으로 퍼지며 몸 전체에 강한 힘이 넘쳐 나게 했다. 부르르 몸이 떨리며 혈향이 코끝을 스치는 듯했다.

끓어오르는 호승심!

범우를 잡으면 무림에 확실한 명호를 내밀 수도 있을 것이다.

'고검(孤劍) 사군(思君) 범우를 제압하다!'

가슴이 두근거렸다. 눈을 가늘게 떴다.

고노의 가르침. 욕심을 부려서는 안 된다!

실전을 방불케 하는 숱한 대련을 통해 싸움에서 평정을 잃은 무인이 얼마나 많은 손해를 볼 수 있는지 알고 있기 때문이다. 하물며 진검 승부임에야!

사군은 상대의 판관필이 두 개인 것을 주시했다. 양손 무기를 사용한다는 것은 그만큼 현란한 움직임을 중시한다는 뜻이기도 하다.

'허!'

가슴에 흑백의 판관필을 모으고 있던 범우는 연청아의 앞을 막아선 사군을 보고는 내심 감탄했다. 갓 이십여 세나 되었을 청년치고는 무척이나 진중한 자세였다. 게다가 은은히 전해져 오는 무형의 기(氣)! 이상하게도 이번 싸움이 부담스러워지기 시작했다.

두 사람의 기세에 밀린 연청아는 뒤로 물러났다. 흑의인들도 싸움에 끼어들 생각이 없는 듯 멀찍이 물러났다.

범우의 판관필이 천천히 움직였다.

고수와 하수는 여러 면에서 다르다. 그중에 하나, 고수는 아무리 허튼 상대라도 절대 방심하지 않고 전력을 다한다는 것이다. 오늘도 그는 전력을 다하고 있었다.

스스스슥!

범우가 먼저 움직였다. 양 발이 지면 위를 미끄러지듯 해가며 천천히 이동을 시작했다.

사군은 긴장했다.

눈을 가늘게 뜨고 범우의 기가 모아지는 방향을 알아내려고 애썼다. 갑자기 폭풍 같은 기운이 느껴졌다.

'훗!'

태산 같은 엄청난 기세에 뇌전의 빠름을 동반한 타격!

쐐액!

"앗!"

연청아는 짧고 뾰족한 비명을 터뜨렸다.

눈에 보이는 것은 허공을 내젓는 옷소매뿐. 가슴을 철렁하게 만드는 숨 막히는 긴장이 전신을 엄습했다.

'심장! 머리!'

허공을 파고드는 두 개의 점을 보았다.

망설이지 않았다. 이미 생각해 둔 한 수! 불안한 침묵 속에 힘겹게 자리를 지키고 있던 것으로만 보였던 사군의 검이 무섭게 번뜩였다.

창! 창!

두 번의 빠른 부딪침. 불꽃이 튀었다.

병장기가 맞부딪치는 순간 범우는 허공에서 상대의 머리 위를 돌아 등 뒤로 떨어져 내렸고, 빙글 몸을 돌린 사군은 기다렸다는 듯이 일검을 찔러갔다.

청룡섬(靑龍閃)!

빛살 같은 광망(光芒)이 범우의 등을 향해 쏘아갔다.

"훗!"

놀란 범우가 짧은 헛바람을 뱉어냈다. 상대의 자세에서 도저히 나올 수 없는 공격이 펼쳐지고 있었다. 섬전처럼 등을 향해 찔러오는 매서운 살기! 범우의 허리가 홱 꺾어지며 흰색 판관필이 그 자리를 메웠다.

창!

사군의 검이 판관필에 부딪치며 방향을 바꾸자 범우의 흑색 판관필이 사군의 팔을 찍어왔다. 한 점 먹물과 같은 움직임이었다.

"훗!"

사군은 재빨리 검을 회수해 옆으로 물러나며 거리를 두었다. 숨을 한두 차례 몰아쉴 정도의 짧은 시간에 벌어진 일이었다. 범우의 발이 다시 지면 위로 미끄러지며 스르르 움직여 갔다.

사락! 사라락!

밟히고 스친 잡초들이 뒤뚱거리며 비명을 질러댔다.

다시 거리를 둔 두 사람은 작은 원을 그리며 돌았고, 심장이 터질 듯한 긴장이 원의 궤적을 따라 함께 맴돌았다. 한판의 드잡이질로 사군도 놀랐지만 더 크게 놀란 사람은 범우였다.

'어린 녀석이……!'

그는 경악을 금치 못하고 있었다.

생사를 건 싸움으로 수십 년을 강호에서 풍미했건만 이토록 부담을 느꼈던 적도 없었다. 게다가 어린 상대가 펼치는 초식이 너무나 낯설기에 그 내력을 짐작조차 하지 못하고 있었다.

'대단했어!'

사군은 자신감을 얻었다. 뒤로 돌아서는 자신의 심장으로 쏘아져 왔던 날카로운 일검은 아직도 가슴을 섬뜩하게 하고 있었다.

청룡투(靑龍鬪). 자신도 모르게 검으로 청룡투의 움직임을 응용해 검세를 펼쳤고, 그것이 큰 효과를 보았던 것이다.

'어쩌면…….'

잠깐의 드잡이질이었지만 연청도 어느 정도 안정을 찾았다. 하북 제일의 검객이라는 범우를 상대로 이토록 치열한 접전을 펼칠 줄은 생각도 하지 못했는데… 적어도 허망하게 죽을 것 같지는 않았다. 연검을 굳게 말아 쥔 손에서 끈끈한 땀이 느껴졌다.

팟! 팟! 팟!

범우의 판관필이 다시 허공을 찍었다. 또 다른 공세의 시작을 알리는 신호탄! 순간 사군은 범우를 향해 비호처럼 달려들었다.

청룡봉(靑龍封)!

공격이 최고조의 살기를 떨치는 것은 바로 상대의 몸 근처에 다다랐을 때이다. 사군은 그것을 감각으로 느끼기에 상대의 판관필이 위력을 발휘하기 전에 봉(封)하려는 것이다.

'훗!'

예기치 않은 역공에 흠칫하던 범우는 이내 판관필의 움직임을 짧게 해 사군의 검을 맞아갔다. 하지만 이내 판관필이 거추장스러워지는 느낌에 연신 뒤로 밀렸다.

획! 획!

사군의 몸이 판관필을 따라 춤을 추었다. 하지만 검은 상대의 요혈을 찌를 듯 벨 듯 할 뿐 좀체 마지막 공격을 가하지 않고 있었다.

청룡첩(靑龍貼)!

공격하는 상대의 움직임을 같이 타며 투로(鬪路)를 방해해 공세를 누그러뜨리다가, 기회를 틈타 치명적인 역공을 가하는 수법. 사람이 판관필을 쫓을 수는 없다. 사군이 눈을 떼지 않고 있는 것은 범우의 어깨와 팔이 보여주는 미세한 움직임이다. 그것을 보고 상대의 공세를 미리 예측해 몸을 움직이는 것이다.

청룡첩에 신법을 맡기고 청룡봉을 통해 선공(先攻)으로 공세를 가하려는 상대를 미리 제압하는 수법은 범우를 크게 당황하게 만들기에 충분했다.

'이게 무슨……!'

범우의 손발이 어지럽게 움직였다.

그를 더욱 힘들게 하는 것은 사군의 수법이 중원에서 듣지도 보지도 못한 것이라는 점이다. 웬만한 명문세가의 초식은 그 후속 움직임까지 줄줄이 꿰고 있는 그였지만, 사군의 수법만큼은 어떤 예측도 허락하지 않고 있었다.

탁! 탁!

사군의 공세에 어지럽게 받아가는 손발만큼이나 범우의 등 뒤로 젖혀진 죽립 역시 숨 가쁘게 덜렁거렸다.

"타앗!"

적극적인 공세로 전환한 사군의 입에서 경쾌한 일성이 터져 나왔다. 가슴 가득한 자신감의 표현이었다.

청룡나(靑龍挪)!

검은 이제까지의 움직임을 벗어나 범우의 전신 요혈을 날카롭게 노리고 파고들었다.

"웃!"

범우의 안색이 변했다.

팟!

반으로 갈라진 죽립이 잡초 위로 나뒹굴었다. 등을 노리는 검을 피해 몸을 트는 순간, 뒤늦게 덜렁대며 따라가던 죽립이 그를 대신했던 것이다.

"놈!"

범우는 더 이상 인내하지 못했다.

이제껏 숱한 싸움을 해오면서 단 한 차례도 일어나지 않았던 일이었기에 그의 충격은 더했다. 하늘을 찌를 듯 뻗은 눈썹이 꿈틀대며 그의 심사를 대변했다. 상대가 비록 어리기는 하지만 임기응변의 능력은 그가 예상한 몇 단계 이상이었다.

그는 이런 상대를 손쉽게 처리하는 방법을 알고 있었다. 범우는 단 한 수를 생각했다. 절대 막을 수 없는 한 수를!

사군의 입장도 다르지 않았다.

'길어질수록 더 불리해!'

경험이 짧으니 밑천이 드러날 터였다. 범우와 마찬가지로 사군도 다른 손님들이 계속 찾아오는 달갑지 않은 사태를 우려했다.

한 수를 생각했다, 치명적인 한 수를……!

"하앗!"

뒤로 훌쩍 물러났던 범우가 허공으로 뛰어오르며 발을 굴러 상대를 향해 내달았다.

두 개의 판관필이 빠르게 위아래로 움직이며 사군의 좌우를 교대로 훑어왔다. 마치 표범이 날카로운 두 발을 들어 사람을 긁어내리는 듯한 형상으로, 판관필의 움직임이 두 개의 수직선으로 느껴질 정도의 빠른 공세였다.

생사필박(生死筆拍)!

삼 푼의 재주를 감춘다는 강호의 격언에 따라 마지막 한순간을 위해 단 한 번도 펼쳐 내지 않았던 필살의 일초! 푸르른 살기를 잔뜩 머금은 두 줄기의 선이 사군의 양팔을 찢어왔다.

파파파파팟!

순간 사군의 검끝이 부르르 떨리듯 두 줄기의 섬광을 마주해 갔다.

스슷! 스슷!

"수미강림(須彌降臨)!"

벼락같은 호통 소리와 함께 마주쳐 간 사군의 검끝에서 일곱 줄기의 홍광(紅光)이 거의 동시에 뻗어 나와 허공을 쪼개오는 상대의 전신 요혈을 노리고 파고들었다. 이에 맞선 흑백의 판관필도 어지럽게 허공을 찍어갔다.

창창창창창창!

정확히 일곱 번의 병장기 부딪치는 소리가 났다.

거의 동시로 여겨질 정도라 어지간한 무공의 소유자라면 구별하지 못할 정도의 빠른 소리였다. 엄청난 반탄력에 두 개의 신형이 튕겨 나왔고, 이어 점점(點點)의 핏방울들이 허공으로 튀어 올랐다.

찰나였다.

두 사람의 신형은 빠르게 교차했고 빠르게 흩어졌다. 이 장가량 떨어진 두 사람은 서로 등을 마주하고 미동도 하지 않았다. 잠깐의 무거운 침묵이 두 사람 주변에 머물렀다.

"크웃!"

묵직한 신음성과 함께 사군의 신형이 비틀했다.

"아악!"

연청아의 날카로운 비명 소리!

다음 순간 사군의 몸이 한쪽으로 기울며 왼팔이 축 늘어졌다. 어깨 부위의 옷이 걸레처럼 찢겨져 너덜거렸고, 핏물들이 이내 옷을 붉게 물들여 갔다. 하지만 범우는 여전히 선 자리에서 미동도 하지 않고 있었다.

생사판관 범우. 머리 속으로 온갖 생각이 교차했다.

'마지막 한 수를 놓쳤어!'

좌수 셋, 우수 셋, 양팔을 노리고 공세는 먼저 퍼부었지만 정작 수비를 해야 했던 사람은 자신이었다. 일곱 곳의 사혈을 노리고 파고드는 사군의 검 중 여섯은 막았지만 마지막 하나를 막지 못했다.

"후우! 후우!"

숨이 점점 가빠왔다.

거친 숨소리와 함께 범우의 생각은 더욱 바쁘게 이어졌다. 그토록 빠른 공격이 있었던가? 아니, 늦고 빠름의 문제만이 아니라 어디를 노리냐였어! 후훗! 섬전같이 파고들어 사혈만 노리니 막을 수밖에!

'우웃!'

돌연 범우가 눈동자를 까뒤집어 흰자위를 드러냈고, 이어 신형이 통나무처럼 꼿꼿이 지면 위로 쓰러졌다.

쿵!

이마에서 콩알만한 붉은 반점이 생기더니 이내 그 크기를 늘여 줄줄이 피를 쏟아냈다.

"아!"

피를 흘리는 사군을 보고 눈물을 흘리던 연청아는 물론, 주변을 둘러싸고 있던 십여 명의 흑의인도, 멀리 이십여 장 이상 떨어진 곳에서 몸을 숨기고 싸움을 구경하던 화산파의 오경동도 전혀 이런 결과를 이상하지 못했었다.

'이겼어!'

끝까지 검끝에 전해졌던 그 촉감을 믿지 못했던 사군은 쓰러지는 범우를 보고야 안심했다. 마지막 쌍필 공세는 막을 수 없다고 생각했었다. 그가 택한 것은 버리는 것이었다. 모든 것을 버리고 삼밀가지검법의 마지막 한 수를 펼쳤었다.

수미강림!

제석천의 강림이다. 극쾌(極快)를 생명으로 한다.

공격에 일곱, 수비에 여덟의 숨은 변화가 있기에 가히 모순(矛盾)을 두루 갖춘 좌도 밀종 최후의 일식이다.

'마지막이라는 생각이 들지 않는다면 함부로 사용하지 말도록 하라'는 고노의 당부 때문만이 아니라, 너무나 평범한 구결이기에 심득(心得)을 얻지 못해 그간 한 번도 펼치지 못했던 삼밀가지검법(三密加持劍法) 최후의 정화(精華)였다.

그는 범우를 상대로 모험을 했던 것이다.

'그런대로 멋들어지게 펼치기는 했어!'

갑자기 하늘이 노랗게 변하더니 무수한 작은 별들이 머리 속을 오갔고, 다음 순간 사군의 몸도 스르르 옆으로 무너져 갔다.

"아악!"

놀란 연창아는 비명을 지르며 달려가 쓰러지는 사군을 붙들었다. 왼쪽 어깨와 심장 부근, 그리고 허리에 이르는 옷은 걸레 쪽처럼 뜯겨 나갔고, 부근의 살점은 마치 독수리들이 쪼아낸 듯 너덜거렸다. 황급히 지혈을 해주고 자신의 옷을 북북 찢어 상처를 싸맸는데, 헝겊 조각들은 이내 붉게 물들었다.

'생사판관을 거꾸러뜨리다니!'

오경동은 전신의 모든 솜털이 곤두서는 충격을 맛보았다. 그의 곁에 같이 있던 육합검수들도 입을 벌리고 놀라기는 마찬가지였다.

"강호사가 새로 쓰이겠군요."

누군가 오경동을 향해 전음으로 말했다.

"그렇겠지. 우리 모두가 나섰어도 감당하기가 쉽지 않았을 자였는데……."

"저 녀석은 어느 문파 출신이지요?"

"몰라. 나중에 시간나면 네가 물어봐라."

"……."

그런데 싸움판을 주시하던 오경동은 갑자기 눈을 크게 떴다. 흑의인들이 서서히 연청아 주변으로 몰려들고 있는 것을 보았기 때문이었다.

'이런, 깜빡했구나. 어서 나가자!'

오경동을 비롯한 육합검수들은 황급히 몸을 날려 흑의인들을 향해 달려나갔다. 그의 임무는 당분간 사군과 연청아의 신변을 보호하는 일이었다. 장보도의 출현이 강호에 충분히 알려질 때까지.

"멈추어라!"

그들의 갑작스런 출현에 놀란 흑의인들은 얼른 뒤로 물러섰다. 그사이 오경동을 비롯한 육합검수들은 재빨리 연청아와 흑의인 사이에 끼어들어 방벽을 이루었다. 연검을 굳게 쥐고 주춤거리며 물러나던 연청아는 돌연한 사태에 크게 놀랐다. 새로운 출현자들이나 흑의인들 모두 장보도를 노리고 있을 것이라는 생각이 들었다. 두려움이 왈칵 밀려든 그녀는 재빨리 사군을 품에 안고 경공을 펼쳐 숲 속으로 달아났다.

"엇!"

그녀가 달아나는 것을 본 흑의인들 중 몇이 몸을 움찔했지만, 오경동과 휘하 육합검수들이 펼친 탄탄한 검진의 기세에 감히 경거망동하지 못했다.

"헉헉!"

사군을 안아 들기는 했지만 이내 힘이 부쳤다. 게다가 사군의 장검까지 챙겨 들고 가자니 보통 거추장스러운 것이 아니었다. 어디로 가야 한다는 목표도 없고 우선 이곳을 피해야 한다는 생각만이 머리에 꽉 찼지만, 마땅히 옮길 방법이 떠오르지 않았다. 연청아는 숲이 가득 우거진 곳에 가서 사군의 수혈을 눌러두고 몸을 숨겼다. 지금은 등잔 밑이 어둡다는 속담을 믿어볼 수밖에 없었다.

수장을 잃고 연청아와 사군까지 달아나는 것이 뻔히 지켜보아야만 하는 흑의인들은 더 이상 인내하지 못했다.

"쳐라!"

마침내 그들 중 조장인 듯한 자가 명령을 내리자 흑의인들과 육합검수들 간에 치열한 싸움이 벌어졌다. 화산파가 문파의 중흥을 위해 심혈을 기울여 양성한 육합검수들이기는 하지만, 흑의인들 또한 범우의 직속 수하들답게 만만찮은 실력을 보여 두 세력 간에 치열한 접전이 벌어지는 상황이었다. 오경동은 검진 밖에서 빠르게 오가는 것으로 수적인 열세를 메워가며 버텼다.

'멀리 달아날 시간만 벌어주면 돼!'

오경동은 그런 생각으로 홀가분하게 공세를 펼치고 있었다. 싸움이 갈수록 치열해지며 피아간에 사상자가 발생할 정도가 되자 이만하면 되었을 거라고 판단한 그는 마침내 명령을 내렸다.

"가자!"

그 말에 따라 육합검수들은 신속하게 전장에서 몸을 빼 언덕 아래로 달아났고, 분노한 흑의인들이 그들의 뒤를 쫓았다.

'휴우…….'

연청아는 그제야 가슴을 쓸어 내렸다.

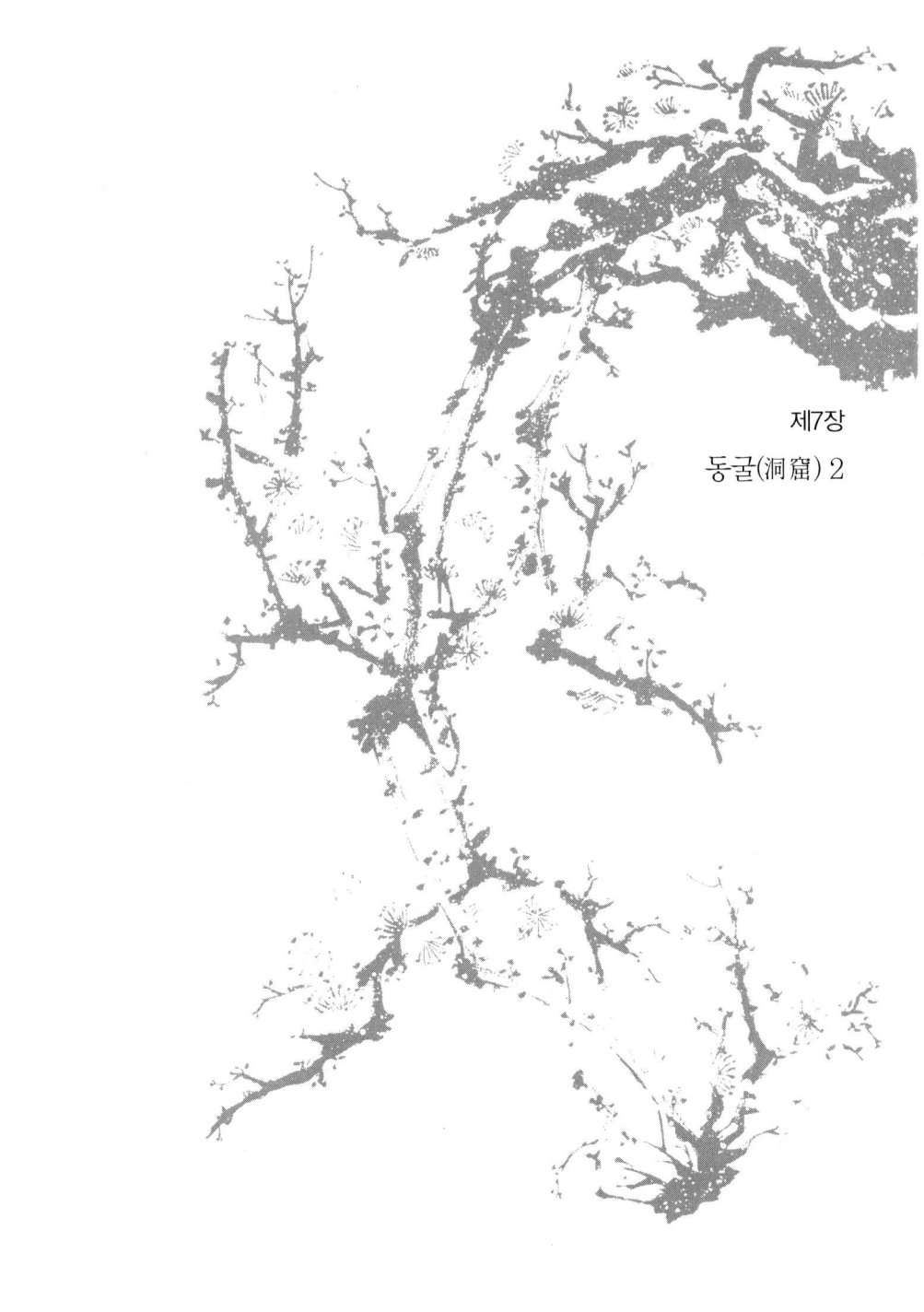

제7장

동굴(洞窟) 2

소주 풍정원, 내실.

"아직도 그들의 행방을 알지 못하느냐?"

엄생은 무표정한 얼굴로 용진우에게 물었다.

"그렇습니다. 설마 범우까지 당하리라고는 예상하지 못했습니다. 게다가 세가의 사주를 받은 화산파에서의 구원까지 있었던 모양입니다."

용진우는 송구한 듯 고개를 숙였다.

"이제껏 일 년을 넘게 헛수고를 한 셈이구나!"

언뜻 억양이 없는 일상적인 말처럼 들렸지만 용진우는 엄생이 화를 내고 있음을 알고 있었다. 엄생은 말을 이었다.

"이렇게 되어서야 무슨 낯으로 그분을 대한단 말이냐? 게다가 다이곤과의 밀약도 죄다 허언(虛言)이 되고 말 지경이 아니더냐?"

"제가 직접 나서오리까?"

계속되는 질책성의 말에 용진우의 얼굴도 굳어 있었다.

"흥! 그러면 장보도의 뒤에 풍정원이 있음을 천하에 내놓고 알리겠다는 것인가? 제갈세가를 너무 우습게 생각하는 것은 아닌지 모르겠군. 아무리 비밀스럽게 이루어지는 일이라 할지라도 하늘 아래 밝혀지지 않을 일은 없다. 공공연하게 드러나는 상황이라면 차라리 이대로 두는 편이 더 낫겠지. 그만 물러가도록 하라!"

마침내 엄생의 말소리에서 감정이 묻어났다. 좀체 없었던 일이라 용진우는 그저 송구한 표정을 지으며 자리에서 물러났다.

엄생의 투명한 눈빛이 더욱 깊어졌다.

무림과 상계 모두를 휘어잡기 위해 아끼던 물건까지 내놓아가며 실행에 옮겼던 계획이었다. 두 사람의 행방이 묘연하다고는 하나 머지않아 모습을 드러낼 것은 확신하고 있었다. 무공이 그만하고 잔꾀가 그만한 것들이 궁합이 맞아 돌아다니고 있으니 쉽게 죽지는 않았을 것이고… 용진우를 나무라기는 했지만 그의 고민은 다른 곳에 있었다.

'쉽지가 않을 거야……'

다시 나타난다 하더라도 범우를 베어버리는 무공이라면 통제가 불가능하다는 것을 뜻했다. 자칫 무림을 지탱하는 두 세가를 무너뜨리려던 칼날이 자신을 향할 수도 있었다. 다만 입에 올릴 만한 물증이 없을 뿐 제갈세가에서도 자신의 존재를 어렴풋이 눈치 채고 있을 터였다.

"흐음!"

엄생은 긴 한숨을 내쉬었다. 가볍게 고개를 끄덕이던 그는 조용히 입을 열었다.

"기신을 불러라!"

"알겠습니다."

바깥 어디선가 대답이 들렸다.

납치하다시피 기신을 데려온 것은 장보도의 파문이 휘주상방과 연관되기를 바라지 않았기 때문이다. 비록 장보도를 무림에 푼 것은 자신이지만 그렇다고 그 뿌리가 드러나서는 안 되는 것이다.

싸움판으로 눈을 돌리던 그녀는 문득 수풀 위에 널브러진 범우의 시신을 보았다. 퍼뜩 어떤 생각이 떠오른 그녀는 재빨리 경공을 펼쳐 그곳으로 달려가더니 시신의 품속을 뒤졌다.

'이거야!'

잠깐 만에 그녀는 원하는 것을 얻을 수 있었다.

얄팍한 책자 하나를 꺼냈고, 책장을 뒤적이던 연청아는 깨알 같은 글씨를 빠르게 읽어보고는 그것이 범우의 무공비급이라는 것을 알았던 것이다. 비급을 품속에 쑤셔 넣고 판관필까지 챙긴 그녀는 재빨리 사군이 있는 숲 속으로 돌아왔다. 장검에 판관필에 반시체에… 가져갈 물건이 적지 않았다. 잠시 망설이던 그녀는 판관필 고리 부분에 매달린 끈을 허리춤에 연결하고는 사군을 들쳐 업고 내려왔던 방향을 거슬러 올라갔다.

"끙! 끙!"

어디서 그런 힘이 나는지도 몰랐다.

머리통 하나는 족히 큰 사내를 연약한 두 팔로 불끈 들어 업고도 제법 빨리 산을 올랐다. 어젯밤 그 일이 없었더라면 버려두고 왔을지도 몰랐다. 이마며 목 근처에 땀이 줄줄 흘렀지만 개의치 않았다.

한 시진이나 지나서야 도착한 곳은 사군과 이틀을 함께 보냈던 동굴이었다.

바닥에는 아직도 마른 잔가지며 잎들이 수북이 깔려 있었다. 연청아는 사군을 그 위에 눕히고는 동굴 밖으로 나가 지나온 길을 거슬러 사람의 흔적을 최대한 없앴다. 동굴로 돌아와서도 근처 넝쿨들의 방향을 틀어 입구를 최대한 가려두었다.

"휴우……."

힘이 무척 들었기에 얼굴은 온통 빨갛게 달아올랐고 옷도 땀으로 흠뻑 젖었다.

사군 곁으로 온 연청아는 품속에서 까만 알약을 꺼내 우물거린 후, 사군의 입에 밀어 넣어주었다.

무당(武當)의 소환단(小還丹). 아버지 장강신투가 어렵게 구한 희대의 영약이지만 조금도 아깝다는 생각이 들지 않았고, 오히려 세 알이 전부인 것이 안타까웠다. 다시 상처를 싸맨 헝겊을 풀어 너덜거리는 살점을 정성스럽게 정리한 후에 그 위에 금창약을 발랐다. 그녀가 가지고 다니는 금창약 또한 예사가 아니었다. 중원제일의 약방으로 치는 만약당(萬藥堂)에서 조제한 것으로, 다른 곳에서 만든 것보다 서너 배는 값이 더했다. 약 바르기를 마친 연청아는 자신의 속옷을 찢어 상처를 싸맸다. 무척이나 길고 힘든 시간이었다.

"이젠 됐겠지!"

모든 일을 마친 연청아는 그렇게 중얼거리고는 사군의 옆에 벌렁 드러누웠다. 너무 힘들었던 탓에 심장은 아직도 쿵쿵거리며 뛰고 있었다.

'꼭 살아날 거야!'

믿고 싶었다.

사군의 생사가 이토록 자신을 애타게 만들 것이라고는 생각지 못했다.

머리 속으로 만감이 교차했다. 이제 어째야 하나. 소환단으로 나을 수 있을까? 이제 두 알밖에 남지 않았는데… 주변에는 무림인들이 바글거리고… 하루 이틀에 나을 상세도 아닌 것 같았다. 몇 달을 버텨야 할는지도 모르고, 그동안 먹을 것도 있어야 하고… 그때까지는 산중의 추위도 견뎌야 하는데… 사군은 죽은 듯 미동도 하지 않고 있었다.

'그래!'

갑자기 연청아는 자리에서 벌떡 일어났다. 생사를 다투는 중환자이니 몸을 따뜻하게 해주는 것이 필요할 터였다. 추운 가을에 산중에서 며칠 숨어 지내야 했던 아버지의 경험담을 들은 기억을 떠올린 것이다.

사군의 검을 빼 든 그녀는 동굴 밖으로 나갔다.

제법 멀찍이 나와 주변을 살피다가 잡초가 몇 뿌리 겹쳐진 보드라운 땅에서 검을 들어 흙덩이째 캐냈다. 몇 번을 그렇게 해 제법 덩어리가 모이자 인근의 나뭇잎들로 땅이 파진 자리를 덮어두고는, 풀이 어우러진 흙덩이를 들고 동굴 안으로 돌아왔다. 수십 번 그 일을 반복하자 동굴 안에 제법 많은 양이 쌓였다. 다시 밖으로 나가 적당한 굵기의 나무를 밑동째 잘라내 동굴 안으로 운반했다. 동굴 멀찍이 있는 것으로 골랐음은 물론이요, 잘려진 밑동이 드러나지 않도록 잘 덮어두는 것도 잊지 않았다.

칡넝쿨까지 준비한 그녀는 이윽고 만족한 표정을 짓고는 작업을 시작했다. 먼저 나무를 잘 잘라 기둥을 세우고 칡넝쿨로 묶은 후에, 잡초가 살아 있는 흙덩이를 차곡차곡 쌓아 동굴 입구를 막기 시작했다. 문은 몸을 겨우 틀어 지나다닐 수 있을 정도로 좁게 만들었고, 흙덩이를 쌓기 힘든 위쪽은 잎이 큰 나뭇잎을 수십 장 겹쳐 칡넝쿨에 꿴 후에 서로 연결해 가렸다. 제법 힘든 작업이었기에 이마에서 굵은 땀방울이 비 오듯 흘러내렸다.

달리 할 일도 없었다.

잠시 쉬며 땀을 닦아낸 연청아는 이번에는 문짝을 만들었다. 가지를 주워 대충 문짝 형태로 만들고 그 위에 큰 잎을 덮은 후에, 칡넝쿨을 그 사이로 이리저리 감아 잎을 고정시키니 그런대로 찬바람은 막아줄 수 있을 것 같았다. 문짝에 굵은 나무를 가로질러 묶은 후에 칡넝쿨로 연결해 풀뿌리 사이 흙담에 찔러 넣으니 훌륭한 문짝이 되었다. 그러고 보니 이미 날이 어둑어둑해 찬 공기가 돌 때가 되었는데도 동굴 안은 한결 온화하게 느껴졌다.

"아……!"

피곤과 만족감에 젖은 연청아는 사군 옆에 몸을 뉘었다.

사르르 눈이 감겨왔다.

편안했다.

동굴 생활을 한 지도 한 달이 지났다.

식량은 부근에서 구했다. 멋모르고 주변을 오가던 산중의 짐승들은 그들의 손쉬운 먹잇감이 되었다. 가을이 되자 먹을 만한 산중 과일들도 많았다. 어느 날 숲 속에서 우연히 발견한 탱자 비슷하게 생긴 과일을 맛보고는 뛸 듯이 기뻐했다. 마치 귤과 탱자를 반씩 닮은 듯한 생김이었는데, 크기도 적당해 두세 개만 먹으면 허기를 면할 수 있을 정도였다. 하지만 무엇보다도 그녀를 기쁘게 한 것은, 그런 나무들이 산 한쪽의 비탈면에 지천으로 널렸다는 점이었다. 족히 수십 그루는 되어 보이는 나무에는 붉은 과일이 주렁주렁 열려 있었다.

'매실(梅實)인가? 아니면 석류(石榴)?

과일을 좋아하는 연청아로서도 처음 보는 열매였다.

색이 거무튀튀한 그 나무의 잎은 둥글었다. 새빨간 꽃이 피고 꽃술이 흰 특징이 있어 백부과(白桴菓)라 불리는 것으로, 열매에는 강한 최음(催淫) 성분이 있다. 오죽하면 그 열매를 많이 먹은 사람은 자식을 많아 낳는다 하여 자손과(子孫菓)라 불리기도 했다.

하지만 연청아가 그것을 알 턱이 없었다.

몇 개 먹어보니 그저 약간 시큼하면서도 단맛이 나고 뒤탈도 없어 비상 식량으로 적당하다고 기뻐할 뿐이었다. 게다가 그 나무들이 있는 곳은 숱한 잡목이 어우러져 있어, 혹시라도 뒤를 쫓는 사람들의 눈길을 피해가며 식량을 마련하기에 안성맞춤이었다. 그녀는 틈만 나면 그 열매를 한아름씩 동굴로 날랐다. 곧 추위가 닥치면 아까운 과일이 먹지도 못하게 된다는 생각에 부지런히 날라, 동굴 안에 나무로 엉성하게 짠 시렁을 만들어 말리기도 했다.

동굴 안도 세 칸으로 나누어 제일 안쪽에 침실을 만들었고, 그 다음은 식량 창고, 마지막 입구 쪽은 주방 겸 빨래를 너는 곳으로 썼다. 한동안 심심했기에 일을 하는 틈틈이 범우의 품에서 꺼낸 비급을 보고 판관필 쓰는 법을 익혔다.

사흘 만에 눈을 뜬 사군은 말수가 현격하게 줄어 있었다. 가끔 연청아가 수다라도 떨라 치면 이내 눈을 감거나 고개를 돌려 버렸기에 그녀도 무척이나 조심하는 상황이었다.

사군은 다른 생각을 하고 있었다.

'아직 뭔가 부족해!'

눈을 감고 범우와 싸우던 장면을 떠올렸다.

대결의 마지막 순간 뭔가 흐릿하게 스쳐 간 알 수 없는 그것을 쫓고 있었다. '그것'을 깨달았다면 부상을 입지 않았을 것만 같았다. 그냥 흐릿했기에 공수(攻守)를 겸하던 그의 검도 흐릿하게 끝을 맺었고, 결국 왼팔에 치명적일지도 모를 부상을 당했던 것이다. 수미강림의 구결은 머리 속에 가득했지만, 그 마지막 화두(話頭)를 풀어낼 끈을 잡아내지는 못하고 있었다.

연청아는 그런 그를 지켜만 보고 있었다.

뭔가 말을 걸어보려 했지만 사군의 심연(深淵) 같은 고요한 얼굴을 대하는 순간 삼켜 버려야 했다. 그녀에게는 꽤나 무료한 시간들이었다.

사군은 거의 한 달이 다 되도록 소득이 없자 결국 포기했다. 억지로 추구한다고 깨우칠 수 있을 거라면 세상에 고수 아닌 사람이 없으리라는 생각이 불현듯 들었기 때문이다.

획! 획! 휘릿!

주방 쪽에서 또다시 연청아의 움직임이 있었다.

무얼 하는지 부지런히 몸을 움직이고 있는 것이 수시로 느껴졌는데, 무공을 연마하는 것이 아닌가 추측할 따름이었다. 다른 날과 달리 사군은 홀로 몸을 일으키려고 했다. 부상을 당한 이래 연청아의 부축을 받지 않기는 처음이었다.

'끙!'

그는 애써 인기척을 죽였다.

날마다 획획거려 가며 무슨 무공을 그렇게 열심히 연마하는지 궁금했다. 동굴 안을 세 칸으로 나누었다고는 하지만 겨우 무릎 허리춤에도 오지 않을 정도의 높이로 흙담을 쌓아 나눈 칸이기에 동굴 앞쪽에서 연청아의 움직임이 한눈에 들어왔다.

'음!'

사군은 마른침을 삼켰다.

연청아는 판관필을 가지고 무공을 연마하고 있었다. 그제야 그는 연청아가 무슨 짓을 하는지 알았다. 그녀는 얇은 책자를 들여다보다가 다시 연습을 했는데, 아마도 죽은 범우의 비급을 가져온 것이 틀림없었다. 사군의 눈썹이 꿈틀했다.

'추악하군!'

고개를 돌렸다.

그녀를 지켜주기 위해 죽을힘을 다해 싸웠다가 이렇게 중상을 당해 요양을 하고 있었지만, 연청아는 그 틈에 전리품을 챙겨 익히고 있었다. 꽉 막힌 동굴 안이라는 것이 더욱 가슴을 답답하게 했다. 언제나 보는 얼굴이건만 볼 때마다 달리 보이는 것이, 마냥 낯설게만 느껴졌다. 그런 연청아를 보는 순간 맛보는 것은 가슴이 휑해지는 공허함이었다.

'더 기대할 것도 없어!'

사군의 머리 속으로 열락에 겨운 신음성에 젖어 있던 묘랑의 얼굴이 연청아와 겹쳐 지나갔다.

"앗!"

판관필을 휘두르기에 열중하고 있던 연청아도 사군을 보았다. 짧은 비명과 함께 황급히 판관필을 바닥에 떨구어 숨기려 했지만 이미 늦었다는 것을 알았다. 큰 잘못을 했다는 생각은 들지 않았지만 민망해지는 것은 어쩔 수 없었다.

"호, 혼자 일어났네."

말을 더듬었다.

혼자서는 절대 일어나지 못한다는 것을 알기에 안심하고 동굴 안에서 연습을 하고 있었다. 동굴 안 중간쯤에 적당한 높이의 벽을 설치한 것도 그런 이유가 있었다.

"끄응!"

사군은 아무런 대꾸도 않고 힘겹게 몸을 일으켜 동굴 밖을 향해 걸어갔다. 머리가 어질어질해 순간적으로 비틀거렸지만 그런대로 쓰러지지 않고 걸을 수는 있었다.

"어머!"

혼자 힘으로 걷는 사군을 본 연청아의 얼굴이 환하게 펴지다가 황급히 달려와 부축하려고 했다.

"비켜요!"

사군은 버럭 고함을 쳤다.

연청아는 그 소리에 새파랗게 질려 뒤로 물러났다. 사군이 범우의 비급을 훔쳐 연마하는 것을 매우 불쾌하게 생각하는 것이 틀림없다고 생각한 그녀는 얼른 비급을 품속에 집어넣고 판관필도 숨겨둔 후에 사군의 뒤를 따랐다.

동굴 밖은 따사로운 가을볕이 내리쬐고 있었다. 욕심을 부리지 않는 것은 하늘뿐이었다. 햇빛에 적응하지 못한 사군은 한참 동안 입구에서 눈을 가리고 서 있었다. 잠깐이 지나자 숲이 한눈에 환히 들어왔다.

"아!"

경탄성을 터뜨리지 않을 수 없었다.

만추지절(晩秋之節)이다.

가을을 맞은 숲을 홍황(紅黃)의 물결이 가득 덮었다. 계절을 잔뜩 머금은 나뭇잎들이 가득한 숲으로 이루어진 길고 긴 산등성이들이 첩첩이 쌓여, 마치 몇 마리의 황룡(黃龍)들이 울긋불긋한 비늘을 세우고 먼 여행을 떠나는 듯 보였다. 형형색색의 단풍들을 지나온 바람이 코끝을 스쳐 가며 그 향기를 전했다.

"괘, 괜찮아?"

다시 다가온 연청아가 더듬거리며 물어왔다.

"예."

짤막한 대답.

"화… 났구나?"

이번에는 대답도 없었다.

"임자가 없는 것이나 마찬가지잖아. 노획물이기도 하고… 내 무공이 너무 형편없어서 욕심이 생겼더랬어."

사군의 굳은 얼굴이 펴지지 않자 연청아는 계속 변명을 이어가며 간식거리로 삼아 소매 춤에 넣어 가지고 다니던 말린 열매를 권했다. 사군은 열매를 입에 넣고 우물거렸다. 산중 동굴 생활에서 유일한, 그리고 사군이 가장 좋아하는 간식거리였다.

연청아도 열매 하나를 입에 넣었다.

이럴 때는 말없이 그저 이런 것이나 씹고 있으며 사군이 화를 삭일 때까지 참고 있는 것이 좋았다. 향긋한 과육(果肉) 냄새가 코를 스쳤다. 이곳에 와서 연청아가 가장 좋아하게 된 냄새다.

"꿀꺽!"

사군은 걸쭉해진 열매를 삼켰다. 눈치를 보던 연청아가 다시 입을 열었다.

"그때 마침 아무도 없었거든. 괜히 나쁜 놈들이… 앗!"

말을 이어가던 연청아는 갑자기 허리를 잡아채 쓰러뜨리는 사군의 행동에 놀라 뾰족한 비명을 질렀다. 이제껏 단 한 번도 경험하지 못했던 우악스러움이었다. 바닥에 쓰러져 사군을 올려다보는 눈에 두려움이 가득 담겼다.

분홍으로 물든 눈이 번들거렸다.

겁을 잔뜩 집어먹은 연청아의 눈에서 색정을 엿보았다. 사내를 갈구하던 예향의 신음성을 떠올렸다. 묘랑의 콧소리… 유하의 꽃잎…….

'너도 같아!'

불같이 이는 욕정!

연청아의 욕심이 추악하다고 생각한 순간, 그리고 자신을 올려다보며 애처로운 눈빛으로 구구한 변명을 늘어놓는 것을 본 순간, 불끈거리는 욕정을 참지 못하고 연청아를 쓰러뜨렸던 것이다.

무릎을 숙인 사군은 허리를 숙여 다 떨어진 천 조각으로 어설프게 가려진 앞가슴을 활짝 들쳐 버렸다. 잔뜩 겁을 집어먹고 있던 연청아는 그제야 사군의 의도를 깨달았다.

"어, 어떻게 여기서……."

수치심에 다급히 손을 저어 밀치며 하는 말이었다. 가을 햇살이 나뭇잎 사이를 뚫고 무성하게 자란 잡초들을 비추는 작은 공간. 하지만 경장 바지가 무릎 아래로 내려가는 순간, 그녀는 더 이상 말을 잇지 못했다. 이미 사군의 눈동자에서 무섭게 불타오르는 욕망을 읽었던 까닭이다. 아니, 그보다는 자신의 몸도 이미 달아올랐다는 표현이 맞았다.

사군은 눈을 부릅떴다.

하얀 목에서 내려와 가슴으로 이어진 여체의 부드러운 곡선미, 살짝 누르면 그대로 튕겨 나올 것만 같은 탄력이 넘치는 육봉, 그 위에 아담하게 자리 잡은 분홍의 젖꼭지가 눈부시게 자태를 드러내고 있었다.

여인의 숨결을 따라 굴곡을 그리며 오르내리는 가슴 아래로 잘록한 세류요(細柳腰)는 숨을 멎게 만드는 매혹을 발산했고, 그 아래 눈부시게 야들거리는 허벅지 사이에는 여인의 신비를 가득 담고 소담히 자리 잡은 작은 숲이 있었다.

욕망의 문!

사군의 눈은 더욱 번들거렸다.

하늘이 훤히 내려다보는 야외에서의 정사!

돌연 이제껏 경험하지 못했던 짜릿한 흥분이 일었다. 그는 여체로 하여금 준비할 시간마저 주지 않았다. 목을 타고 내린 곡선을 빠르고 거칠게 쓰다듬으며 내려오는 손놀림이 있었고, 이어 마치 무엇에 쫓기듯 바쁘게 여체 위에 몸을 실어 쾌락의 열쇠를 꽂았다.

"악!"

순간 연청아의 얼굴에 고통의 빛이 어렸다. 메마른 꽃잎을 강하게 파고드는 양물에 아픔을 느낀 것이다. 하지만 동굴은 이내 사내를 받을 준비를 갖추었다. 연청아의 한 손이 사군의 목을 감았고 다른 한 손이 등을 쓰다듬었다.

비처는 몸 안으로 들어온 사내를 따스하게 감싸며 온기를 전했다.

나뭇잎들이 우수수 떨어지고 숲이 비틀거렸다. 바닥에서 말라가는 잡초와 마른 나뭇잎들이 놀라 바스락거리며 신음성을 내뱉었고, 그 위에서는 불붙은 정염을 이기지 못한 남녀가 한데 엉키며 타닥거렸다.

하나가 된 두 사람은 그 소리를 즐겼다.

불기둥은 깊이를 짐작할 수 없는 동굴 깊숙한 곳을 활활 태워 버렸고, 그때마다 여체는 활처럼 휘어지며 사내를 받아들였다.

잠시 시간이 흐르고……

따스한 태양을 마주한 연청아의 눈이 점차 초점을 잃어갔다.

나뭇잎조차 흔들리지 않는 잔잔한 언덕의 저 높은 위에서는 조각구름들이 태양을 피해 바쁘게 지나다녔다. 하늘에는 천상의 바람이 불고 언덕에는 원초의 본능을 드러낸 한 쌍의 남녀가 일으킨 열풍이 불었다.

"아학!"

한순간 초점을 잃고 헤매던 연청아의 눈이 부릅떠지고, 사군의 등을 안고 있던 손에 강한 힘이 들어갔다. 사군의 움직임이 더욱 빨라졌다.

"아흑!"

어느 한 군데 남기지 않는 미치도록 잔인한 쾌락에 여체는 끊임없이 신음성을 터뜨렸다. 두 사람의 밑에서 격렬하게 바스락거리던 나뭇잎의 비명이 잦아들고 풀밭 위의 열기도 점차 숲 속으로 흩어져 갔다.

사군은 몸을 일으켰다.

연청아와 벌이는 행위의 마지막은 언제나 이렇듯 건조했다. 그의 눈에 잡초 위에 떨어져 있는 얇은 책자 하나가 들어왔다. 갑작스런 소동에 연청아가 다급히 품속에 찔러 넣었던 범우의 비급이다. 사군의 눈길을 쫓은 연청아도 그것을 보았지만 감히 주울 생각을 하지 못했다.

옷을 매만진 사군은 말없이 비급을 주워 건넸다.

아직 일어나지 못하고 있던 연청아는 사군을 올려다보았다. 무표정한 얼굴, 방금 이 자리에서 사랑을 나눈 상대라고는 도저히 상상할 수 없는 얼굴. 뺨 위로 굵은 눈물방울이 흘러내렸다.

'내가 뭘 잘못했다고……'

억울했다.

줄줄거린 눈물이 고랑을 이루며 뺨을 지나 목을 타고 흘렀다. 연청아는 소리 죽여 울며 몸을 일으키고 앉아 옷을 바로 입었다. 다시 흘깃 사군을 올려다보았지만 여전히 방금 전의 그 무심한 표정으로, 다만 먼 산을 응시하고 있을 뿐이었다.

분노가 치밀었다. 여자로서 느끼는 수치심이었다.

"개자식!"

벌떡 자리를 박차고 일어선 연청아는 돌연 사군의 뺨을 후려쳤다.

짝!

경쾌한 음향이 일었다.

사군의 표정에 잠깐이나마 고통의 빛이 스쳐 갔다. 충격은 어깨에서 허리에 이르는 상처까지 울리며 찌르르한 아픔을 전했다.

'흑……!'

연청아는 얼굴을 감싸 쥐고 언덕 아래로 뛰어내려 가려고 했다.

'또 맞았군!'

사군은 얼른 손을 뻗어 연청아의 허리를 감싸 안았다. 몸이 아직 회복되지 않았기에 두 사람은 풀숲으로 굴러야 했다.

"나쁜 놈!"

연청아는 사군을 밀쳐 가며 앙탈을 부렸다.

"안 때린다고 했잖아요."

사군은 빙글거리며 말했다. 잔인한 미소. 그렇게 해주고 싶었다.

"맞을 짓을 했잖아!"

"무슨 짓을 했는데요?"

연청아의 목소리는 크고 당당했고, 사군은 부드러웠다.

'무슨 짓' 을 했더라? 말문이 막혔다. 무심한 눈빛에 화가 났다. 하지만 그게 뺨을 때린 이유라고 말할 수는 없었다.

"아프게 했잖아."

겨우 생각해 낸 말. 연청아는 그 말을 끝으로 앙탈을 그만두었다.

'맞아. 내가 뭘 바랄 수 있겠어.'

다시 눈물이 나려고 했기에 연청아는 얼른 고개를 돌려 버렸다.

'이렇게 살다가 죽으면 그만이지.'

사군 또한 그렇게 생각했다.

여자란 다 같다. 아무리 순진한 척, 청순한 척하는 여자도 물욕 앞에서는 어쩔 수 없다. 석호인의 품에 안겨 흐느끼던 예향이나, 범우의 시신에서 비급을 꺼내 익히는 연청이나 다 같은 부류다. 남자라 해도 다르지 않을 것이다. 지금 당장 사랑을 불태울 수 있다면 천금이라도 포기할 수 있는 것이 사람이다.

연청아면 어떻고 예향이면 어떤가. 아니, 유하라도 괜찮다. 그때그때 서로 좋으면 그만인 것이다. 억지로 거스를 것도 없고, 사람에 혹은 사랑에 마음 졸일 이유는 더욱 없다. 그냥 앞으로 가자. 친모도 버린 놈이 나다.

숲을 지나는 으스스한 가을바람이 스친 마른 나뭇잎들이 쉬지 않고 부대끼며 떨어져 쌓였다. 먼저 일어난 사군은 손을 뻗어 연청아를 잡아 일으켜 주었다.

"고마워."

어색한 목소리였다.

지금 자신이 잡고 일어선 것은 사군의 마음이었다고 믿고 싶었다.

"내가 도와줄게요."

사군은 비급을 건네주며 말했다. 범우의 무공을 익히는 것을 도와주겠다는 말이다. 연청아의 얼굴에 비로소 미소가 번졌다. 어쩌면 방금 마음을 잡은 것이 맞는지도 몰랐다.

범우가 남긴 상처가 그리 작지는 않았다.

마치 발톱으로 후빈 듯한 상흔은 어깨와 허리 사이에 일곱 곳이나 살점을 파놓았기에 연청아가 가지고 다니는 희대의 금창약으로도 쉽게 아물지 않았다.

사군이 몸을 털고 일어선 것은 그로부터 두 달을 더 보낸 후였다. 하얀 백설은 무릎은 물론 허리를 넘기도록 쌓였다. 초록의 나뭇잎이 물결처럼 가득 찼던 숲이건만 매서운 겨울 앞에서는 모두 발가벗고 속내를 드러내야 했다.

그해에는 유달리 눈이 많이 내렸다.

쌓인 눈이 사람 목까지 올 정도라 다른 곳으로 이동할 수도 없었지만, 그동안 겨울을 대비해 부지런히 만들고 날라놓은 것들로 인해 양식 걱정은 없었다. 연청아는 짐승 고기를 찢어 말린 것과 열매를 말려 준비한 건량은 물론, 털가죽으로 두툼한 옷들도 여러 벌 장만해 놓아 한 겨울은 물론 가을까지 나기에도 충분했다. 오 장 정도의 깊이에 천장은 일 장 가까이 될 정도의 길고 높은 동굴이었지만, 벽을 쌓아 나누고 암벽 중간중간에 홈을 파고 굵은 나뭇가지를 걸쳐, 말린 짐승 고기나 건량을 걸어두었기에 턱없이 좁게만 보였다.

땔감을 쌓을 공간을 위해 동굴 가까이 있는 큰 나무 두 그루의 가지를 서로 맞물려 칡넝쿨로 엮어 지붕을 만들었고, 그 아래에 마른 나무나 잔가지들을 부지런히 모아두어 땔감도 충분히 준비했다.

정말이지 손수 이런 일을 하게 되라고는 생각도 하지 못했었다. 하지만 땀을 흘리면서도 마치 내 살림을 꾸리는 뿌듯한 기분이 그녀를 즐겁게 했다. 어쩌다 동굴 주변을 오갔던 산짐승들은 보이는 족족 잡혀 두 사람의 별식(別食)이 되어버렸기에, 이제 산중에는 두 사람만 있는 것 같았다. 다행히 가끔씩 멀리 순찰을 나가는 연청아의 눈에 띄어 가슴을 졸이게 했던 무림인들도 겨울이 오면서 하나도 찾아볼 수 없었다.

사군과 연청아는 동굴의 이 장 정도 둘레의 눈만 치웠다. 대자연의 변화에 맞서 산중의 두 사람이 겨우 확보할 수 있는 작은 공간이었다.

곳곳의 흉터를 제외하고는 사군의 몸도 예전의 상태로 돌아왔지만 누구도 먼저 동굴을 떠나자는 말을 입 밖에 내지 않았다. 사군도 연청아도 신혼 살림 같은 이런 생활이 좋았다. 동굴은 누구의 간섭도 받지 않고 자유롭게 지낼 수 있는 공간이었기 때문이다.

사군의 몸이 어느 정도 회복된 후부터는 두 사람은 날마다 사랑을 불태웠다. 어쩌면 두 사람 모두 육욕에 사로잡혀 있는지도 몰랐지만, 그런 것은 아무래도 좋았다.

연청아는 이곳을 떠나는 것이 두려웠다.

지금 이 상태가 사군과 어떻게 맺어진 관계인지는 그녀 스스로도 알 수 없지만, 어쨌든 함께 밤낮을 보낼 수 있다는 것이 중요했다. 밖으로 나선다면 세인들의 눈을 의식하지 않을 수 없다. 사람들은 서른이 다 된 계집이 어린 청년을 꼬드겼다며 자신에게 요부(妖婦)라고 손가락질할 것이다. 그게 두려웠다. 놀리는 사람들이 겁나는 것이 아니라 사군이 그 소리를 견디지 못해 자신을 떠나 버릴까 두려운 것이다.

하루에도 몇 번씩 사군의 사랑을 원하는 것도 그 두려움을 떨치기 위해서인지도 몰랐다. 게다가 장보도를 노리고 덤벼들 무림인들도 겁났다. 이미 자신의 수중에 있으니 이곳에서 몇 년을 보내고 바깥이 잠잠해진 후에 보물을 찾아도 늦지는 않을 것이다. 연청아는 원하는 사람과 마음 편히 뜨거운 시간을 보낼 수 있는 이곳이 좋았다.

사군도 지금 이곳을 떠날 생각은 없었다.

언젠가는 모든 것을 털어버리고 가야겠지만, 아무튼 지금은 아니었다. 그날이 오면 털어버릴 것들에 어쩌면 연청아와의 관계도 포함되어 있는지는 알 수 없지만, 내일의 문제를 굳이 지금 머리를 싸매가며 걱정하고 싶지는 않았다.

쉽게 살기로 했다.

사군은 연청아를 안으면서도 가끔 예향을 떠올렸고, 또 가끔은 묘랑과 유하를 떠올렸다. 지금의 심정이라면 언제라도 거부감없이 예향을 안을 수 있을 것 같았다.

하루 종일 두 사람이 하는 일이라고는 무공을 연마하는 것과 사랑을 나누는 것이 전부였다. 동굴에는 뒤늦게 사내를 알아버린 여인과 때 이르게 여체를 알아버린 젊은 사내의 탐닉이 한데 어우러져 있을 뿐이었다.

두 사람은 날마다 서로의 육체를 익혀갔다.

바깥 세상과는 철저히 고립된 동굴의 세월은 그렇게 흘러갔다.

"핫!"

흑백쌍필을 움켜쥔 연청아는 표독스러운 얼굴을 하고 사군을 향해 달려들었다. 두 개의 판관필이 아침의 공기를 찢었다.

파파파팟!

조금도 경시할 수 없는 매서운 공세. 누가 이들을 살을 섞은 사이라고 하겠는가. 쐐액 하는 소리와 함께 사군의 검이 살기를 가득 머금고 마주쳐 갔다. 목숨을 건 진검 승부라 해도 조금도 의심하지 않을 치열한 싸움이었다. 사군은 내력의 절반가량을 사용해 연청아를 상대하고 있었다.

"훗!"

짧은 숨소리와 함께 연청아의 판관필이 사군의 허리를 긁어왔다. 슬쩍 스치기만 해도 살점이 쩍쩍 갈라질 것 같은 예리함을 보이는 날카로운 수법이었다.

"좋군!"

사군은 슬쩍 옆으로 피하는 것으로 가볍게 공세를 피했다. 요즘 들어 연청아의 공세는 갈수록 날카로워지고 있었다. 자신에 대한 모든 불만을 이런 대련을 통해 털어놓고 있는 것이다. 사군도 그 이유를 모르지는 않았다. 그녀를 대하는 자신의 태도에 대한 불만일 것이다. 눈으로 보이지는 않지만 그냥 느껴지는 그런 거리감. 당연하겠지만 연청아도 그걸 알고 나름대로 불만을 표출하는 것이다. 자신의 방식으로.

자존심!

싸악!

연청아의 판관필이 다시 허공을 찢었다.

이 어린 사내는 내 껍데기만을 원한다. 나이가 너무 많기 때문인가. 먼저 손을 뻗었다고 쉽게 보는 건가. 그게 잘못인가. 잘난 사내. 그 잘난 몸에 못난 여자가 남기는 상처를 만들어주겠어.

나쁜 놈! 이 한 수를 받아!

살기가 풀풀 넘쳐 나는 흑백의 판관필이 사군의 심장을 노리고 싸늘하게 공기를 가르며 짓쳐 왔다.

창! 창!

사군은 가볍게 몸을 틀어 연청아의 공세를 어렵지 않게 받아냈다.

이러지 마! 네가 없는 밤이 싫을 뿐이야. 아니, 여자가 없는 밤이 싫은 것이지. 그저 편하고 싶어!

연청아는 사군의 수비를 뚫기 위해 온 힘을 다했다.

나쁜 녀석. 그래도 네놈이 처음인데… 왜 날 힘들게 하는 거야? 더 이상 노리개 취급을 당하기는 싫어. 차라리!

"이얏!"

뽀쪽한 교성과 함께 판관필이 춤을 추었다.

파파팟!

사군은 가볍게 몸을 트는 것으로 살기 어린 공세를 피했다. 한순간 맹공을 퍼붓는 연청아의 허점이 눈에 들어왔다.

싸악!

사군의 검이 판관필이 난무하는 틈을 비집고 연청아의 어깨를 살짝 쳤다. 검의 옆면이었다. 그제야 연청아는 훌쩍 뒤로 물러나 판관필을 거두었다.

"많이 는 것 같아?"

연청아는 언제 그랬냐는 듯이 미소를 지으며 물었다. 살기를 풀풀 머금은 대련이 끝나면 언제나 오가는 대화로 이제는 빠질 수 없는 형식이 되어버렸다. 최선을 다한 격렬한 대련이었기에 연청아는 얼굴 전체로 땀을 줄줄 쏟아냈다.

"날마다 새롭다는 표현이 적절할 것 같아."

씨익 웃으며 하는 사군의 말에 연청아는 활짝 웃었다. 늘 같은 대답이지만, 이런 기회를 통해 사군의 미소를 볼 수 있다는 것은 둘 사이의 건조한 대화 속에서 그녀가 찾을 수 있는 유일하고 조그만 즐거움이다.

외강내유(外剛內柔)!

이곳에서 연청아는 새로운 자신을 발견했다. 그동안 드러냈던 표독스러움이나 독립함은 오히려 여린 마음을 감추기 위한 가식일 뿐이었다. 연청아는 사군을 사랑하고 있는 자신을 발견했다.

사군의 미소는 정말 좋았다. 저 미소 하나로 답답했던 속마음까지 시원해질 수 있다면… 문득 드는 생각이다.

모든 노력을 다했었다. 고기를 굽거나, 없으나마 상에 올릴 찬거리를 마련하는 일에 한 번도 도와달라고 한 적도 없었다. 땔감을 위해 산중을 돌며 마른 나뭇가지들을 주워 모으는 일도 혼자였다. 눈을 녹여가며 고기를 굽고, 얼음덩이처럼 엉켜 붙은 나뭇가지를 뜯어내 불을 붙인 것도 혼자였다.

녀석이 도와주려고 하지도 않았지만 도와달라고 말하지도 않았다. 처음에는 서러웠지만 이제는 당연한 것이 되었다. 손등이 얼어 터져 붉은 혈선이 드러나 있을 때도 저 어린 사내는 무심했다. 그날 밤에도 그저 벌거벗은 몸을 탐했을 뿐이었다.

'껍데기를 가졌어.'

어느 순간 연청아는 그걸 알고 소스라치게 놀랐었다.

더 보여달라고 하는 것도 구차스러웠다. 하지만 양보할 수 없는 마지막 남은 하나가 있다면 자존심이었다. 녀석이 하는 일은 먹고 자신과 즐기는 것이 전부였다. 하지만 이곳을 떠나야 한다는 것은 겁났다.

두 명의 연청아. 하나는 사군을 놓칠 수 없는… 다른 하나는 지독히도 그를 원망하는, 그 둘이 있었다. 더 생각을 해보니 그 둘을 제외하고 또 한 명의 연청아가 있었다. 수시로 사내를 갈구하는 뜨거운 여체. 어쩌면 지금 자신의 발목을 잡고 있는 것은 마지막 그 한 명일지도 몰랐다. 그녀의 몸은 이제 사군의 손길에 너무나 익숙해져 있어, 가벼운 손가락의 움직임에도 금방 달아올랐다.

계절이 바뀌면 해마다 다시 찾아오는 신록(新綠)은 올해도 그 무성함을 위해 앙상한 나뭇가지의 껍질을 뚫고 파릇파릇 고개를 내밀었다.

봄이다!

춘정(春情)을 이기지 못한 사군은 청룡반야지법(靑龍般若指法)으로 동굴 입구 위에 입춘대길(立春大吉)이라는 글을 새겼다.

'픽!'

그것을 본 연청아는 내심 쓴웃음을 지으며 고개를 돌렸다. 저 사내와 함께하는 한 자신에게는 가슴을 저미게 하는 아픔은 올지라도 춘풍화기(春風和氣)의 봄은 결코 오지 않을 것이다.

동굴의 세월은 그렇게 흘러갔다.

연청아도 사군도 무공에 일취월장(日就月將)의 성취를 보였다. 두 사람을 그렇게 만든 것은 둘이 있어도 혼자임을 알기에 느끼는 외로움이고 허물어지지 않는 벽이다. 연청아는 끝내 그 벽의 두터움에 절망했다.

"우리… 이만 나가자."

어두컴컴한 동굴의 어둠 속에서 벌거벗은 채 누워서 하는 연청아의 말에 사군은 퍼뜩 고개를 들었다. 뜨거운 사랑 후에 남은 절차는 그녀를 품속에 안고 조용히 자는 것이었는데… 그렇게 하면 참을 수 없는 외로움이 조금은 가셨는데…….

"그럴까요?"

건조했다. 아무것도 사지 않고 나가는 손님의 뒤통수를 향한 점원의 말투라 해도 지금의 사군보다는 정겹게 인사를 건넸으리라. 연청아의 가슴에 찬바람이 스쳤다. 그저 슬쩍 떠본다고 생각했는데…….

"내일 가자!"

연청아의 말에도 가시가 돋은 듯했다.

사군은 말없이 그녀를 안아 품속에 집어넣었다. 얇은 이불이 아니더라도 항상 춥기만 한 가슴이기에 이런 따스한 여자의 젖가슴은 언제나 필요했다. 입속의 백부과 열매를 우물거렸다. 손바닥에 만져지는 토실한 엉덩이 살이 다시 양물을 자극했다.

날이 밝자 두 사람은 떠날 준비를 서둘렀다.

돌아보는 연청아의 눈에서 눈물이 그렁그렁했다. 동굴 안에는 살림살이가 제법 많이 모여 있었다. 허접한 목기(木器)며, 나무 수저, 사군을 위해 낑낑거리며 힘들게 만들었던 나무 의자, 비스듬히 놓여진 선반… 어느 것 하나 속정이 담기지 않은 것이 없었다. 신접살림이라고 생각했었던가.

"흑……."

끝내 울음을 참지 못했다.

떠나는 것이 아쉽기는 마찬가지였다. 사군은 그녀의 손을 이끌고 동굴에서 나왔다. 밖에는 아직 하얀 눈이 듬성듬성 덮여 있었다. 이곳을 처음 찾았을 때는 푸르름만이 가득했었고, 두 번째는 청홍의 단풍이었다. 동굴을 뒤로하고 떠나면서 연청아는 몇 번이나 돌아다보았다.

모든 것을 바친 곳.

몸은 힘들었지만 그만큼 보람되고 행복했던 곳. 하지만 그 행복은 끝내 사내의 무심함에 짓밟혀 버렸다. 연청아는 흘낏 사군을 돌아보았다.

'무심한 사내!'

고개 한 번 돌리지 않았다는 것을 알고 있기에 마음 한구석은 편치 않았다. 하지만 그런 사군을 대하면서도 가슴을 꽉 채우는 희열을 느꼈었다. 어쩌면 다시는 찾아오지 않을 그런 행복일지도 모른다.

숲길을 한나절이 넘게 걷자 길게 뻗은 능선 아래로 강물의 넘실거리는 것이 보였다. 연청아의 얼굴이 활짝 퍼졌다.

"장강이야!"

생기가 넘쳤다.

"그러네요."

힘이 쑥 빠졌다.

늘 이런 식인 사내. 도대체 이 녀석의 머리 속에는 무슨 생각이 들어 있는가. 나를 어떻게 생각하고 있는가. 그 마음!

나를 위해 조금만 떼어주면 안 되나!

또 눈물이 나려고 했다. 그게 겁나 요즘 들어 사군 앞에서 부쩍 말수가 줄어든 것인지 몰랐다. 마음을 전하고 마음을 받았다고 믿고 싶었지만……. 장강이 흐릿해졌다.

덜컹! 덜컹!

바퀴 소리는 이제 마차의 맥박처럼 느껴졌다. 사군은 이런 허름한 마차이나마 올라타 보기는 태어나 처음이었다. 삼십 초반의 아주머니로 분장한 연청아가 혼자 현성(縣城)에 들어가 남편이 병에 걸려 필요하다며 구해온 것으로, 마차를 모는 늙은 마부만큼이나 나이 들어 보이는 노새가 끄는 마차였다.

"여보, 마차가 덜컹거려도 참아야 해요. 편히 모시지 못해서 정말 미안해요."

마차 안에서의 연청아는 마치 진짜 부인이라도 된 듯 호들갑을 떨어가며 사군을 간호하는 시늉을 했기에 육순의 늙은 마부조차도 두 사람 사이를 조금도 의심하지 않았다.

'여우 짓!'

나무라고 싶은 생각도 없었다. 그저 눈을 감고 의자에 등을 기대니 만사가 편했다. 더 이상 아등바등 정에 얽히고 사람에 묶여 살고 싶은 생각도 없었다.

창밖으로 집집마다 춘련을 붙여둔 것이 보였다. 예향이 생각났다. 어릴 때 집 대문에 써 붙여둔 소박한 춘련을 보고 놀리는 것을 실컷 두드려 팼었다. 그리웠다.

'잘 있니?'

돌이킬 수 없는 악몽! 부평초(浮萍草) 인생. 적당한 여자와 살다가 서로 싫어지면 떠나 버리고……. 사군은 단맛이 나는 열매를 우물거렸다. 이제는 습관이 되어버린 열매. 입 안이 허전하지 않아 좋다.

마차가 마을을 벗어났다.

덜컹! 덜컹!

바닥에 잔돌이 많은 곳인지 마차는 유난히도 시끄럽게 굴었다. 마차의 진동이 사군을 자극했다.

사군은 돌연 연청아의 치마를 걷어 올렸다.

'헉!'

멍하니 밖을 내다보고 있다가 사군의 행동에 놀란 연청아는 눈을 부릅떴다. 설마 마차 안에서 이렇게 나오리라고는 생각지 못했다.

'바로 바깥에는 마부도 있는데…….'

하지만 생각과는 달리 사군의 손길에 익숙해진 몸이 더 빠르게 반응했다. 묘한 흥분과 설렘에 더해 짜릿한 전율까지 느낀 것이다. 사군은 열매를 질겅거리며 연청아를 살짝 밀어 의자 위로 쓰러뜨렸다. 덜컹대는 마차 안은 이내 뜨거운 열기로 가득했다. 마차의 진동에 따라 움직이는 사내의 양물은 엄청난 자극을 일으키며 전신으로 쭉쭉 뻗어나는 쾌감을 느끼게 만들고 있었다. 농익은 여체는 이내 활화산처럼 타올라 사내를 조여갔다.

'아흐…….'

쾌락을 이기지 못해 나오는 교성을 참아내느라 이를 악물어야 했다.

"아학! 아학! 아학!"

이제 사내 맛을 알아버린 연청아의 입에서 끝내 교성이 터져 나오더니 그칠 줄 모르고 이어졌다. 차라리 이대로 한 줌 재가 되고 싶었다.

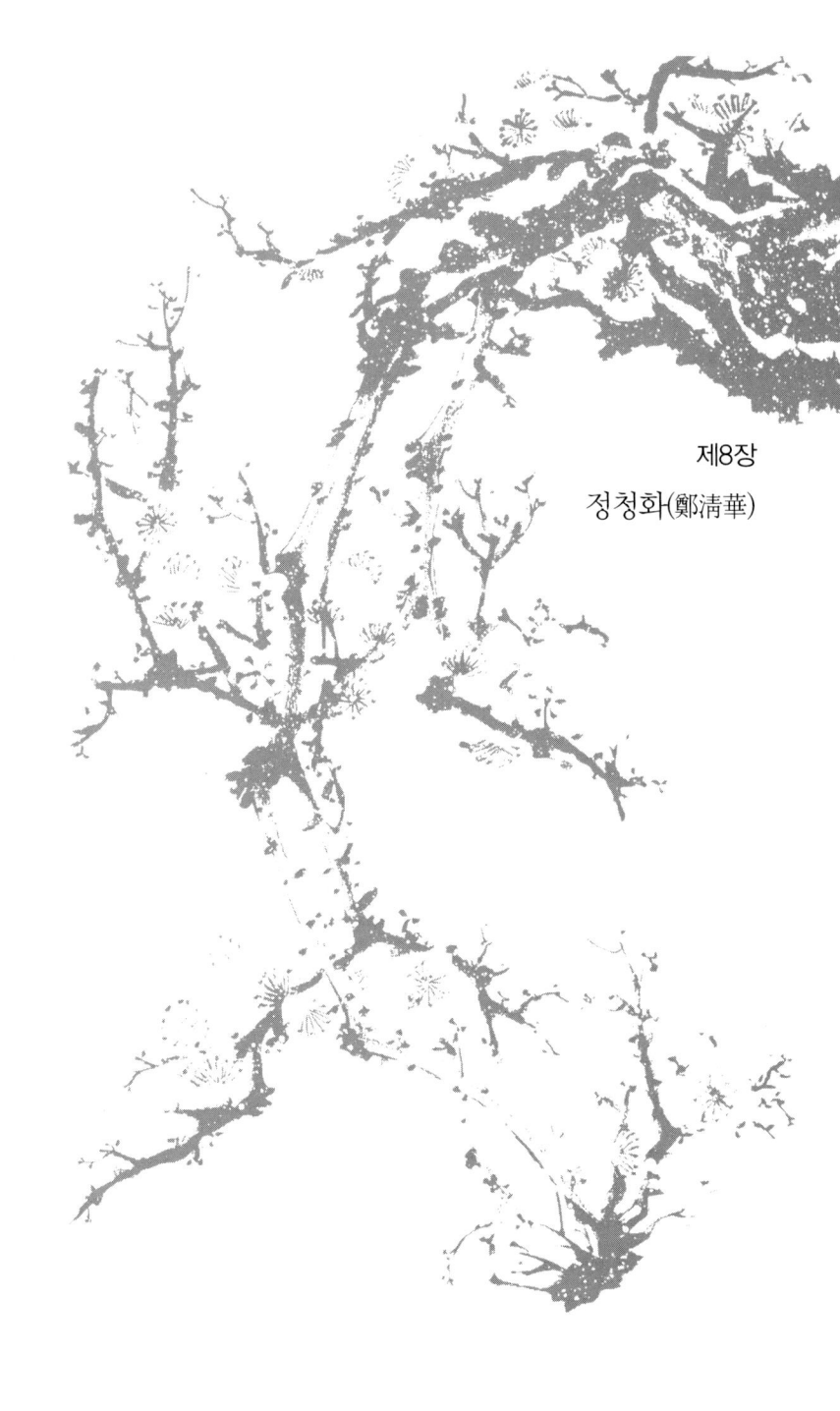

제8장

정청화(鄭淸華)

팍!

번뜩이는 패도(佩刀)가 막내 딸 소인(昭仁)을 베었다. 눈을 질끈 감은 채였다.

"아아악!"

칼끝을 스치는 둔탁한 감촉과 아비의 심장을 갈가리 찢어버리는 여섯난 살 어린 딸의 단말마… 아프게 쓰러지는 쿵 하는 소리에 참지 못한 유검(由檢)은 눈을 떴다. 어린것이 얼마나 아팠을까 하는 마음을 이겨내지 못한 것이다.

'차라리 감고 있을 것을…….'

소인의 몸은 바닥에 널브러져 바르르 떨며 죽음을 향한 마지막 전율을 보이고 있었다. 어린 딸의 눈에 가득한 공포가 전해지는 순간 견디지 못한 유검은 입술을 물어가며 힐끔 고개를 돌렸다.

"학! 학!"

먼저 칼을 맞고 쓰러졌던 큰딸 장평(長平)도 너덜거리는 팔을 부여잡고 헐떡였다. 한창 물이 오른 젖가슴은 피어보지도 못하고 마지막 숨을 몰아쉬며 벌렁거렸고, 흰 목에서도 붉은 피가 샘솟듯 흘러나왔다.

"전생에 무슨 죄를 지었기에 왕가(王家)에서 태어났느냐!"

패도를 쳐들고 장평 앞에 서서 탄식처럼 내뱉었던 마지막 말이었다.

살려두고 싶었지만 반군들에게 치욕당할 것을 번연히 알기에 행한 일이었다. 딸의 힘겨운 헐떡임에 유검의 눈은 광기에 젖어 번들거렸다. 자식을 죽여야 하는 아비의 고통을 감당하기 어려워 이렇듯 미쳐가는 것이다.

'차라리!'

마지막 가는 길이나마 편하게 해주고 싶었다.

패도를 치켜들고 장평에게 다가간 유검은 아비를 올려다보는 딸의 애처로운 눈길을 마주하는 순간 몸을 떨었다. 어느새 철이 들었는가! 장평의 눈에는 고통이 아닌 슬픔을 가득 담고 있었다. 치켜든 팔에 힘이 쭉 빠져나가는 것이 느껴졌다.

'헉!'

마치 자신의 속마음을 뚫어보는 듯한 장평의 눈길에 가슴이 철렁해진 유검은 도망치듯 그곳을 벗어났다. 피가 흥건한 등 뒤에 남긴 것은 수녕궁(壽寧宮)과 소인전(昭仁殿)에서 각각 끌고 나온 두 딸이었다.

"헉! 헉! 헉!"

숨이 가빠왔다.

못난 아비를 쳐다보는 장평의 시선에 뒤통수가 불에 데인 듯 따가웠고, 흐트러진 머릿결 사이로는 진땀이 배어났다.

억겁의 시간이 지났다.

아무것도 보이지 않고 그저 캄캄하기만 했던 밤이었다. 밖으로 나가보려고 궁문을 두드렸지만 빗장이 굳게 잠긴 문은 열릴 줄 몰랐다. 대명의 황제는 더 이상 힘이 없었다.

유검은 날이 밝아오기 무섭게 대전으로 향했다.

수많은 궁인들이 긴 행렬을 이루어 지났던 길이었다. 싸늘한 춘삼월의 아침 공기조차도 그의 가슴에서 끓어오르는 애통함을 식혀주지 못했다.

뎅뎅뎅뎅뎅!

다급하게 비상종을 쳤다.

만조백관을 부르는 것이다. 다급하게 손을 흔든 것은 급한 마음 때문이 아니라 떨리는 손을 감당하지 못해 감추려 함이었다. 수만 명의 환관들과 수천의 관리, 수비병, 금위군(禁衛軍)들이라면 대명의 황제다운 멋진 최후를 장식하기에 부족함이 없을 터였다. 싸우다가 죽고 싶었다. 머리 속에는 역천(逆天)의 수괴(首魁)에게 들려줄 대명 황제의 마지막 일성(一聲)도 준비해 두고 있었다.

하지만……

인적이 끊어진 스산한 공간 속에서 말없는 시간이 흘렀다.

아무리 기다려도 아무도 오는 사람은 없었다. 평소라면 각양각색의 흉배(胸背)가 붙은 관복을 입고 두 팔을 휘젓는 종종걸음으로 달려와야 할 신하들이었다.

대명(大明)이 스러져 감을 아는 영특한 자들!

몸 안의 불 같은 화기(火氣)를 참지 못한 유검의 이마에서는 진땀이 흘렀다. 마침내 진노한 대명의 황제 주유검(朱由檢)의 입에서 일갈이 터져 나왔다.

"짐이 망국의 황제가 아니라 너희들이 망국의 신하들이로구나!"

누구도 듣는 이 없는 서글픈 황룡(黃龍)의 공허한 포효, 텅 비어버리다시피 한 궁을 향한 마지막 사자후(獅子吼)였다.

"황공하옵니다, 폐하! <u>으흐흐흐흑</u>……!"

마지막까지 홀로 뒤를 따르며 시종하던 태감 왕승은(王承恩)의 입에서 끝내 울음이 터졌다.

'그래, 진정한 충신은 자네 하나였군!'

가슴을 저미게 하는 진심 섞인 울음이 그의 가슴을 뒤흔들었다. 하지만 유검은 그를 거들떠보지도 않고 허둥지둥 만수산(萬壽山)으로 올랐다. 미처 신발도 신지 못한 왼발 발바닥에 모난 잔돌이 밟혔지만 그따위 고통은 느낄 여유조차 없었다. 왕승은도 그것을 보았지만 아무 말 하지 못했다.

"헉! 헉!"

숨을 헐떡였다. 스러져 가는 대명의 국운만큼이나 몸도 기력을 다했는지, 중턱에 오르자 더 이상 발을 뗄 수 없었다.

뒤를 돌아보았다.

자미성(紫微星)의 기운을 고스란히 내려 받은 광대한 금지(禁地)건만 오늘은 그저 초라하고 왜소하기만 했다.

"으흐흐흐……."

유검은 끝내 눈물을 흘렸다.

"배신자들!"

입술을 떨었다. 옥좌(玉座) 아래 꿇어 엎드려 입만 열면 앞 다투어 충성을 들먹거렸던 그 많던 중신들은 그림자도 보이지 않았다.

하늘을 올려다보았다.

천제(天帝)는 실덕(失德)한 아들을 절대 용서하지 않는다고 했다. 자신은 잘못한 것이 없는데…

"난 억울해!"

벽력같은 일성이었다.

주변에 변명을 들어줄 신하 하나 없기에 그는 옷자락에라도 유언을 남기기로 했다. 태감 왕승은이 유검의 옷자락을 곧게 펴 글을 쓰기 좋게 잡아주려 했다. 손가락을 깨물어 혈서(血書)를 쓰려는 유검도, 옷을 잡고 있는 왕승은도 모두 손을 떨었다. 하지만 유검은 덜덜거리는 손을 애써 다잡아가며 글을 써 내려갔다.

하얀 옷자락은 망국의 한을 담은 붉은 핏물을 득달같이 빨아들였다.

찢어지는 가슴을 통해 떨리는 손에서 나올 절절한 사연들이야 수백 번 들이대도 다 쓰지 못할 만큼 많았건만……

짐(朕)이 등극한 지 17년, 하늘에 죄를 지어 적을 맞기를 세 번이나 하였으나 끝내 이 지경에 이르렀으니, 죽어 지하의 선왕들을 뵐 낯이 없어 스스로 관면(冠冕)을 벗고 머리카락을 풀어헤쳐 얼굴을 가리기로 한 것이며, 폭도들로 하여금 짐의 시체를 찢어발기도록 맡기고자 함이다. 다만 선왕들의 능침(陵寢)만은 훼손하지 말지며, 짐의 백성들만은 한 사람도 해치지 않기를 바랄 뿐이다.

'아!'

마침내 유검은 부들거리던 손을 떨구었다.

더 이상 남길 것도 없었다. 머리를 풀어헤쳐 얼굴을 가린 그는 늘어진 홰나무 가지에 목을 맸다. 자금성이 한눈에 내려다보이는 방향이었다.

숨이 막혔다.

차츰 흐릿해지는 그의 머리 속으로 평복으로 갈아 입혀 손수 허리띠를 매어주고 황궁 밖으로 내보낸 황태자와 영왕(永王)과 정왕(定王)… 이제는 이름만 왕(王)일지도 모를 세 아들이 차례로 떠올랐다. 아비의 정이 아니라, 그들만이라도 살려 대명의 법통을 잇게 하려 함이었다.

"궁(宮) 밖으로 나가면 백성들의 말투로 바꿔 쓰되, 나이 많은 늙은이를 만나거든 '옹(翁)'이라 부르고 장년을 만나거든 '백(伯)'이라 불러야 하며, 독서생을 만나면 선생(先生)이라 부르고……."

지켜보는 궁인들의 통곡 속에 대명의 황제로서 세 아들에게 전한 마지막 말이었다.

'무사히 살아남을 수 있을까? 어쩌면 그마저도 욕심이었는지 모르지…….'

'끄윽!'

기도(氣道)가 옥죄어지고… 고통을 참지 못한 유검의 몸이 공중에서 버둥거렸다.

더 큰 고통을 겪지 말라며, 구차하고 부끄러운 삶을 살지 말라며 자신이 내린 명(命)에 의해 스스로 목을 매고 죽어간 황후 주씨(周氏)를 떠올렸다. 살가운 부부 간의 정은 없었지만 마지막 가는 그 길까지 자신을 거역하지 않았던 여인, 궁중의 온갖 암투의 가운데 서서 꿋꿋이 버텨왔던 여인… 마지막 두 눈에는 측은함만을 가득 담았다고 들었다.

'차라리 그 눈에 원독을 품었다면 내 마음이 더 편했을 것을…….'

황후의 그 눈길이 원망스럽기조차 했다.

'허허허. 그대 서러워 말게나. 나 또한 이렇게 따라간다네.'

마침내 초점을 잃어가던 두 눈이 흰자위를 드러내자 유검의 몸은 더 이상 움직이지 않았다.

조용히 지켜보다가 황제의 죽음을 확인한 태감 왕승은이 옷매무새를 가다듬고는 마치 살아 있는 황제를 대하듯 오체투지의 구 배를 올렸다.

모든 절차를 마친 그는 황제가 그랬던 것처럼 스스로 맞은편 나뭇가지를 잡고 목을 맸다.

'아무것도 해드릴 수 없음을 용서하소서!'

축 늘어진 황제의 시신을 마주하며 죽어가는 것은 그가 보여 드릴 수 있는 마지막 충정이었다.

휘잉!

춘풍이 만수산 자락을 훑어갔다.

대명의 마지막 황제 주유검이 피로 쓴 유조(遺詔)가 붉게 퍼져 간 흰 옷깃이 외롭게 보이는 한 짝의 붉은 신발과 묘한 대비를 이루며 만수산을 지나는 봄바람에 흩날렸다. 삼월도 중순이 다 지나간 어느 봄날 자금성 안팎에 흐르는 것은 때늦게 맹위를 떨쳐 뼈마저도 시리게 하는 얼음장같이 싸늘한 초봄의 한기였다.

중년인 하나가 황급히 가마를 안내해 청수장(淸水莊)으로 들어섰다.

사람으로 물결을 이루었던 황도(皇都)건만 지금은 가끔씩 한 떼의 군사들만 바삐 오갈 뿐인 텅 비다시피 한 거리를 가로질러 온 길이었다. 귀부인들이나 탈 법한 가마에 교꾼들과 구별도 쉽지 않은 허름한 옷차림으로 앞장을 서는 중년인이란 도무지 어울리지 않았지만, 이런 난세에 그런 하찮은 것에 의문을 품는 사람은 아무도 없었다.

장원 안에서 시비를 거느린 중년 여인이 나와 가마를 맞았다.

"수고들 했네."

중년인은 품속에서 은자를 꺼내 교꾼들에게 나누어주어 돌려보내자 시비들은 황급히 장원 문을 닫았다.

수천 개의 장막이 평원의 구릉을 따라 길게 펼쳐져 있었다.

진영의 중앙에 가장 호화로운 막사 안.

"부친께서는 전 재산을 몰수당하셨고, 진 부인께서도 이자성의 수하 유종민에게 끌려가셨다고 합니다."

"이런 괘씸한!"

오삼계는 이를 갈았다. 그저 경사로 들어가기 전의 마지막 절차라고 생각하며 만일을 대비해 가족들과 애첩 진원원의 동향을 살피도록 했었는데…

만감이 교차했다. 이자성이 자신을 후(侯)로 봉한다는 교지를 믿고 나선 길이었다.

배신감이 물밀듯 일었다.

자세히 알아보지 않았다면 큰 낭패를 당할 뻔했다. 명문가의 후손인 자신이 천출 이자성에게 작위를 받아야 하는 현실에 말 못할 갈등도 많았었다. 하지만 하늘의 뜻이라면 했고, 북경에 남아 있는 부친 오향(吳襄) 역시 투항을 권고했기에 마지못해 응해 병력을 이끌고 다시 북경을 찾는 길이었다. 지난번 출병은 이자성을 막기 위해서였지만 이번은 그에게 항복을 하기 위해서였다. 마땅한 대우를 받으리라며 번쩍이는 갑주를 걸치고 위풍당당하게 황도로 향했던 오삼계였다.

군진(軍陳)의 막사에서 나선 그는 뒤를 돌아보았다.

앞장선 기병들과 수리에 걸쳐 길게 뻗은 보군(步軍)들, 엄청난 위력을 가진 홍이포(紅夷砲) 부대들이 정연한 대오를 갖추어 따르고 있었다.

요동 총병관 오삼계.

지난번 황제의 긴급 명령을 받고도 즉시 달려오지 않고 머뭇거린 것을 후회했다. 설마 그리도 쉽게 황실이 무너질 줄은 미처 몰랐었다. 그런데 이제는 하찮은 역졸 출신 이자성마저 자신을 멸시하고 있었다.

'너무 꾸물거렸어!'

막급한 후회가 가슴 저미도록 밀려왔지만 그저 멍하니 푸른 창공만 응시하는 것이 고작이었다. 작은 구름 조각들이 빠르게 바람에 쓸려가며 흩어졌다.

"회군하라!"

오삼계의 입에서 추상같은 군령이 떨어졌다.

기댈 수 있는 마지막 언덕일 산해관(山海關)마저 청병들이 몰아치기라도 하면 그때는 말 그대로 떠돌이 신세가 될 터였다. 그는 일단 산해관에서 버티면서 청병과 이자성의 중간에서 눈치를 보기로 했다. 오삼계는 올 때보다 더 서둘러 길을 재촉했다. 하지만 오삼계의 불운은 그것으로 끝나지 않았다.

두두두두두······!

돌연 요란한 말발굽 소리와 함께 회군하던 대열의 전초(前哨)를 맡은 장수가 나는 듯이 말을 달려 그의 앞에 부복했다.

"산해관은 이미 당통(唐通)에게 포위되어 있다고 합니다!"

"뭣이!"

오삼계는 절망했다. 당통이라면 동북의 거용관(居庸關)을 지키던 명의 장수로 얼마 전 이자성에게 항복하여 그의 수족이 되어버린 자였다. 산해관마저 포위되어 있다면 이제 정말 떠돌이 신세가 되어버렸다. 원망스럽게도 오늘의 하늘은 그에게 충분히 생각할 시간마저도 주지 않고 있었다.

'그렇다면 차라리!'

결심을 하는 데 오랜 시간이 필요치는 않았다.

"천한 역졸(驛卒)의 아들 따위에게 고개를 숙일 수는 없다! 그놈은 감히 폐하를 자진하게 하는 만행을 저질렀다. 비록 내가 한발 늦어 황도를 구원하지는 못했지만 복수할 시간마저 갖지 못한 것은 아니다. 양곤(楊坤) 장군은 즉시 다이곤에게 가서 산해관을 칠 병력을 구원해 달라고 하고, 청국과 내가 힘을 합쳐 유적(流賊) 이자성 일당을 섬멸하자고 청하라!"

그 말에 휘하의 총병(總兵)들과 부장들은 잠시 입을 열지 않고 오삼계를 바라보기만 했다. 말은 그럴듯했지만 내용인즉, 대우가 형편없어 청군에 투항하겠다는 것이 아닌가! 수장을 따랐다가 자손 대대로 치욕으로 남을 수도 있었다.

잠시 침묵의 시간이 흘렀다.

하지만 휘하 장수들의 운명 역시 이미 정해져 있었다.

"양곤, 명을 받습니다."

부장 양곤은 몇 기의 기마들을 대동하고 청군의 진영을 향해 달려갔다. 어차피 이자성이 등을 돌린 이상 지금으로서는 다른 선택도 없었다.

사군은 홀로 진강(鎭江)에 머무르고 있었다.

연청아와 완전히 헤어진 것이 아니라 혹시라도 있을 추적을 피하기 위해 소주에서 만나기로 약정하고 헤어진 것이다. 어깨에서 무거운 짐을 내린 듯 시원하기도 했지만 연청아가 없는 밤은 외롭기만 했다.

다경루(多景樓).

그는 진강 서북의 북고산(北固山) 후봉(後峰)에 있는 누각인 이곳에서 장강을 바라보며 잠시 홍취에 젖어 있었다. 연청아가 오늘 출발했기에 자신은 하루 이틀 뒤에 출발할 예정으로, 무료함을 달래기 위해 잠시 시간을 내 경관을 즐기는 것이다.

다경루 안은 평소보다 몇 배는 더 시끌벅적했다. 황제가 죽고 청병이 이자성을 몰아내고 북경을 점령했다는 소식이 이곳에 퍼지기 시작한 지는 며칠 되지 않았다. 하지만 워낙 엄청난 소식이라 일파만파의 속도로 중원 전체를 강타하고 있었다.

'아무나 되면 그만이지… 언제 너희들이 황제 덕을 본 적이 있었더냐.'

강오웅의 농민군에 섞여 소흥 관부를 공격하던 일에 일조를 했던 탓인지는 몰라도, 사군은 황실에 대해 그리 달가운 감정을 가지고 있지 않았다. 그 당시 숱한 설움을 토로하며 분노를 쏟아냈던 구릿빛 얼굴들을 보았었다.

삶의 고통에 찌든 그 절절한 표정들도…….

사람들은 청병이 중원으로 들어왔다고 하며 호들갑을 떨어대고는 있지만, 동북의 오랑캐가 중원 전체를 삼킬 수는 없을 것이라는 믿음은 있었다.

비록 이자성의 농민군이 일시적으로 패하기는 했지만, 아직 오륙십만을 헤아리는 대병을 유지하고 있고, 사천 일대에도 수십만 반군을 보유한 장헌충이 있었다. 게다가 명조의 유신들이 각처에서 근왕병이나 의군을 조직해 북경으로 향하고 있다는 소식도 심심치 않게 들려왔다. 아무리 밀린다 하더라도 장강 이남은 안전할 것이라는 생각들은 하고 있었다. 어쨌거나 무엇 하나 확실한 것이 없는 세상이었다. 사군은 그들의 화제에 관심이 없었다. 다만 시끄럽다는 생각은 들었다.

'역용을 했어! 낯이 익은데 누구지?'

제갈옥은 누각 난간 쪽에 앉아 홀로 술잔을 기울이는 사군의 옆모습을 보고 신경을 곤두세우고 있었다. 천장파파와 함께 동행한 그녀는 무림인들의 이목을 피해 할머니와 손녀딸로 분장하고 식사를 하는 중이었다. 천장파파도 오늘만큼은 자신의 독문병기인 용두괴 대신 검을 휴대했다.

사군과 연청아의 행적을 놓친 제갈옥은 사방을 돌아다녀도 소득이 없자 보름이 넘게 이곳 진강에 머무르고 있었다. 굳이 오래 머무르는 것은 진강이 교통의 요지라 움직임이 편하기 때문이다. 이미 황도가 청병(淸兵)들의 수중에 떨어졌다는 사실에 초조했지만 바쁘게 움직인다고 해결될 수 있는 일은 아닌 것이다. 진강 부근에서 어른대는 무림인들의 수는 의외로 많았다.

'수상한 자야.'

검을 찼으니 무림인이 틀림없고, 역용을 했으니 얼굴을 숨겨야 할 이유가 있는 자다. 이런저런 이유로 간단한 역용을 하고 활동하는 무림인이 적지 않지만, 그녀가 특히 신경을 곤두세우고 있는 까닭은 상대의 역용이 상당한 고난도의 것이라는 사실에 있었다.

사군의 역용은 장강신투의 비법을 전수받은 연청아가 심혈을 기울였기에 웬만한 역용 전문가가 보더라도 알아보기 어려울 정도의 남다른 점이 있었다. 무림에서 그 정도의 역용 수법을 가진 사람은 많지 않다.

제갈옥이 주목하는 것은 바로 그 점이다.

남궁세가 사람들은 하나를 배우더라도 그 뿌리를 캔다. 무공을 배우지 못한 제갈옥이 심혈을 기울여 배운 잡학 중에는 당연히 역용술도 포함되어 있었다.

'누구일까?'

면사에 가려진 제갈옥의 눈동자는 사군을 떠나지 않았다.

시끄러움에 지친 사군은 말린 열매를 질겅거리며 자리에서 일어나 돌아섰다. 손에는 보퉁이 하나가 들려져 있었다. 말린 열매로 사군이 좋아하는 것을 아는 연청아가 한 보따리 챙겨준 것이다.

'응?'

면사 안에서 눈이 바쁘게 돌았다. 모습이 눈에 익었다. 상대의 유난히 큰 키가 그녀로 하여금 어떤 사람을 떠올리게 했다. 일순 면사가 흔들렸다.

'사군이야!'

가슴이 철렁했다.

제갈가에서도 남달리 기억력이 좋다는 말을 듣기도 했지만, 무엇보다도 마지막 순간 친자매 같던 시비의 목을 치던 사군의 검이 자비를 베풀었기에 마음속에 각인된 인상은 아직까지 뚜렷이 남아 있었다. 아무리 역용을 했다고는 하지만 뼈를 깎아내기 전에는 기본 골격을 바꿀 수 없는 것이다.

주위를 둘러보았다.

혹시라도 역용을 한 연청아가 근처에 있지 않은가 살피려는 것이다. 하지만 연청아를 연상케 할 만한 여자는 주위에 아무도 없었다. 사군이 두 사람이 있는 탁자를 지나쳐 아래층으로 내려가자 맞은편에 앉은 천장파파에게 나직이 속삭였다.

"그 남자 같아요."

"예?"

"우리가 찾던 사람 말이에요."

천장파파도 안색을 굳혔다.

"그럼?"

천장파파는 방금 지나쳐 간 키 큰 젊은이를 떠올렸다. 범상치 않은 기도를 느끼기는 했었다. 두 사람은 황급히 자리에서 일어나 아래층으로 향했다. 계산을 하면서 보니 사군은 여유있는 걸음으로 감로사(甘露寺) 쪽으로 내려가고 있었다. 사군의 무공을 짐작하기에 두 여자는 멀찍이 떨어져서 뒤를 밟았다.

"무공이 예전보다 훨씬 높아진 듯한 느낌이 들었습니다. 아까 다경루에서 옆을 지나칠 때 느꼈던 기도가 범상치 않더군요. 예전에 백장애에서는 온세정에게서만 그런 기도를 느꼈는데… 생사판관 범우마저 거꾸러뜨렸다는 말은 믿지 않으려고 했는데……."

"그런가요?"

천장파파의 판단이라면 믿을 수밖에 없었다.

대체 무슨 일이 일어났던 것일까? 그동안 장보도의 보물을 찾고 비급을 익혔다는 말인가. 그렇다면 그 장보도가 진짜였던가. 같이 있던 연청아는 대체 어디로 갔단 말인가. 의문이 꼬리를 물었다.

사군은 북고산의 가파른 봉우리 근처로 향하고 있었다.

"아악!"

문득 그의 귓전에 여인의 황망한 비명 소리가 들려왔다.

제법 멀리 떨어진 곳에서 들려오는 비명으로, 거친 사내들의 고함 소리와 섞여 들렸다. 웬만한 사람들에게는 스쳐 지나가는 바람 소리보다도 작게 들리는 소리였기에 그 비명 소리를 귀에 담은 사람은 아무도 없었다.

사군은 비명 소리가 들린 곳을 향해 몸을 날렸다.

비명이 터진 곳은 의외로 북고산 북쪽이었다. 산의 북면(北面)은 십수 장의 깎아지른 듯한 단애(斷崖)로 되어 있어 보통 사람이라면 접근조차 불가능하기에 인적도 드물었다. 단애 아래로 대해를 향해 굽이쳐 흘러가는 검푸른 장강 물결이 넘실댔다.

'일이 터졌군!'

경공을 전개해 단애 위에 올라섰다.

단애 아래 대해로 향하는 장강의 도도한 물결이 밀려나는 한구석에서 한 척의 중형 객선을 여러 척의 쾌속선들이 포위해 공격하고 있었다. 다른 두 척의 운반선도 근처에 발이 묶여 있었는데 이미 수적들에게 완전히 제압된 듯 갑판 위에는 즐비한 시신들과 배를 감시하는 몇 명의 수적들만이 자리를 지키고 있었다.

여인의 비명이 들린 곳은 강 위에 떠 있는 선상(船上)이었다.

십여 명의 상인 차림의 장한들과 보표들이 배 위로 올라온 수적(水賊)들에게 공격을 당하고 있었다. 싸움을 시작한 지 제법 되었는지 중형의 수송선 갑판 위에는 이미 십여 명의 시신이 널브러져 있었다.

보표들을 지휘하는 자는 의외로 흰 경장을 입은 여인이었는데, 왼쪽 다리가 피에 물들어 검을 지팡이 삼아 갑판에 기대어 서서 비틀거렸다. 아마 저 여자가 수적들을 상대로 싸우다가 부상을 당하며 비명을 지른 것 같았다. 갑판에 오른 수적들은 이미 삼사십 명가량으로 불어나 있어, 누가 보기에도 이미 끝난 싸움이라는 것을 알 수 있었다.

수송선들을 포위한 수적들의 수는 모두 백여 명은 족히 되어 보였다. 주변을 지나는 배들이 적지 않았지만, 도와주기는커녕 떼로 몰려 있는 쾌속선을 보고는 오히려 멀찍이 달아나기에 바빴다.

사군은 분홍 경장의 여인을 주목해 천안통(天眼通)을 펼쳤다. 어딘가 모르게 눈에 익숙했다.

"엇!"

어디선가 본 적이 있는 미모의 경장여인이었다. 저 정도의 미인으로 눈에 익을 정도라면 어디선가 만난 적이 있을 것이다. 기억을 더듬었다.

"정청화!"

금세 여인의 이름을 기억해 냈다.

절강쌍미 중 보타문의 속가제자이며 영파상방(寧波商幫) 총행두의 무남독녀라던 여인, 석가장 앞에서 석자회와 함께 말에 올라 위풍당당하게 안으로 들어갔던 여자였다. 그리고 보니 배의 돛대 옆에 영파상방이라고 쓰인 붉은 깃발이 펄럭이고 있었다. 수적들의 화전 공격에 쌍돛이 모두 불에 타버려 달아날 수 없게 되자 이곳에서 접전을 벌였던 것으로 보였다.

갑판 곳곳에는 쌓인 소금산으로 보아 아마도 양주염방에서 소금을 구입해 장강을 건너오다가 이곳에서 수적들을 만난 것 같았다.

단애 아래를 내려다보았다.

바위가 약간 돌출된 곳이 눈에 띄자 지체없이 몸을 날렸다. 절벽에 붙어가듯 내려서 두 곳을 밟은 후 배 위에 내려설 수 있었다. 그가 오른 배는 이미 수적들에게 제압되어 서너 명의 감시병만 있는 상태였다.

"엇!"

"웬 놈이냐?"

수적들은 갑자기 갑판 위에 나타난 괴인물을 보고는 크게 놀라 병장기를 앞세워 달려들었다. 사군의 손에서 검광이 번쩍였다.

"으악!"

"컥!"

"악!"

세 명의 수적들이 간단하게 제압되어 갑판에 나뒹굴자 남은 하나가

주춤거리며 뒤로 물러섰다. 모두 칼등으로 후려쳤기에 타박상은 있을지언정 생명에는 지장이 없을 정도였다. 그것을 목격한 다른 쾌속선의 수적들이 그가 탄 배를 향해 달려들었다. 적을 나누어 상대하는 것, 바로 사군의 계획이었다. 한곳으로 수가 많이 몰리면 상대하기가 여간 번거롭지 않을 터였다.

사군은 수적들이 배에 오르기 전에 다가오는 쾌속선들 중 한 척을 골라 몸을 날렸다. 각개격파를 하려는 것이다. 전당강 일대에서 수적들을 상대로 싸운 경험이 있기에 몰려오는 적을 상대하기보다는 차라리 한 척 한 척 찾아다니며 격파하는 것이 낫다는 점을 잘 알고 있었다.

"으앗!"

설마 자신들의 배로 달려들 것이라곤 예상하지 못한 수적들은 크게 당황했다. 십수 명이 타는 쾌속선이지만, 영파상방의 배를 공격하느라 병력이 빠져나가 칠팔 명이 남아 있는 정도였다.

사군은 좁은 배 안에서도 유가무상보를 펼쳐 이리저리 오가며 간단하게 수적들을 제압하고는 재빨리 다음 쾌속선으로 옮겨갔다. 이미 그의 활약상을 본 수적들은 크게 놀라 분분히 뒤로 물러섰다. 하지만 좁은 배 안에서 그의 공세를 피할 길은 없었다. 그들은 순식간에 모두 혈도가 제압되어 쾌속선 위에 나뒹굴었다.

'아니, 저놈이!'

정청화를 상대로 싸움을 벌이던 수적들의 수괴는 크게 놀랐다. 그는 진강수로채(鎭江水路寨) 부채주인 삼색두타(三色頭陀) 표운곡(彪雲谷)이었다.

어려서부터 머리가 마치 세 개로 갈라진 듯 특이하게 생겨, 그 놀림을 참지 못해 무공을 익혀 수채에 몸을 의탁해 오늘에 이른 자였다. 표운곡은 어디서 나타났는지도 모르는 엄청난 놈이 쾌속선을 두 척이나 제압해 버리는 것을 보고는 정신을 차리지 못했다. 그사이에도 놈은 또 다른 배로 옮겨가고 있었다. 워낙 순식간에 벌어진 일이기에 미처 손을 쓸 틈도 없었다.

휘익!

간단하게 세 척의 쾌속선을 제압한 사군은 이번에는 표운곡이 있는 배로 날아들었다. 대여섯 명의 수적들이 달려들어 사군이 배 위에 착지하기 전에 제압하려 했다.

명왕개밀(明王開密)!

사군은 부득이 살초를 펼쳤다. 죽고 사는 것은 그들의 몫. 피하는 자는 살고, 맞부딪치는 자는 죽음을 맞을 것이다. 마음속에 그런 살기를 담자 번쩍이는 검광이 현란하게 춤을 추며 폭풍같이 수적들을 몰아쳐 갔다.

"크악!"

"커억!"

두 마디의 단말마가 갑판을 뒤흔들었다.

수적들은 피를 한 통 가득히 뒤집어쓴 모습으로 비칠거리다가 이내 시신이 되어 갑판 위로 나뒹굴었다. 나머지 수적들은 사군의 엄청난 기도에 지레 겁을 먹고 얼른 뒤로 몸을 빼 목숨을 건질 수 있었다. 그나마도 사군이 공세를 조절하지 않았다면 감히 피할 여유를 갖지 못했을 터였다.

쐐액!

매서운 검날이 표운곡을 향했다. 도적을 제압하려면 우두머리가 먼저다.

"으헛!"

표운곡은 크게 놀라 뒤로 몸을 날렸지만 좁은 배 안에서 피할 곳은 없었다. 정신을 차리지 못하고 허둥거리던 그는 얼른 몸을 날려 물속으로 뛰어들었다.

풍덩! 풍덩! 풍덩!

수장이 달아나는 것을 본 수적들도 모두 앞 다투어 강물로 뛰어들었다. 잠깐 사이에 배 위에는 수적들의 그림자도 비치지 않았다. 남은 쾌속선들이 다가와 재빨리 그들을 건져 멀리 달아났다.

"숙부님!"

수적들이 물러가자 정청화는 갑판 위에 피를 흘리며 쓰러져 있는 노인의 시체를 부여잡고 굵은 눈물을 쏟았다. 사군은 바다를 향해 서 있었는데 고개를 돌린 상태에서 말린 열매를 질겅거리며 지켜보기만 했다. 그럴 수밖에 없는 것이, 돌연 뜨겁게 달아오르며 바지춤을 치켜올리는 양물의 기운을 느꼈기에 차마 앞섶이 불쑥 솟아올라 있는 전면을 내보일 수가 없었던 까닭이다.

어느 정도 시간이 지났을까.

"대협의 은혜에 어떻게 사의를 표해야 할지 모르겠습니다."

슬픔을 쏟아낸 정청화가 절룩거리며 다가와 말했다. 다친 부위가 다리라 거동이 불편했지만, 큰 은혜를 입은 처지니 인사를 거를 수는 없었던 것이다. 사군은 정청화의 인사에도 미처 몸을 돌릴 시기에 이르지 못하고 있었다.

절체절명의 위기에서 도움을 받은 정청화는 사군을 향해 포권하며 진심이 담긴 감사의 뜻을 전했다. 진면목으로 나섰다면 소협이라 불러야 마땅했지만 지금은 삼십 대 장한으로 역용을 한 처지니 대협이라 칭하는 것은 당연했다.

겨우 양물을 진정시킨 사군은 그제야 몸을 돌렸다.

'아름답군!'

무심을 가장한 눈이 빠르게 정청화를 훑었다.

보름달처럼 동그란 얼굴에 귀여움을 가득 담은 미인으로, 제법 미모에 자신을 보이는 연청아라 할지라도 감히 견줄 바가 되지 않을 정도였다. 싸움을 하느라 흥분했기에 잔뜩 상기된 얼굴이 그 미태를 한층 더하게 했다. 이마를 흘러내린 머리카락이 땀에 젖어 얼굴에 달라붙어 있는 모습은 사군으로 하여금 묘한 상상을 불러일으키게까지 했다.

지금 정청화 곁에 살아남은 사람이라고는 보표 둘이 고작이었다. 그들도 사군에게 다가와 차례로 포권을 하며 구명지은을 칭송했다.

"이웃의 어려움을 보고 힘을 보태는 것은 당연한 일입니다."

사군도 나이에 걸맞게 점잖은 말과 함께 포권으로 답례했다. 인사를 하는 눈길이 언뜻 정청화의 앞가슴을 스쳐 지나갔다. 경장 위로 팽팽히 솟아 들썩거리는 가슴이 잠깐이나마 마음을 뒤흔들었다.

'아니겠지.'

정청화도 언뜻 묘한 눈빛을 느낀 것 같기는 했지만 설마 목숨을 구해준 대협인데 하는 심정으로 무시했다. 보표들과 선창에 숨어 있던 사공들은 힘을 합쳐 보표나 사공들의 시체는 한곳에 모으고 수적들의 시신은 물속에 던져 넣는 것으로 시신들을 정리했다. 중상을 입은 시비 하나가 보표들에게 업혀가며 고통에 연신 비명을 질러댔다. 어느 정도 배를 정리한 그녀는 출발 준비를 했다.

문제가 생겼다.

소금 배는 세 척인데 돛이 모두 불타 버렸고 다른 두 척의 배에는 사공들이 모두 죽거나 달아나 버려 배를 몰 사람이 없었다. 정청화는 자신의 배에 타고 있는 사공들을 셋으로 나누고 남은 보표 두 명씩을 각각 다른 배들에 보내 감독하도록 했다. 혹시라도 사공들이 딴마음을 품지 못하게 하려는 것이다. 중형 선박이라 평시라 해도 적어도 이십여 명의 사공은 필요했지만 사람이 없는 지금은 어쩔 수 없다. 적어도 다음 선착장까지는 이대로 가야 했다.

"어디로 가는 배입니까?"

이미 배의 방향과 영파상방의 깃발을 보았기에 대충 방향을 짐작하기는 했지만 확인하듯 물었다. 역용을 했기에 일부러 굵직한 장한의 목소리를 흉내 냈다.

"영파로 들어갑니다. 혹시 방향이 같다면 송구스럽지만 대협께 도움을 청하고 싶습니다."

한 명도 아쉬운 처지인 정청화는 체면 불구하고 사군에게 부탁했다.

"어차피 소주까지는 가야 할 처지니 오히려 제가 부탁을 드려야겠군요."

사군은 그렇게 말해 정청화의 부담을 덜어주었다.

"부탁이라니요. 제가 오히려 감사를 드려야 하는데요."

정청화는 기쁜 나머지 새하얀 이를 드러내고 미소를 지어가며 그렇게 말했다.

세 척을 제대로 운항할 정도의 사공들을 구하려면 최소한 상주(常州)나 무석(無錫)까지는 가야 한다. 게다가 사공들의 수가 적어 한나절이면 갈 수 있는 거리도 지금은 그 몇 배의 시간을 걸려서 가야 하는 것이다.

이십여 명이 몰던 배를 대여섯이, 그것도 조타수를 빼면 서너 명이 몰아야 하니 방향을 잡아가기에도 벅찰 노릇은 물론, 도중에 또 다른 수적들의 공격을 우려하지 않을 수 없었다. 이럴 때 사군 같은 고수가 동행해 준다면 천군만마를 얻은 것이나 진배없다. 정청화가 기뻐하는 것은 너무도 당연했다. 사군의 양해를 구한 그녀는 상처를 치료하기 위해 선실로 내려갔다. 씰룩이는 엉덩이가 사군의 눈에 들어왔다. 절룩거려서 더욱 요염해 보였는지도 몰랐다.

'정말 예쁘기는 하군!'

정청화의 몸매에 빨려 들어갈 것 같은 자신을 발견하고는 흠칫했다. 석자희와 정청화를 두고 절강쌍미(浙江雙美)라 부른다더니, 오늘 직접 대면하고 보니 과연 그 칭호가 결코 헛소리가 아님을 실감했다.

일각이 겨우 지났을까?

상처를 싸매고 옷을 갈아입은 정청화가 다시 모습을 드러내 사군을 선실로 안내했다. 몸이 불편하기는 했지만 은혜를 입었으니 차라도 한 잔 내와야 한다는 생각에서였다. 다른 수행원들은 이미 모두 불귀의 객이 되었고, 데리고 다니던 시비마저 중상을 입어 선실에 누워 있는 처지니 모든 것을 직접 할 수밖에 없었다. 잠시 기다리자 정청화가 이내 차를 끓여 내왔다.

"저런!"

힘겹게 차를 나르는 그녀를 보고 사군은 벌떡 일어났다. 설마 그런 몸으로 직접 차를 내올 줄은 꿈에도 생각지 못했던 것이다. 미리 알았더라면 말렸을 테지만 손님 입장에서 주인이 무슨 일을 할 것인지 일일이 물을 수도 없어 잠자코 있었는데……

낯선 사내와 선실에서 단둘이 있게 된 정청화는 얼굴을 붉혀가면서도 차를 대접하는 일에 소홀하지 않았다. 찻잔을 놓는 가지런한 손길이 희고 예뻤다.

"경황 중이라 대명도 미처 여쭙지 못했습니다. 저는 정청화라 합니다. 양주에서 염선(鹽船)을 이끌고 영파로 가는 길이었어요. 보신 대로 이곳에서 수적들을 만나 많은 상방 사람들을 잃고 말았어요."

찻잔을 마주해 자리에 앉고 나니 다소 여유가 생겼는지 그제야 이름을 물어왔다. 빨간 입술이 조물거렸다.

"후안생(厚顔生)이라 하오. 번거로움을 싫어해 죽림에 파묻혀 있었으니 이름을 들어보지는 못했을 것이오."

사군은 가명을 댔다. 장보도 사건과 연루된 자신의 이름을 댈 수는 없다고 생각했기 때문이다.

정청화의 눈이 흠칫했다.

'얼굴 두꺼운 사람'이라니 당연한 반응이었다. 하지만 세파(世波)에 시달리기 싫어하는 은거기인들은 이름마저도 괴상하게 지어 인적이 드문 곳에 은인자중(隱忍自重)한다는 말을 들은 적이 있었고, 상대의 면전에서 이름에 대해 이상한 반응을 보인다는 것이 무례한 행동임을 알기에 이내 평정을 되찾았다. 따지고 보면 그녀의 스승 보타 신니도 사문에서 멀리 떨어진 작은 암자에 거처를 정했지 않은가.

'맞아. 혹시 그럴지도!'

정청화는 그렇게 믿었다.

강호 경험이 없기도 했지만, 그녀가 특별한 관심을 가지고 숱하게 읽었던 기인이사들에 관한 책들도 한몫했다. 후안생의 무공이라면 능히 강호의 일류 반열에 들 수 있을 터이니 은거기인이라는 말이 어울릴 것 같기도 했다. 비록 삼십 대로 보이기는 했지만, 그런 사람들의 나이는 속인들의 눈으로 짐작이 불가능할 터였다.

"제 아버님께서는 영파상방의 총행두를 맡고 계십니다."

사군은 알고 있는 사실이었기에 고개만 끄덕여 주었다. 그런 반응에 정청화는 한층 자신의 믿음을 굳혔다.

'틀림없어!'

영파상방의 총행두라고 하면 웬만한 사람들은 크게 놀라기 마련이었다. 적어도 중원에서 십대상방 안에 당당히 이름을 걸고 있으니 당연했다. 하지만 그 말을 듣고도 눈썹 하나 까딱하지 않고 그저 고개만 끄덕이는 후안생의 모습에서 부분적으로나마 은거기인의 실체를 실감했다.

"저는 보타문의 속가제자로, 얼마 전에 상호로 나왔기에 아직 경험이 부족해 수적들의 잔꾀에 당한 것입니다. 정면 승부를 펼쳤더라면 그 정도의 수적들로는 감히 어쩌지 못할 것인데……."

자신이 당했던 일이 생각나 말을 하면서도 얼굴을 붉히고 눈을 내리깔았다. 빨갛고 조그만 입술은 찻물에 촉촉이 젖어 있었다.

그 말은 사실이었다.

배에 상륙한 표운곡은 그녀의 무공에 고전하다가 문득 정청화가 경험이 많지 않음을 알고는 비겁한 수를 썼다. 그와 수하 몇은 강호에서 금기로 삼고 있는 여인의 주요 부분만 집중적으로 공격해 희롱하듯 했고, 순간 분을 참지 못한 그녀가 이성을 잃자 기다렸다는 듯이 암수를 써서 상처를 입혔던 것이다. 그때부터 팽팽했던 균형이 일시에 무너지며 일방적으로 당한 것이 그 전말이었다. 그런 상황을 일일이 입에 담기조차 민망했다.

'복사꽃 같아!'

정청화의 뺨에 오른 홍조는 예향을 생각나게 했다.

"상처가 심하지는 않습니까?"

"다행히 다리 부분을 제외하고는 크게 다친 곳은 없습니다."

민망한 부위를 말해야 하는지라 또다시 얼굴을 붉혀야 했다.

달아오른 여인의 얼굴. 탁자 아래에서 사군의 하초가 씰룩거렸다. 쾌락에 젖은 신음성이 귀에 들리는 듯했다. 순간 사군은 눈을 희번덕거렸지만, 부끄러움에 고개를 숙이고 있던 정청화는 미처 그것을 보지 못했다.

그녀는 사군이 묵을 선실을 배정해 주고 물러가 출항 명령을 내렸다.

배들은 일제히 닻을 올렸다.

사군은 선실 밖으로 나오지 않았다. 정청화의 잘록한 허리와 젖가슴이 자꾸 눈에 어른거렸던 까닭이다. 마음을 다잡으려 해도 저 여인을 안으면 어떤 기분일까 하는 생각이 머리에서 떠나지 않았다. 홍조가 피어난 얼굴에 빨간 입술을 조물거려 가며 말하던 그 모습에, 얘기를 듣는 중에도 하초가 불끈거려 적잖이 당황했었다.

"질겅! 질겅!"

사군은 보퉁이에서 말린 열매 하나를 꺼내 입에 넣고 씹었다.

'그래서일 거야.'

아마도 연청아의 육체에 너무 오래 길들여져 있었는지 몰랐다. 동굴 생활을 하면서 가장 견디기 힘들었던 것은 연청아가 달거리를 하는 며칠간이었다. 근질거리는 몸을 참지 못해 계곡의 얼음을 깨 물을 뒤집어서 보기도 했고 하루 종일 무공 연마에 구슬땀을 흘리기도 했었다.

여체는 묘했다.

부스러뜨릴 듯 안아도 스러지지 않고 더욱 강한 힘으로 조여왔다. 사군은 그 황홀한 감촉을 잊지 못했다.

"식사를 하시겠습니까?"

문밖에 정청화가 와서 물었다. 한 번도 그런 말을 해본 적이 없어 어색하기만 한 그녀였다.

"생각이 없습니다. 저는 이대로 있겠습니다."

사군은 투박한 말투로 대답했다.

'맞아. 벽곡단을 드시겠지.'

정청화는 그렇게 생각하며 선실 앞을 떠났다.

사실 사군은 머리 속이 다른 엉뚱한 생각으로 꽉 차 있었기에 식사할 생각이 없었다. 참기 어려운 근지러움. 사군은 몸을 비틀었다. 이리저리 뒤척이다 보니 어느덧 선실 창문으로 어둠이 내렸다.

"끄응! 끙!"

옆방이었다. 고개가 신음성이 들려오는 벽면으로 향했다. 아마도 정청화의 시비일 것이다. 아까 배 위에서 보니 등에 심한 검상을 당했던데, 아마도 그 고통을 참지 못해 그러는 것이리라.

'으음…….'

하초가 또 불끈거렸다. 고통에 찬 신음성조차 그로 하여금 기이한 상상을 불러일으키게 하고 있었다. 희열을 참지 못한 연청아의 흐느낌도 저랬다. 여자들의 신음성은 기쁘거나 슬프거나, 혹은 아프거나 다 같은 모양이다.

컹! 컹! 컹! 컹!

물길을 따라 이루어진 작은 마을에서 개 짖는 소리가 들려왔다. 팔을 베고 누워 말린 열매를 질겅거리고 있던 사군은 그 소리에 벌떡 몸을 일으켰다.

가슴이 허전했고 몸은 참을 수 없을 정도로 근질거렸다.

하초는 끊임없이 여체를 갈구하고 있었다. 조물거리던 빨갛고 조그만 그 입술이 머리에서 떠나지 않았다. 한 줌도 되지 않을 잘록한 허리가 자신의 손길을 기다리는 듯했다. 사내를 받쳐 줄 풍만한 엉덩이!

"아……!"

혼란스러웠다. 시간이 지날수록 정신은 온통 여체에 쏠려 버렸다. 그저 애타게 그리웠다.

덜컹!

선실문이 닫히는 소리에 사군은 움찔했다. 아마 정청화가 마지막 점검을 마치고 선실로 돌아온 것이리라.

침상에서 내려가 선실문 앞에 섰다.

나가야 하나? 이대로 정청화의 선실 안으로 뛰어들고 싶었다.

왜 왔느냐고 물으면 무어라고 해야 하나. 적적해서 말이나 나누려고? 이 밤중에 젊은 여자 혼자 있는 선실로 가서 적적하다고 말한다니⋯ 미친놈 취급을 하겠지.

새빨간 입술이 어른거렸다. 찻잔을 옮길 때 요염하게 씰룩였던 젖가슴과 함께였다.

'표가 나는 일은 아니잖아. 서로 좋자고 하는 일인데⋯⋯. 정청화, 너도 속으로는 무척이나 사내 품이 그리울 게야. 너도 예향을 그렇게 만든 족속들 중 하나가 아니냐. 너희만 그런 즐거움을 누릴 권리가 있는 것은 아니지. 예향은 원하지도 않았어. 너같이 등 따습고 배부른 것들이 그렇게 만들었지!'

백마를 탄 채 당당히 석가장 문으로 들어서던 석자희와 정청화. 그 둘 중 하나가 이곳에 있었다. 지금 안에 있는 여자가 석호인의 동생 석자희였다면 이렇듯 시간 끌 이유도 없을 것이다.

석호인의 못된 짓거리로 공터에서 예향의 한 맺힌 절규를 들어야 했었다. 아마 몹쓸 일을 당하고 꼬임에 넘어가 그놈의 부인이 된다는 순진한 착각에 빠졌다가, 결국 차이고 나서야 모든 것을 깨닫고 자신에게 서러움을 하소연하려 했을 터였다.

예향이 원한 것이 아니었는데⋯ 세상 물정 모르는 촌 계집을 꾀어내는 것은 일도 아니었을 것이다. 게다가 놈은 한두 번 했던 일도 아닐 테니… 눈이 분노로 이글거렸다.

예향 대신 복수를 하는 거야! 그런 쓰레기들과 같은 패거리야!

"꿀꺽!"

사군은 소매로 침을 쓱 문질러 닦으며 열매를 삼키고는 문을 열고 나섰다.

덜컹!

이가 제대로 맞지 않는지 선실 문소리가 유난스러웠다. 아니, 밤이라서 그런지도 몰랐다. 선실 밖은 복도에 걸어놓은 유등 불빛이 비쳐 그런대로 밝았다. 발소리를 죽여 정청화의 선실문 앞으로 다가섰다. 천이통을 펼치니 뭔가 문지르는 소리가 들려왔다. 아마 상처에 약을 바르는 모양이다. 늘씬하게 뻗어 있을 정청화의 보드라운 다리가 눈에 선했다.

"끄웅! 끙!"

다른 쪽 선실에서는 시비의 고통에 찬 신음성이 끊이지 않았다.

자리에서 일어나는 소리에 사군은 재빨리 문이 열린 빈 선실 안으로 들어가 몸을 숨겼다. 노를 젓는 소리와 물결을 헤치는 소리가 그의 움직임을 가려주었다. 정청화는 선실을 나와 시비의 방으로 들어갔다. 잠시 후 두런거리는 말소리가 들려왔다. 사군은 귀를 활짝 열었다.

"으응……."

"어머! 상처가 이리도 심하다니. 내일 새벽이면 상주에 도착할 수 있다고 하니 그곳에서 의원을 청해 같이 가도록 하자."

신음성과 함께 정청화의 걱정스런 목소리가 들렸다. 가슴을 진탕시키는 감미로운 음성! 양물이 불끈거렸다. 상처가 중한 듯 시비의 대답은 들리지 않았다.

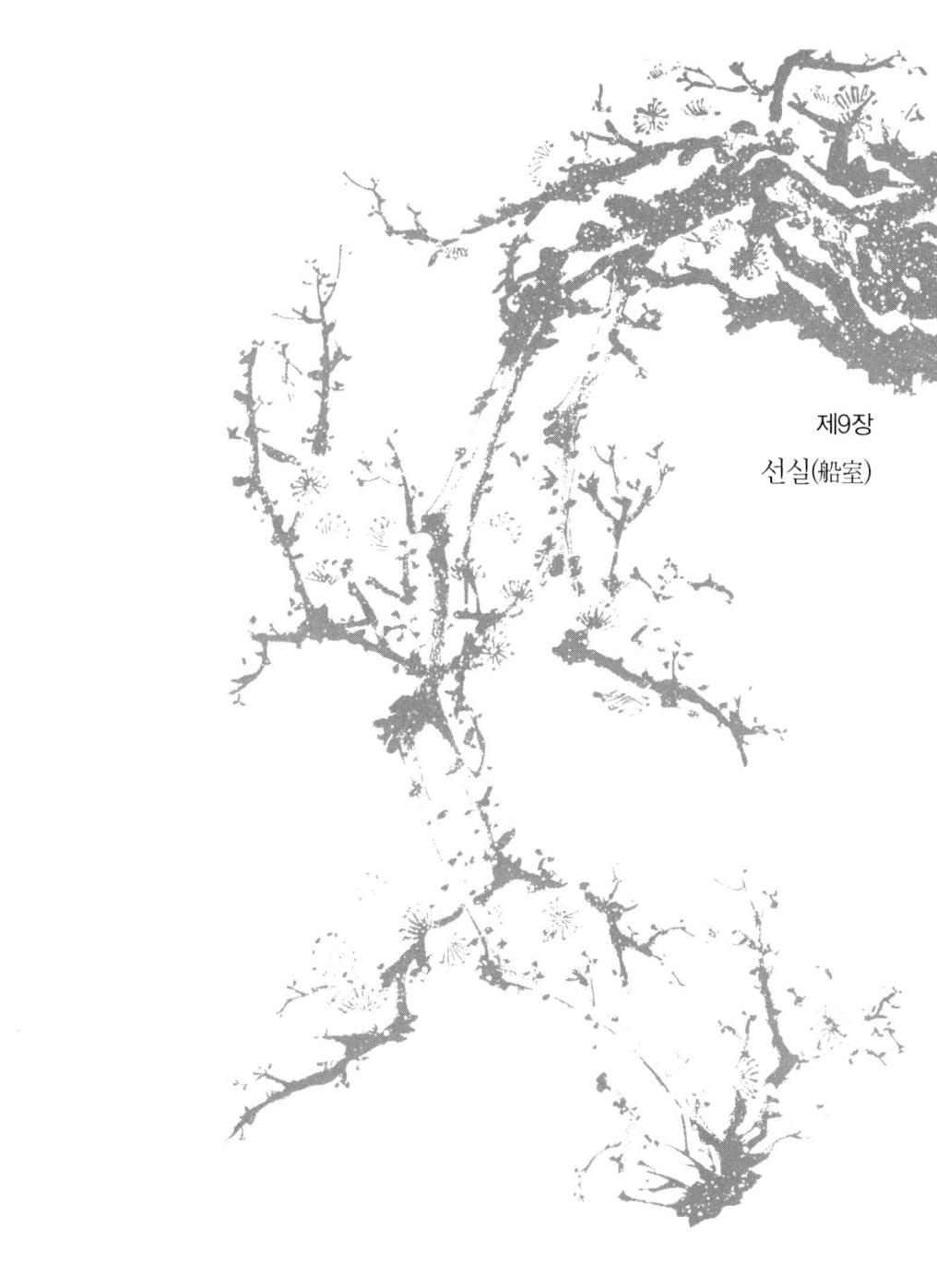

제9장

선실(船室)

배는 조금씩이라도 움직이고 있었다.

선부들도 쉴 필요가 있기는 했지만 워낙 다급한 상황이라 오늘 밤은 밤새 노를 젓게 한 모양이었다. 아마 거금을 약속했을 것이다. 고된 사람을 움직일 수 있게 하는 그런… 뙤약볕 아래서 찌든 얼굴로 조씨 노인의 상여를 따라가던 사람들을 떠올렸다. 아마 은자 한 냥이었던가? 자신도 그 한 냥 때문에 거기 있었다.

금창약을 발라주는 듯한 소리가 있었다. 잠깐의 시간이 흐른 후에 정청화는 시비의 선실에서 나와 자신의 선실로 돌아갔다. 등불을 마주한 방향이었지만 걸음걸이에 따라 씰룩이는 엉덩이의 율동이 환히 드러났다.

'꿀꺽!'

목이 탔다.

소매 춤에서 말린 열매를 꺼내 우물거리며 천천히 정청화의 선실 앞으로 다가갔다. 자리에 누우려는지 안에서는 침구를 정리하는 듯한 소리가 들렸다.

"소저!"

너무 컸을까? 사군은 스스로의 목소리에 놀라 움찔했다.

원래 선실을 차지했던 다른 임자들은 수적들에 의해 모두 고혼이 되어버렸기에 지금 선실이 연이어 붙어 있는 이곳에는 중상을 입은 시비만이 누워 있을 뿐이었다. 그렇지만 누가 엿듣는 사람이 있을 것만 같았다. 안에서 깜짝 놀라 화닥닥거리는 소리가 들렸고, 뒤이어 목소리를 알아들은 정청화가 문을 열었다.

덜컹!

문소리는 여전히 컸다.

"무슨 불편한 점이라도……?"

불안한 목소리. 갑판과 선실 안에서 희미하게 비쳐지는 등불 아래서 빨간 입술이 조물거리고 있었다. 사군은 열매를 우물거렸다. 몸이 뜨거웠다. 마침내 결정을 내렸다.

팟! 팟! 팟!

지풍이 날았고 아혈도 짚었다.

'헉!'

정청화는 눈을 크게 떴다.

배가 요동 치고 있었다. 사군은 나무토막처럼 쓰러지려는 정청화의 몸을 안아 들고 선실 안으로 들어갔다. 잘록한 허리만큼이나 몸이 가벼웠다. 뭉클한 젖가슴이 와 닿자 놀란 심장이 쿵쿵거리는 소리가 그대로 들리는 듯했다. 그 감촉이 그리워 더욱 세차게 끌어안았다. 젖가슴의 따스한 체온이 그대로 전해지며 하초를 한없이 불끈거리게 만들었다.

스륵!

소리가 나지 않도록 주의하며 선실문을 닫았다.

풋풋한 처녀의 향내가 가득한 선실이었다. 벽에 걸린 작은 유등이 배의 출렁임에 따라 흔들거리며 눈을 어지럽게 했다. 사군은 정청화를 내려다보았다. 사로잡힌 토끼의 눈이 이러할까! 정청화의 눈은 잔뜩 공포에 질려 있었다.

'아……!'

동그랗게 뜬 눈은 너무도 아름다웠다. 조심스레 침상 위에 눕히자 동그란 눈이 더욱 크게 떠졌다. 겁먹은 토끼! 문득 가슴이 미어졌다.

'이대로 떠나 버릴까?'

하지만 씰룩거리는 젖가슴을 본 순간 와락 욕정이 솟구쳤다.

'괜찮아! 그저 다정한 대화를 나누려는 것뿐이야. 말이 필요없는 대화지…….'

조심스레 옷을 벗겨갔다.

허리띠를 끄르고 윗옷과 경장 바지를 내리자 날씬하게 뻗은 다리가 나타났다. 부상을 입은 왼쪽 다리에는 흰 헝겊이 둘둘 감겨 있었고, 독한 금창약 냄새가 풍겨났다. 복사꽃같이 달아오른 뺨 위로 눈물이 주르륵 흘러내리는 것이 보였지만 손길을 멈추지는 않았다.

'왜?'

정청화는 이런 상황을 이해할 수 없었다.

'협사님이었는데… 우연히 강호에 나선 은거기인으로만 알았는데… 색마라니!'

강호에 출도한 지는 일 년가량 되었지만 그동안 철없이 석자희와 몰려다니며 놀기만 했었다. 곳곳에 설쳐 대는 도적들을 근심하는 부친을 뒤로하고 모처럼 제몫을 하겠다며 숙부님을 따라나선 길이었다. 사실 그녀로서는 이번 상행이 강호 출도의 초행길이나 다름없었다.

그런데… 처음 나선 길에서 이런 끔찍한… 평생 일어나서는 안 되는 일을 맞다니! 믿을 수가 없었다. 방금 전까지만 해도 자신을 구해준 사람이 청년 협사가 아닌 것에 내심 아쉬워했었는데… 너무 억울했다.

스륵! 스르륵!

자신의 옷이 차례로 벗겨지는 소리가 등불이 만든 그림자처럼 흔들거리며 귓가를 어지럽게 맴돌았다.

'아……!'

마침내 정청화는 눈을 질끈 감았다.

"후우……."

사군은 긴 숨을 내쉬었다. 젖가리개가 끌러지고 앙증맞은 육봉이 드러났다. 서둘지 않았다. 차례로 옷을 벗기자 이윽고 눈부신 나신이 드러났다.

'헉!'

숨이 턱 막혔다. 봉긋한 가슴을 따라 내려가자 앙증맞은 배꼽이 보였다. 이어 살짝 올라온 뱃살 아래로 눈을 어지럽히는 방초가 그대로 드러났다. 숲을 가르는 깊은 계곡 사이로 작은 꽃잎이 살짝 고개를 내밀고 있었다. 사군은 부릅뜬 눈을 한동안 움직이지 못했다. 눈동자가 더욱 붉게 타올랐다.

"아……."

사군은 몸을 떨었다.

보는 것만으로도 짜릿한 쾌감은 전율이 되어 몸을 타고 흘렀다. 덜덜 떠는 손길이 보드라운 뺨을 곱게 쓰다듬었다. 바르르 떨리는 여인의 속눈썹이 더욱 그를 미치게 만들었다.

'부드럽게 안아줄게.'

마침내 손은 목 선을 타고 스르르 아래로 움직였다. 꿀꺽 침을 삼켰다. 이제는 다 녹아버려 흐물거리는 과육(果肉)과 함께였다. 달콤한 육즙의 향이 목구멍을 타고 내리는 듯했다.

'헉!'

숨이 턱턱 막혔다. 사내의 부드러운 손길이 젖가슴을 더듬어오는 순간, 머리 속이 아득해져 오는 것 같았다.

'아……!'

정청화는 갑자기 머리 속이 텅 비어버리는 느낌과 함께 마침내 정신을 놓았다.

혼절해 버린 것을 알고도 사군의 탐닉은 끝이 없었다. 양물이 연신 불뚝거렸지만 서둘지 않았다.

아기의 속살 같은 부드러운 여체!

양물이 허벅지 살을 파고드는 순간 마침내 참지 못한 그는 한없는 부드러움 위에 몸을 실었다. 따스하게 감싸오는 동굴은 깊이도 알 수 없었다.

'아악!'

정청화의 희미한 기억 속으로 아득한 아픔이 느껴졌다.

선실의 등불이 침상 위에 얽힌 두 사람의 그림자를 뒤흔들었다. 창밖에서는 달빛을 머금은 은빛 조각들이 물결 위에서 요란하게 부서지며 사방으로 흩어져 갔다. 넘실대는 은빛 물결에 배가 출렁였다.

정청화에게는 억겁의 시간이었다.

'사실이 아니야!'

눈을 떴지만 엄청난 충격에 정신을 차리지 못했다.

이미 모든 혈도는 풀려 있었다. 벌거벗은 몸으로 벌떡 일어나 다리를 웅크리고 앉은 그녀는 침상의 하얀 비단 침구 위에서 파과를 알리는 선홍(鮮紅)의 앵혈(鶯血)을 보았다.

'저 피가 내 몸에서 난 것일까?'

도무지 실감이 나지 않았다.

믿고 싶지도 않았다. 하지만 아직까지 은밀한 곳에서 느껴지는 은은한 고통은 지금 겪고 있는 상황이 결코 꿈이 아님을 말해 주고 있었다.

'어떻게! 이렇게 어이없게……! 왜?'

눈물도 나지 않았다.

강호에 숱한 음적(淫賊)이 설친다는 말을 듣기는 했지만… 걸리기만 하면 일검에 도륙을 내리라 생각했었는데!

'왜! 왜 하필 내가……!'

마음속으로 절규했다. 눈이 초점을 잃었다. 침상 옆 작은 의자에 말없이 앉아 자신의 반응을 관찰하는 사내가 방금 전 몹쓸 짓을 했던 음적이라는 생각마저도 들지 않았다.

그저 낯모르는 남이었다.

좁은 선실 안에서 한 사람은 벽면을 응시하고 또 한 사람은 벌거벗고 웅크린 여인을 응시했다.

사군의 눈도 초점을 잃었다. 시선은 정청화를 향하고 있기는 했지만 망막에는 아무것도 잡히지 않았다.

'왜 그랬을까!'

말 못할 공허함과 후회가 가슴 가득히 밀려들었다. 욕정을 참지 못하고 일을 저지른 것이다. 생각키에 범인은 연청아가 없던 밤이었고⋯ 몸속에서 분노를 끌어냈던 석가장에서 예향에게 벌어졌던 일은 그저 핑계일 따름이었다.

'추악해⋯⋯!'

눈물이 흘렀다. 짐승 같은 짓을 하다니⋯ 커오면서 듣고 배운 것으론 이런 짓거리는 돌팔매에 맞아 죽어도 마땅했다.

"끄윽! 끄윽⋯⋯!"

일을 당한 여자는 정청화였지만 우는 사내는 사군이었다.

정청화는 서서히 현실로 돌아왔다.

소리를 친다 해도 들어줄 사람도 없을 것이다. 사공이나 다른 배에 타고 있을 낯익은 보표 둘이 있기는 했지만 그들이 달려온다 해도 저 사내의 상대가 되진 못할 것이다. 상주에 도착해도 마땅히 도움을 청할 곳은 없다. 그는 지금 징그러운 몸으로 실컷 자신을 유린하더니 조금의 가책이라도 느끼는지 울고 있다. 하지만⋯ 처녀를 망친 대가로 목을 내놓으라면 언제라도 유유히 달아날 무공을 지닌 상대이다.

더러운 사내!

대체 저 음적의 출신 내력은 어디인가. 하필이면 저런 자에게 그런 고절한 무공을 내리다니⋯ 하늘은 왜 이다지도 공평하지 못한가. 하는 것으로 보아 이런 짓거리도 처음은 아닐 것이다. 대영파상방의 금지옥엽이며 보타 신니의 속가제자에다가 절강쌍미 중 하나이기도 한 고귀한 몸이었건만 지금은 지나는 음적의 노리개로 전락해 버렸다. 꿈속에서조차라도 상상 못할 상황!

'나쁜 놈!'

지금껏 얼마나 많은 여인네들이 저자의 정액 받이가 되었을까! 앞으로 또 얼마나 많은 여인네들이 한을 품을까!

'아아……!'

가슴이 미어 터질 것만 같았다. 자랑스레 들어왔던 절강쌍미라는 이름도, 몸을 망친 지금에는 한낱 허명(虛名)으로만 남을 것이다. 예전에 누구누구가 음적에게 당했다는 말을 들은 적은 있었다. 그저 혀를 차며 안됐다는 말로 혼자 위로를 보냈었는데, 그런 놈들을 만나면 단칼에 목을 치리라 했었는데… 자신이 이 꼴이 되었으니… 앞으로 강호에 퍼질 더러운 추문을 어떻게 감당한단 말인가.

'그래, 죽어버리는 거야!'

정청화는 앉은 채 몸을 꼿꼿이 세웠다. 하얀 젖가슴이 그대로 드러났지만 죽기로 작정한 마당이니 꺼릴 것도 없다.

'응?'

침상 위의 돌연한 움직임에 사군은 퍼뜩 현실로 돌아왔다. 뭔가 굳은 결심을 한 듯 보이는 정청화의 표정을 보고는 그녀의 생각을 짐작했다.

'그건 안 돼!'

말리려 했지만 무슨 말을 해야 할지 생각이 나지 않았다. 누구나 죽고 싶어하지는 않는다. 다만 스스로가 인정할 만한 적당한 핑곗거리를 찾아주어야 한다. 뭘까?

사람을 움직이게 하는 힘! 그 힘의 원천.

"죽더라고 물건은 날라주고 죽어야 할 것이 아닌가."

조금의 인정도 개입할 여지가 없는 건조하고 냉막한 어조. 자신의 목소리조차 드러나는 것이 두렵기에 더 더욱 그렇게 흉내 냈는지도 몰랐다.

돌연한 말소리에 움찔하던 정청화는 표독스런 눈으로 사군을 돌아보았다. 머리 속 현실은 그제야 사군의 존재를 확실하게 인식했다.

'맞아! 저놈이었어!'

정청화의 손이 바들거렸다.

"나쁜 놈!"

"크게 얘기해, 옆방의 네 시비가 잘 들을 수 있도록."

나직한 대답이었지만 정청화는 몸을 움찔했다. 옆방에 누워 있는 시비가 중상을 입기는 했지만 귀를 다친 것은 아니었다.

"더러운 음적!"

치를 떨었지만 목소리는 한층 낮아져 있었다.

사군은 안심했다. 정말로 죽기를 작정한 사람이라면 다른 사람을 의식할 필요도 없는 것이다.

"이 배에 실린 물건이라면 수십만 냥은 족히 될걸. 여태 키워주었는데 효도는 하고 죽어야지."

"뭣이?"

"네가 자결하면 이 물건이 어찌 될 것 같은가? 아마 보표들과 사공들이 적당히 나누어 가지고 사라질걸. 견디기 힘들더라도 부모님을 생각해서 참는 것이 좋아."

사군의 말투는 그저 무심하기만 했다. 폐부를 깊숙이 찌르는 자극을 주어야 그 반발에서라도 살려고 할 것이다.

'아!'

정청화는 문득 부모님을 떠올렸다.

만약 이번 소금 운송이 실패하면 상방이 받을 타격이 적지 않을 것은 틀림없었다. 그러기에 자신까지 자원해 돕겠다고 나선 것이 아니었던가. 먼저 죽는 것도 씻을 수 없는 불효인데 엄청난 손해까지 나게 한다면… 자식을 잃은 데다 재정적으로 큰 손실까지 입는다면 부모님은 큰 충격을 받으실 것이다.

"흐흑."

정청화는 절망했다. 스승님과 사매들의 축복을 받으며 보타산을 떠나 강호에 나설 때만 해도 이런 일을 겪으리라고는 꿈에도 생각지 못했었다.

'아…… 어떻게 이런……!'

여인의 절망! 사군은 그저 지켜보기만 했다.

이제 당분간 죽으려 하지는 않을 것이다. 다시 말린 열매를 입 안에 넣고 우물거렸다. 이름도 모르지만 상큼한 단맛이 나는 열매였다.

수로의 밤은 그렇게 지났다.

아침 무렵이 되자 멀리 상주가 눈에 들어왔다.

"정 소저께서는 어제 무리를 해서 자리에 누워 계십니다. 정 소저의 부탁에 따라 잠시 동안이나마 제가 배를 지휘하게 되었으니 잘 따라주십시오."

사군은 선실과 갑판을 오가며 짧게 말하고는 이것저것 간섭해 배를 감독하는 체했다. 사공들은 그저 그러려니 할 뿐 감히 나서는 사람은 없었다. 그도 그럴 것이 사군의 무공을 익히 견식했고, 정청화가 피를 흘리며 다친 것도 직접 목도했기 때문이다. 수적들을 상대로 제법 검을 휘두르며 그럴듯하게 싸우기는 했지만, 연약한 여인의 몸이라 조마조마한 심정으로 지켜보았던 그들이었다.

배는 상주에 도착해 닻을 내렸다.

사군은 다른 배에 탄 보표 하나를 지목해 의녀(醫女)를 부르게 했다.

환자인 정청화나 시비 모두 여자니 모두들 당연하게 생각했다. 또 다른 보표에게는 사공을 모집해 줄 것을 지시했다. 믿을 만한 사람을 구하지 못하겠으면 차라리 그냥 돌아오라는 당부도 했다. 시간이 없으니 빨리 돌아와야 한다는 말도 덧붙였다. 모든 지시는 정청화 소저의 뜻에 따른 것이라는 확실한 언질을 해두었다. 그들은 모두 사군을 협행(俠行)을 행하는 대협(大俠)으로 믿고 있기에 존경하는 태도를 보이며 지시에 따랐다.

칠팔 명의 선부(船夫)들과 한 명의 의녀와 함께 보표들이 돌아온 것은 그로부터 한 시진이 채 지나지 않아서였다. 선부들의 수를 본 사군은 내심 고개를 끄덕였다. 예상대로였다. 낯선 곳에서 믿을 만한 선부를 어찌 빠른 시간 내에 구한다는 말인가. 아마 지금 데려온 선부들도 빈손으로 오기 뭣해 데려온 자들일 것이다.

"취련이라고 해요."

의녀는 이십 대 중반의 수수한 용모의 여자였다.

사군은 선부들을 각 배에 두세 명씩 배치했다. 의녀에게는 중상을 입은 시비를 돌보라며 그 옆방을 쓰게 했다. 뜨거운 시간을 방해받고 싶지 않았다.

선부들을 쉬게 한다는 구실로 배를 상주에서 하루 더 묵게 했다. 선부들에게는 약간의 은자를 나누어 주어 여독을 풀고 오라며 내보냈다. 보표들은 의아해하는 표정을 짓다가 환자가 안정이 필요하다는 핑계를 대자 납득했다.

사군은 정청화의 상처를 정성껏 치료해 주었다.

"흉터가 남지 않게 하려면 초기에 치료를 잘해야 하는 법이지."

사군은 열매를 질겅거리며 말했다. 뽀얀 다리 부근에 세 치가량 길게 그어진 검상이 그를 안타깝게 했기 때문이다.

"더러운 손을 치우지 못해!"

정청화는 작고 빨간 입술에서 불 같은 분노를 쏟아냈다. 하지만 주변을 의식한 듯 목소리는 작고 힘이 없었다.

'더러운 건 나고 치료해야 할 상처는 네 몸에 있는 것이야!'

사군은 등에 난 작은 검상까지 새로 발견해 치료해 주었다. 헝겊을 잘 동여주고는 침상 맞은편 의자에 가서 앉아 그저 말린 열매만 질경거렸다.

상주 선착장이 한눈에 내려다보이는 누각.

"저 배에서 무슨 일이 벌어지고 있는지 모르겠군요."

펄렁거리는 면사 속에서 제갈옥은 상큼한 목소리로 말했다. 강바람에 면사가 크게 흔들리며 얼굴 상단에 엷게 먹물을 칠한 듯한 피부가 잠깐 모습을 드러냈다.

'쯧쯧, 흉터만 아니라면……'

천장파파는 내심 혀를 찼다.

여자로서 얼굴을 가리고 살아야 하는 숙명에 처해진다면… 역시 하늘은 공평하다는 생각을 했다. 아름다운 얼굴에 짙은 그림자를 드리운 듯 덮고 있는 커다란 반점은 제갈옥의 재능도, 몸매도, 미모도 모두 가려 버렸다. 아가씨도 날마다 몇 번씩 거울을 볼 것이다. 비록 흐릿하기는 하지만 마치 암운을 드리운 것 같은 그 반점을 보고 얼마나 가슴을 앓고 있을까. 한 번도 그에 대해 언급한 적은 없지만 같은 여자로서 그녀가 느끼는 아픔을 상상하기란 어렵지 않았다.

대답이 없자 제갈옥은 고개를 돌려 천장파파를 보았다.

수심에 잠긴 노안(老顏), 천장파파의 내심을 짐작했음인가. 일순 면사가 흔들렸지만 이내 눈이 정박 중인 영파상방의 선단을 향했다.

그들은 사군의 행적을 감시해 가며 수로에 연한 육로를 따라 내려오고 있었다. 배가 천천히 움직이고 있었기에 무척이나 길고 지루한 여정이었다. 사군이 갑판에 모습을 드러내고, 나중에 선부들이 쏟아져 나오는 것을 보고는 하루를 묵을 예정임을 알았다.

'시간이 없는데……'

초조했다.

청병들이 빠른 속도로 산동을 평정해 가며 남하하고 있었다.

복왕(福王) 주유숭(朱由崧)이 남경에 세운 조정에는 황제를 감싸고 정권을 휘두르는 마사영(馬士英)을 비롯한 간신배들만 들끓었다. 나라는 풍전등화의 위기를 맞았건만 충신들은 모두 죽임을 당하거나 떠나야 하는 조정이었다.

'바보 같은 놈!'

제갈옥은 처음으로 사군을 욕했다.

일각이 여삼추 같은 때에 피 같은 반년 동안 어디엔가 처박혀 있다가 이제야 나타나 하는 짓이라니! 열쇠는 저 녀석이 쥐고 있는데… 중원 천하의 힘을 모으려면 저 녀석이 필요한데… 지금 저렇게 한가하게 배를 타고 유람이나 즐길 때가 아닌데… 어쩌면 사람을 잘못 골랐는지도 몰랐다. 아니, 원래 계획은 이렇지 않았다. 오라버니만 잘 해주었더라면 쉽게 풀어갈 수 있었다. 실수가 겹치고 새로운 변수가 나타나고……

'결과는 하늘에 달렸다더니……!'

문득 진인사대천명(盡人事待天命)이라는 말을 떠올렸다.

영파상방의 운반선을 지켜보는 눈은 또 있었다.

제갈옥이 있는 누각과 선착장이 훤히 보이는 방 안, 주루의 삼층에 해당하는 이 객실은 전망이 무척 좋아 주인이 특실로 분류해 비싼 값을 받고 있었다.

"아무래도 주공께서 역용을 하신 듯하네. 자네가 보기에 아침나절에 배 위에 나타났던 그자가 의심스럽지 않나?"

백의 문사 차림의 사내가 옆을 돌아보며 물었다.

"그런 느낌이 들기는 하지만 워낙 거리가 멀어 확신은……."

절강삼괴의 맏이 온세정이었다.

한 달가량 백장애 부근을 이 잡듯이 뒤졌지만 소식을 알지 못했던 주공이었다. 다시 무호 부근에서 남궁세가에 붙잡혔다가 달아났다는 소식에 수백 명의 문도(門徒)가 그 일대 수백 리를 샅샅이 뒤졌었다. 끝내 소식이 없어 마지못해 수하들을 철수시켰었다. 하지만 주공이 생사판관 범우를 죽였다는 소식을 듣고 총사(總師)까지 대동하고 나선 길이었다.

몇 달째 소식이 없어 실망했다가 진강 부근에서 황급히 길을 나서는 제갈옥과 천장파파를 발견했고, 그들의 뒤를 따르다가 이곳에 이른 것이다. 뒤를 밟아온 것은 그녀 역시 사군을 뒤쫓고 있음을 진작 알고 있었기 때문이다.

"일단 기회를 보기로 하세. 지금 이곳은 너무 살기가 넘쳐."

서관(徐款)은 제갈옥을 따르는 무림인들의 수가 족히 수백은 된다는 것을 알고 있었다. 남궁세가는 물론 개방 거지들을 비롯한 각대문파의 촉수들이 우글거렸고, 화염회, 월왕회 같은 타항들도 끼어들었다. 강호

최대, 최고의 살수 집단인 암천(暗天)까지 개입했다는 소문이고 보면 중원무림인들 모두가 이리로 모여들고 있다고 해도 절대 과언이 아니었다.

장보도!

숱한 장보도가 간간이 출현해 잠깐씩 이목을 끌기도 했지만, 이번 경우와 같이 무림을 뒤흔들 정도는 아니었다. 이번에 나타난 장보도가 이토록 무림인들의 이목을 끄는 것은 백장애 사건에 이어 광휘당포의 참살 사건, 남궁세가의 개입, 그리고 생사판관 범우의 죽음에 이르는 사건들이 하나의 장보도를 두고 벌어진 일련의 사건들이라는 것이 서서히 밝혀지면서부터였다.

서관은 말을 이었다.

"준비에 차질은 없겠지?"

"자리를 지켜야 하는 필수 요원을 제외한 문도들 전원을 출동시켰습니다. 이백은 족히 될 것입니다."

서관은 문득 시야가 흐릿해지는 것을 느꼈다.

'젠장. 좋은 조짐이야.'

주공의 행방을 찾았다는 말에 도움의 손길을 보낸 것이리라. 아니, 주공께서 장보도 건과 관련해 위험에 빠질지도 모른다는 말이 효과를 보았는지도 몰랐다.

사람이 모일 것이다.

이제 주공만 나서준다면! 소나기를 맞은 개미 떼처럼 흩어졌던 제자들도 거의 대부분이 모일 것이다. 지금의 두 배, 세 배로. 힘을 모아 앞으로 나가면 된다. 서관은 흘깃 고개를 돌려 온세정을 보았다. 그도 감격을 주체하지 못한 듯 눈가가 촉촉이 젖어 있었다.

"눈에 띄지 않게 각별히 주의하게! 욱하면 사고를 치는 아이들이니."

서관은 말을 돌렸다. 흥분하면 안 된다. 침착하자. 십수 년을 기다렸던 일인데… 며칠 내로 결말이 날 일인데! 너무 잘 풀린다. 생사판관 범우마저 쓰러뜨린 주공의 무공이 아닌가. 이제 일어나는 것은 시간문제이다. 현판을 다시 내걸고 주공의 이름을 만천하에 알린다면 몸을 숨기고 있던 제자들도 구름같이 몰려들 것이다.

"각별히 주의를 시켜두었습니다."

걸은 목소리, 그도 아직 감정을 고르지 못하고 있다.

"제자들은 물론 삼호법의 도착도 최대한 독려하고……."

삼호법이란 온세명을 말하는 것이다.

소흥 지부의 호위를 맡고 있기에 쉽게 몸을 빼기가 쉽지 않아 합류하지 못하고 있는 것이다. 최악의 경우 계약을 파기하더라도 올 것을 지시하기는 했다. 단순한 일 같지만 고용 보표가 만료일 이전에 계약을 파기한다는 것은 앞으로의 신용에 치명적인 흠이 될 것이다. 하지만 다른 일도 아니고 주공을 지키는 일이라면 다툼의 여지가 없다.

서관은 말을 이었다.

"힘든 일이라는 것은 알고 있다. 하지만 어떤 난관이 있더라도 소주인을 지켜야 한다. 그것만이 우리 걸개방이 그간 잃어버린 세월을 보상받을 수 있는 유일한 길이다."

"모두들 기꺼이 목숨을 바칠 것입니다! 총사!"

두 사람의 눈이 마주쳤다.

결연한 눈빛!

서관의 눈에 물기가 어렸다.

고향인 서씨촌에 몸을 피하게 했고 남괴가 무공을 가르치겠다고 했기에 안심했었는데, 어느 날 소식도 남기지 않고 사라져 버렸던 소주인이었다. 그곳에서 고노라 불렸다는 남괴의 행적마저도 묘연했었다. 그 옛날 걸개선을 타고 수적질이나 했던 방도들에게 제대로 된 무공을 익히게 하고 자존심을 심어주셨던 그분의 핏줄. 소주인께서 남괴의 무공을 익히며 성장하시고 나면 걸개방이 다시 무림의 일원으로 우뚝 설 것이라 믿어 의심치 않았었다.

다시 찾기는 했다. 하지만 운 나쁘게 장보도와 연계되어 무림인들의 표적이 되어 있었다.

'반드시 지켜 드린다!'

서관은 두 주먹을 불끈 쥐었다.

어느덧 해가 서서히 기울기 시작했다.

사군은 애타게 밤을 기다렸다. 기다림의 공백은 말린 열매를 질겅거리는 것으로 메웠다. 아가씨와 시비의 병세가 위중해 절대 안정이 필요하니 가급적 내왕을 삼가라는 언질을 해두었기에 선실로 찾아와 귀찮게 구는 사람은 없었다.

"먹어."

정청화에게 어죽을 권했다. 의녀가 준비한 어죽이었다.

"너나 먹어라, 이 나쁜 놈아!"

"먹어둬. 배가 고플 때도 됐잖아."

탁!

정청화는 죽 그릇을 쳐냈다. 그릇이 팅겨져 나가며 죽이 침상 아래로 튀었다. 마혈을 제압당해 약간의 힘을 쓸 수는 있지만 진기를 끌어올릴 수는 없는 상태였다.

"싫으면 그만둬."

사군은 탁자 위에 올려진 자신 몫의 죽을 맛있게 먹었다. 식욕이 있는 것은 아니었지만 일단 한 술 뜨니 깨끗하게 그릇을 비울 수 있었다. 선실 바닥까지 깨끗하게 청소한 사군은 말린 열매를 질경거리며 정청화의 곁에 누웠다.

"저리 가지 못해!"

정청화는 사군을 힘껏 밀어냈지만 꼼짝도 않자 침상에서 일어나 달아나려고 했다.

"어딜 가? 그렇게 입고 사람들에게 자랑이라도 하려고?"

겉옷만 허술하게 걸친 채였다. 정청화는 그 말에 흠칫하더니 더 이상 움직임이지 못했다.

"어차피 벌어진 일이야. 이리 와!"

입 안에서 질경거리며 씹고 있는 열매 때문에 말투가 어눌했다.

"개자식!"

"너도 같아."

사군의 이마에 핏줄이 불끈거렸다.

정청화! 네가 하얀 백마를 타고 당당히 들어선 석가장 후문 안에서 무슨 일이 일어났는지 알아? 네가 넓은 장원의 한쪽에서 금침에 누워 자는 동안 예향은 바로 네 오라비에게 깔려 신음하고 있었어. 그런 것들과 어울려 다니는 너도 같아.

사군은 정청화를 끌어다 눕혔다. 앙탈을 부리기는 했지만 사내의 우악스런 힘을 감당하지는 못했다. 아직 어둠이 완전히 내리지는 않았지만 더 기다리지 못했다.

배가 수류(水流)에 넘실거렸다.

정청화는 이를 물었다.

몸속에서 추악하고 더러운 욕망이 꿈틀대고 있었다. 귀를 활활 태워버리고도 모자라 몸 전체로 뜨거운 열기를 뻗치게 하는 사내의 숨결… 정청화의 육체는 끊임없이 이어지는 능숙한 사내의 손길을 견디기에는 너무도 연약했다. 사군의 손길이 스쳐 갈 때마다 육신은 충격이라도 받은 듯 움찔거렸고 온몸으로 퍼져 가는 짜릿한 쾌감을 즐기기까지 했다.

'아……!'

사내가 아니라 자신의 몸뚱이와 싸워야 했다.

눈동자는 아스라이 초점을 잃었지만, 입술은 굳게 다문 묘한 표정. 사내의 양물이 비처를 지나던 어느 한순간 지독스런 쾌감이 전신으로 퍼져 나갔다.

"헉!"

빨간 입술이 벌어지며 짧은 신음성과 함께 죽은 듯 처져 있던 하얀 섬섬옥수가 사내의 등을 와락 안았다가 금방 다시 떨어졌다. 울고 싶었다. 사내의 귀를 즐겁게 할 교성만은 절대 내뱉지 않으리라 다짐했었는데… 마지막 자존심마저 형편없이 구겨지고 있었다. 그 쾌감은 배의 일렁거림에 따라 타듯 반복되고 있었다. 정청화는 이를 악물었다.

그들이 탄 배의 옆구리를 스치듯 지나는 다른 배가 밀어내는 물살의 여파로 배가 요동 쳤다. 수로를 밝히느라 그 배의 선수에 달려 있는 등불이 언뜻 창을 스치며 두 사람의 엉킨 몸뚱이를 드러냈다.

마침내 열기가 잦아들었다.

'왜?'

정청화는 또다시 절망했다.

벌거벗은 몸을 수습할 생각도 없었다. 더러운 육체는 아직도 식지 않고 여운을 즐기고 있었다.

"흑흑……."

그녀는 소리 죽여 나직이 흐느꼈다. 등불을 켜지 않았기에 다른 배가 지나가지 않을 때면 선실은 다시 어둠에 잠겼다.

'다 똑같아.'

사군은 말린 열매를 한입 베어 물었다. 상큼하고 달콤한 향이 코끝을 시원하게 해주었다. 순간적으로나마 등을 끌어안는 정청화의 손길을 느꼈고, 애써 흐느낌을 참고 참다가 마침내 입으로 새 나오는 짧은 신음성도 들었다. 자존심과의 싸움이었을 것이다. 차가워지고자 하는 이성과 뜨거워진 몸!

'흐흐흐…….'

묘한 승리감이었다.

'맞아!'

예향도 그렇게 되었을 것이다. 처음에는 그놈에게 강제로 당했고… 다음에는 익숙해졌을 것이다. 이제야 여자를 알 것 같았다. 미안했다. 사군은 열매를 더욱 세게 질겅거렸다. 이름도 모를 열매는 사군의 입 속에서 쉽게 부서져 찐득한 과육이 되어 단맛을 죽죽 뱉어냈다.

'다 달라.'

여체는 단물을 쭉쭉 뿜어내는 과육이다.

같은 나무에서 따서 말린 과일이지만 그 맛이 다 같지 않듯이 여체 또한 그러했다. 열매와 여자가 다른 점이 있다면 같은 대상을 끝없이 즐길 수 있다는 점이리라.

사군은 스르르 눈을 감았다. 열매의 액즙이 남기는 은근한 뒷맛을 한껏 음미하기 위해서였다.

'미쳤어!'

정청화는 감추어진 또 다른 자신이 있음을 알았다.

더러운 창부(娼婦)의 기질!

사내에게 안긴 몸은 어쩔 줄 몰라 하며 암내를 풍겼다. 자신을 능욕한 사내와 살결을 마주하고 있으니 이를 갈고 슬퍼해야 마땅했지만, 살이 맞닿을 때마다 느껴지는 짜릿한 쾌감은 차라리 충격이었다. 겁간을 당하고도 그걸 즐기는 몸뚱이라니…….

'그런 여자였던가.'

고고한 체 콧대를 높이고 뭇 사내들을 발 아래로 굽어보았는데, 고작 음적의 손길 하나 견디지 못하고 헉헉대는 육신이었다.

부끄럽고 분했다.

정청화는 죽은 듯 누워 그저 눈물만 줄줄 흘렸다. 상대가 아닌 자신에 대한 분노였다. 짓밟히는 꽃잎이 내뿜는 지독한 쾌감에 터져 나오려는 교성을 이를 악물고 참을 수 있었던 것이 그나마 작은 위안일 뿐이었다.

사군은 정청화의 선실에서 밤을 보냈다.

밤이 깊었는데 옷깃이 사락거리는 소리와 함께 여인의 발소리가 들렸다.

구석진 선실에 나는 소리로 보아 의녀가 복도로 나온 모양이다. 이 깊은 밤에 무슨 일인가. 귀를 기울였다. 어디론가 들어가는 소리가 나고 시원한 물줄기 소리도 들렸다. 볼일을 보고 있었다. 함부로 선실을 나서지 말라고 했으니 참고 있다가 한꺼번에 해결하는 모양이다.

"풋!"

사군은 기묘한 상상에 젖어 피식 웃음을 터뜨렸다.

'마음껏 비웃어라!'

마치 자신을 향한 것 같은 그 웃음에 정청화는 수치심으로 혀를 깨물고 죽고 싶었지만, 아무런 소리도 내지 못하고 그저 몸만 바들거리며 떨었다.

'영파에만 도착하면……'

아무것도 모르는 부모님에게 큰 낭패를 보게 할 수는 없었다.

사군의 손길은 쉬지 않았다.

욕망은 수시로 끓어올랐고… 그 대상은 정청화였다. 부드러운 손은 여체의 숨겨진 부분마저도 남김없이 찾아내 보듬었다. 밤을 밝히는 사내의 손길에 뜨거워진 여체는 더 이상 그 열기를 견디지 못했다.

"하아……!"

앙다물었던 빨간 입술이 살짝 벌어지며 더운 열기를 가득 품은 신음성을 흘려 내보냈다. 이까지 악물어가며 참으려고 했건만 자신도 모르게 밖으로 쏟아져 나오는 그 소리! 마침내 타오르는 육신은 이성을 눌러 분노도 부끄러움도 모두 잊게 했다.

'몰라!'

정청화는 포기했다.

이것이 음적을 대하는 내 몸인가! 채워지지 않고 끊임없이 뭔가를 갈구하는 이 열망의 정체는 대체 무언가. 의지는 죽은 듯 누워 있으라고 했지만… 어느 순간부터 모든 것을 잊고 몸을 내맡겼다. 쾌락에 젖은 여체는 꽃뱀처럼 비틀거리며 사내의 몸을 꼬았다.

"아학!"

마침내 어느 한순간 정청화의 등이 활처럼 휘어지며 사군의 불덩이를 힘차게 받아냈다.

'어멋!'

그 소리는 아침 식사 준비를 위해 선실을 지나던 의녀 취련의 귀에도 들렸다.

'쯧쯧, 돈 많은 것들이란!'

의녀는 얼굴이 화끈거리는 것을 느끼며 더욱 발소리를 죽였다. 자신이 돌봐야 할 환자가 둘이라더니… 하나는 병세가 특이한 모양이니 이죽거리지 않을 수 없었다.

세 척의 배는 좁은 수로를 한 줄로 서서 천천히 내려갔다.

사군은 말린 열매를 질겅거리는 것으로 아침을 맞았다.

"먹어."

말린 열매를 건넸다. 정청화가 한참을 잠자코 있었지만 그 손을 거두지 않았다. 내심 이번에는 받아먹으리라는 확신이 있었다. 기대는 어긋나지 않았다. 마침내 하얗고 조그만 손이 천천히 움직여 열매를 받았다. 순간 사군의 커다란 손이 가녀린 손을 감싸 안았다.

'어멋!'

부끄러웠다. 얼굴이 발갛게 달아오른 정청화는 짐짓 고개를 숙였다.

배는 어느덧 무석(無錫)을 지나고 있었다.

둘 사이에 대화가 없었긴 지도 반나절이 넘었다. 정청화는 열매를 받아 들고도 한참을 망설이다가 입 안에 넣었다. 향긋한 단내가 입 안에 가득했다.

"맛있어?"

입 안에서 우물거리는 것을 본 사군이 물었다. 열매는 조물거리는 빨간 입술에 잠겨 상큼하고 달콤한 육즙을 쏟아냈다.

정청화는 가볍게 고개를 끄덕여 주었다. 대답을 않고 버틴다는 것이 더 어색했다. 열매를 먹으니 한결 정신을 맑아지는 것 같았다.

"무슨… 열매지요?"

부끄러움을 담은 조그만 목소리.

"몰라. 그냥 산속에서 따다 말린 거야."

사군은 중얼거리듯 말했다.

연청아가 알면 뭐라고 할까? 나를 위해 넣어준 열매가 다른 여자의 입 안에서 녹고 있는 것을 본다면……. 답답했다.

아무리 쏟아내도 채워지지 않는 욕정!

사군은 창 쪽으로 걸어가 밖을 내다보았다. 다닥다닥 붙은 집들은 마치 긴 물줄기를 구경하기 위해 지어놓은 듯 수로를 따라 길게 이어져 있었다. 수로 반대 편을 스치듯 지나는 배가 있었다.

'응?'

은연중에 느껴지는 살기였다. 경각심이 일었다. 그러고 보니 한동안 장보도에 관한 일을 잊고 있었다.

"나를 쫓는가?"

사군은 나직이 중얼거렸다.

신경을 쓰기 시작하니 수로를 따라 배를 힐끔거리며 따라오는 일단의 무림인들도 보였는데, 움직임으로 보아 이 배를 주목하고 있는 것은 틀림없었다. 탁자 위에 놓아둔 검에 힐끔 눈길을 던졌다가 정청화를 보았다. 눈길이 마주쳤다. 그녀도 사군의 행동에서 눈을 떼지 않고 있었다. 약간의 생기가 돌기 시작하는 눈빛이었다.

가련했다.

뭐가 그리 궁금해. 나는 네 몸을 강제로 차지한 음적일 뿐이야. 나는 내 길을 가고 너는 네 길을 가면 그만이야. 내 눈앞에서만 죽지 않으면 돼. 그건 차마 내 양심이 허락하지 않거든. 목적지가 아직 멀었는데 벌써 그런 눈빛으로 바뀌다니… 대체 어쩔 셈이야. 날더러 책임이라도 져달라는 말이야? 그냥 편하게 살아. 저 강물처럼 떠밀리고 흘러서 가면 돼. 그러다가 죽는 거야.

"죄를 지었나요?"

정청화는 나직이 물었다. 조심스럽고 약간은 떨리는 목소리.

"응!"

이미 네게 죄를 지었잖아. 사군은 빙글 미소를 지어주었다.

비웃는 듯한 대답에 정청화는 약간 실망했다.

"강제로 여자를 취한 것이 몇 번째지요?"

'제발!'

나를 가진 사내가 음적만 아니라면… 마음속으로 애타게 빌었다.

"수도 없어."

몇 명째가 아니라 몇 번째냐고 물으면 할 말이 없다. 묘랑이나 유하는 몰라도 연청이라면 원하지 않았던 때에 사랑을 했던 적도 많이 있었다. 굳이 해명하고 싶지는 않았다. 실망에 젖은 정청화의 얼굴을 보고 싶기도 했다.

예상은 적중했다. 창백하게 질린 정청화를 보며 사군은 말을 이었다.

"뭘 바라는 거지? 난 채화음적(菜花淫賊)이야."

개 같은 인생. 그렇게 살아가리라며 스스로에게 던졌던 저주가 통하고 있었다. 침상으로 다가갔다.

화가 났다. 나를 따라다니는 저놈들은 대체 뭔가. 아마 저들 중에 숱한 자들은 목숨을 잃고 말 것이다. 소용돌이 근처에는 이런저런 이유로 와류에 휩쓸려 죽고 사는 자가 반드시 나오게 마련이다. 광휘당포의 보표들은 영문도 모르고 죽어갔고, 당포는 무덤이 되었다지. 생사판관 범우가 죽은 것도 그 때문이었다. 이제 또다시 불나방들이 모여들고 있었다.

그 화를 쏟아내고 싶었다.

'후훗! 연청아도 나처럼 이렇게 포위당해 쫓겨다니고 있을까?'

문득 그게 궁금해져 피식 웃음이 나왔다.

정청화는 겁에 질렸다.

실망스럽게도 사내는 채화음적일 뿐이었다. 그런 생각이 사내가 가까이 오는 것이 겁나게 만들었다. 일단 안기면 의지로 버틸 수 없다는 것을 알고 있기 때문이다. 절대 듣고 싶지 않은 자신의 교성이었다. 창부 같은!

그런데…

열매를 질겅거리는 소리가 묘하게 육체를 자극하고 있었다.

비참했다.

사군은 침대 바로 앞에서 휙 돌아서 선실을 나왔다.

문득 자신이 혐오스러워졌다. 구역질이 날 것 같았다.

"후우……."

정청화는 가늘고 긴 한숨을 내쉬었다.

긴장의 순간이 지나자 눈물이 찔끔 났다. 허전했다. 아직도 입 안에 조금 묻어 있는 과육 부스러기를 우물거렸다. 은은하게 남아 있는 잔향(殘香). 달콤하고 새콤한… 아니, 아련했던가…….

의녀가 어죽을 날라왔다.

어제는 사군이 정청화 몫을 직접 날랐지만 오늘은 아무 말이 없자 알아서 하는 모양이었다. 하긴 하루에 은자 한 냥씩을 추가로 준다고 했으니 그 정도는 해야 했다.

어죽은 수로를 지나며 만들어 먹을 수 있는 가장 손쉬운 음식이다. 우선 죽을 만들 재료를 쉽게 구할 수 있다는 것이고, 그만큼 배에 싣고 다녀야 할 식량의 무게도 줄어든다. 무엇보다도 어죽이 선호되는 점은 쌀을 넣고 볶다가 적당히 손을 본 생선들을 간단한 양념과 함께 끓이면 끝나는 빠른 조리 과정과 그런 간단함에도 불구하고 충분한 영양을 섭취할 수 있다는 이점이다.

'눈치 챈 모양이로군.'

의녀는 두 개의 죽 그릇을 탁자에 놓고 나오면서 복도에 서서 열매를 질겅거리는 사군을 보고는 묘한 웃음을 흘려보냈다. 비웃음을 연상시키는… 내심 추한 것들이라고 욕을 했을 것이다.

'괘씸한!'

사군의 눈이 돌아서는 의녀의 엉덩이를 쫓았다. 몸이 뜨거워졌다.

의녀는 자신이 먹을 죽 그릇을 들고 선실로 들어갔다. 시비는 아직까지도 식사를 할 형편도 되지 않는 모양이었다.

붉게 달아오른 눈이 번뜩였다. 발소리를 죽여 의녀의 선실 앞으로 간 사군은 문을 확 열어 젖히며 안으로 들어섰다.

텅!

막 죽을 퍼 입으로 가져가려던 의녀는 놀라 나무 수저를 바닥에 떨어뜨렸다. 바람처럼 다가간 사군은 의녀를 번쩍 안아 내던지듯 침상 위에 눕혔다. 손으로 여체의 탄력이 전해졌다.

'헉!'

갑작스런 봉변에 놀랐겠지만 의녀는 입도 벌리지 못했다. 어느 틈에 사군이 아혈을 짚어버렸기 때문이다. 사군은 발버둥질 치는 의녀를 난포하게 다루었다.

'여자를 강제로 취한 것이 몇 번째냐고? 수도 없어! 지금 또야!'

잠깐의 격렬했던 저항도 우악스러운 사내의 손길에 짓눌려 이내 힘을 잃었다.

"헉! 헉!"

눈에 핏발을 세운 사내의 규칙적인 율동이 이어졌다. 그 아래 고통을 이기지 못한 여인의 한스런 눈물이 있었다.

삐걱! 삐걱!

활짝 열린 선실문이 앞뒤로 조금씩 흔들리며 소리를 냈다.

이윽고 사군은 바지춤을 올렸다.

"사내가 처음이군. 배 안에서 있었던 일에 관해 후일 입을 열면 너도 망신이야! 나중에라도 좋지 않은 소문이 들리면 네 짓으로 알고 지옥 끝까지라도 쫓아 가주지."

취련이라고 했던가. 겁을 주는 것이다.

부끄러웠다. 이렇게 마음에 없는 소리라도 해두지 않으면 견딜 수 없을 것 같았다. 옷매무새를 가다듬은 사군은 그곳을 나섰다.

취련은 잡초처럼 질긴 생명력을 지닌 여자다. 이런 일을 당했다고 죽음이 어떻고 하는 머리 아프게 하는 일 따위는 벌이지 않을, 산다는 것이 얼마나 절절한 일인지를 아는. 절대 쉽게 생명을 포기하지는 않을 것이다.

'흐읍!'

또 구역질이 나려고 했다. 사군은 한동안 호흡을 골랐다.

'문을 걸어 잠갔어야 했어!'

취련의 순진한 생각이었다. 벌거벗은 채 침상에 누워 있는 그녀는 몸을 가릴 생각도 않고 그저 소리없는 눈물만 흘릴 뿐이었다. 하루에 은 한 냥이라는 엄청난 액수만 아니었다면 절대 배에 오르지 않았을 터였다. 지금 당한 일을 이해할 수 없었다. 십여 명이나 타고 있는 배에서… 게다가 옆방에는 자신의 손길을 필요로 하는 환자가 누워 있었다. 그 환자도 침상이 흔들리는 소리를 들었을 것이다.

눈을 꼭 감았다.

어떻게 해야 하나… 그저 눈물만 나왔다.

선실 안의 정청화는 죽 그릇을 앞에 두고 사군을 기다리고 있었다. 식사를 차려놓고 낭군을 기다리는 새색시를 떠올리게 하는 광경이었다. 아직도 김이 모락거렸다. 자리에 앉은 사군이 수저를 들자 정청화도 식사를 시작했다.

"후루룩!"

"후룩!"

두 사람은 어죽을 맛있게 먹었다.

정청화는 방금 전 무슨 일이 벌어졌는지 알지 못했다. 설마 사군이 그사이에 의녀를 건드렸으리라고는 꿈에도 생각지 못했다.

'내가 미쳤나……'

그럴 것이다. 스스로가 싫어졌다. 이 순간에도 식사를 하는 하얀 팔목이 눈을 자극해 오고 있었다.

미친놈! 문득 저 여자는 무슨 생각을 하고 있을까 궁금했다. 겁간을 당하고도 어느덧 몸에 익어 저렇듯 태연히 식사를 할 수 있는 여자.

마치 아무 일도 없었다는 듯 식사를 하는 정청화의 움직임은 너무도 자연스러웠다. 벌떡 일어난 사군은 정청화를 번쩍 안아 침상 위에 눕혔다. 돌연한 행동에 놀랐지만 반항하지는 않았다. 마치 갓 결혼한 부부인 양… 늘 있는 일이었다.

'그래, 날 그런 놈으로 봐도 좋아!'

후회는 할지라도 참을 수는 없다! 매끈한 죽이 묻어 있는 빨간 입술이 사군의 남성을 더욱 강렬하게 자극했다. 혀를 내밀어 조심스레 죽을 핥았다. 달콤했다. 이내 더운 숨결이 느껴졌다.

"아학!"

어느덧 사소한 자극에도 민감하게 반응하는 여체였다.

'그래! 난 미쳤어!'

눈이 더욱 붉게 타올랐다.

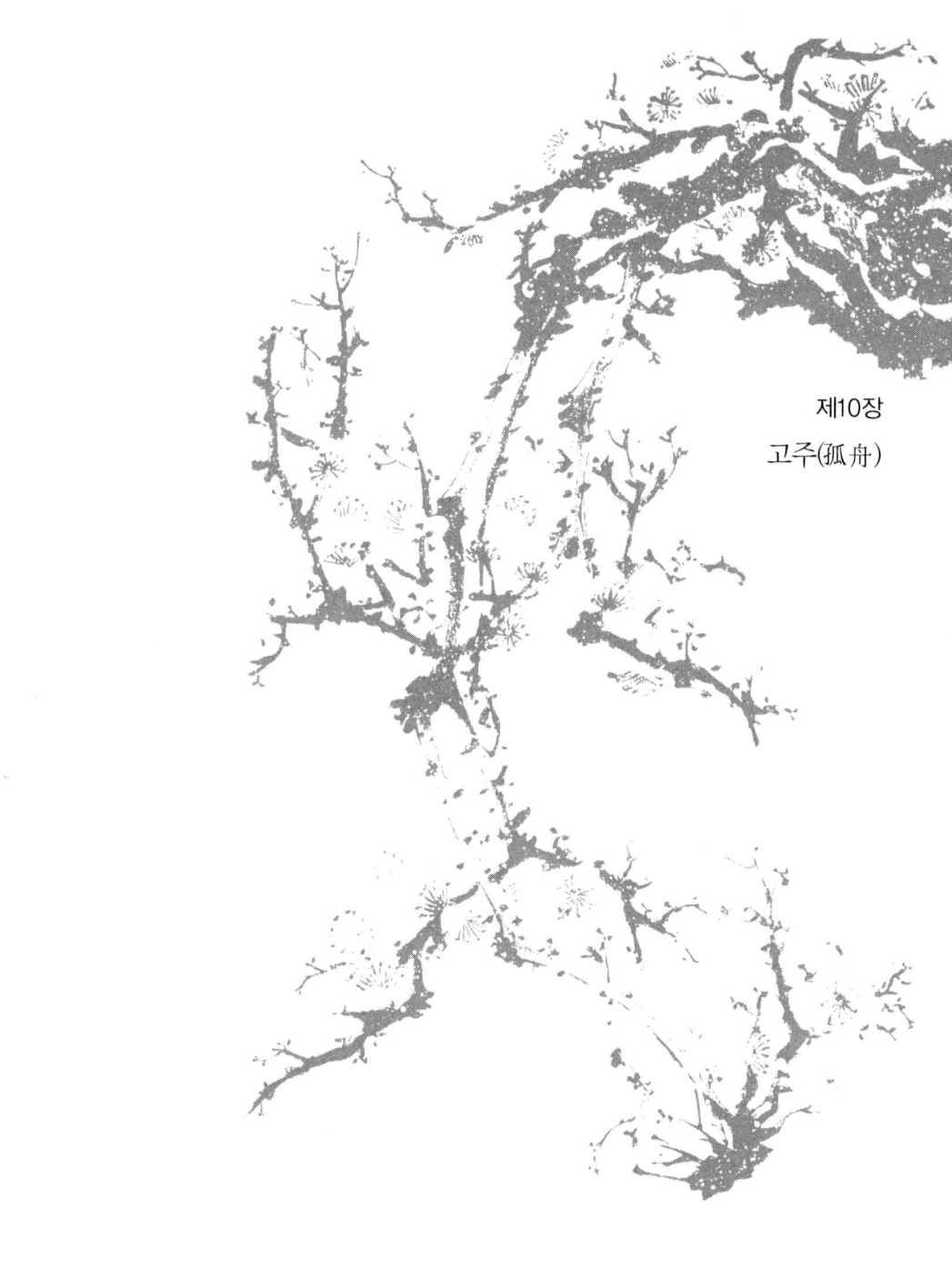

제10장

고주(孤舟)

"**손**님이 찾아오셨습니다."

선부 하나가 선실로 와서 조심스럽게 말을 전했다. 수적들을 물리쳐 주었고, 그 와중에 사군의 무공을 견식했기에 아직도 선부들 사이에서는 대협사로 존경받고 있었다. 그들은 선실에서 일어나고 있는 일을 전혀 알지 못했다.

그릇을 막 비운 사군은 갑판으로 나갔다.

소선 한 척이 배에 바싹 다가와 있었는데 사공이 둘이었고 갑판 위에는 등에 검을 멘 중년인이 서 있었다.

"온 대협!"

방문자의 얼굴을 알아본 사군은 자신도 모르게 경악성을 내뱉었다. 그제야 문득 잊지 말고 쾌각을 찾아달라던 그의 말이 기억났다.

"올라가도 되겠습니까?"

온세명이 정중하게 말했다.

사군이 고개를 끄덕이자 그는 가볍게 갑판을 박차고 배 위로 날아올랐다. 가볍게 포권하며 인사를 하자 온세명은 기겁하듯 놀라며 황급히 마주 포권을 했다.

사군은 그를 선실로 안내했다. 수적들을 물리친 후 정청화가 맨 처음 그를 안내했던 선실이다.

"게 있소!"

사군은 선실 안쪽을 향해 크게 소리쳤다.

누구를 부르고 있는지 스스로도 알지 못한 채 엉겁결에 부른 것이다. 그런데 그 소리에 정청화는 물론 의녀까지 황급히 방을 나섰다. 복도 끝 쪽에 선실이 있던 의녀는 종종걸음으로 앞서 가는 정청화를 발견하고는 황급히 자신의 방으로 돌아갔다.

"내 손님이니 차 한잔 부탁드립니다."

사군은 정청화의 눈을 주시하며 말했다.

흠칫하던 그녀는 온세정에게 흘낏 눈길을 주더니 가볍게 고개를 숙이고 물러갔다. 얼핏 입술이 가늘게 떨리는 것이 보였다.

잠시 침묵이 있었다.

뭔가 중대한 말이 나올 것 같은 예감. 찻잔이 날라져 탁자 위에 김을 피워 올릴 때까지 온세정은 말이 없었다. 이윽고 정청화가 물러가고 둘이 남았다.

"사군 소협이시오?"

역용을 했기에 확인을 하려는 것이다. 사군은 가볍게 고개를 끄덕여 주었다. 최소한 적은 아니라는 동물적인 느낌은 있었다.

털썩!

별안간 온세정은 자리에서 내려와 무릎을 꿇었다.

"상무문(商武門) 호법 온세명, 주공을 뵙습니다."

"헛!"

사군은 자리에서 벌떡 일어났다.

주공이라니! 자신이 상무문의 주인이라는 말이 아닌가! 잘못 알고 이러는 것이겠지. 광휘당포의 보표 생활을 했던 시절 진면목을 보았으니 역용 때문은 아닐 것이다. 혹시 내가 누구를 닮아서 그러는 것은 아닌가. 별 생각이 다 들었다.

온세정은 말을 이었다.

"총사의 지휘 아래 그동안 주공을 찾아 수년을 헤맸습니다. 서씨촌에 잘 계신 줄로만 알고 방을 재건하느라 온 힘을 기울였는데… 그만 주공의 행방을 놓친 것입니다."

서씨촌!

그건 맞는데… 난데없이 무슨 말인가? 누가 나를 애타게 찾았다는 말인가? 생모도 버린 난데… 총사는 또 누구인가?

문득 큰 상인이셨던 아버지를 떠올렸다. 혹시 아버님의 수하들인가! 그런 생각이 들자 흥분에 심장이 격렬하게 둥둥거렸다.

"이, 일단 자리에 앉으셔서 말씀을 하십시오."

"말씀을 낮추십시오."

온세정은 몸을 일으킬 생각을 하지 않았다.

"뭐가 뭔지 알아야 할 것이 아닙니까."

사군은 온세정의 손을 잡아 억지로 일으켜 자리에 앉히며 말을 이었다.

"대체 제가 왜 주공이라는 것입니까?"

"상무문은 부양현에 있던 문파로 오래전에 멸문당했습니다. 그동안 절치부심하여 문파를 재건하려고 했지만 주공을 찾지 못해 다시 문을 열지 못하고 있었습니다."

"상무문?"

온세정은 상무문에 대해 자세히 설명해 주었다.

상무문은 그 이름에서도 알 수 있듯이 대부분의 문도들이 상업에 종사하는 특이한 문파였다. 그들은 전당강과 그 지류를 오가는 상인들의 물건을 지켜주고 날라주었는데, 상무문 사람들을 통하지 않고는 전당강에서 내지(內地)로 들어가는, 혹은 내지에서 전당강을 통해 바다로 나오는 화물은 생각할 수도 없었다.

일견 표국(鏢局)이라 불러도 조금도 이상할 것이 없을 상무문이 무림문파로 불리기를 원했던 것은 그들 나름대로의 탄탄한 무공을 배우고 익히기 때문이었다. 대단할 것도 없고 그저 그런 평범한 문파였기에 정작 무림에서는 크게 신경 쓰지도 않았지만, 나름대로 강호무림의 일원이라는 자부심을 가지고 살았었다.

절강 일대에서의 상무문은 절대 평범하지 않았다.

일대를 통틀어 그들을 쉽게 생각하는 사람은 아무도 없었다. 설사 강호의 무림인들이라 해도 마찬가지였다. 겉으로는 뿌리 없는 문파라 하여 깔보고 멸시했지만, 기실 그 이면에는 건드려서 득 볼 것이 없기에 차라리 상대하지 않겠다는 마음이 있는지도 몰랐다. 어쨌거나 상무문은 특별했다.

남다른 점은 강호 여타 문파처럼 상인들의 뒤를 봐주고 후원을 받았다거나, 돈이 되는 사건에 개입해 이득을 챙겨 꾸려 나가지 않았고, 그저 그들만의 방식으로 문파를 유지해 나갈 뿐이었다.

무림에서 그런 방파를 꼽으라면 암기나 해독약을 팔아 은자를 버는 사천(四川)의 당문(唐門) 정도가 전부였다. 절강에서의 상무문은 인근 군소 상인들의 시름을 덜어주는 발이요, 마차요, 보표요, 배였다. 상무문 사람들이 지켜주고 날라주지 않았다면 상인들의 물건을 노리는 숱한 녹림도나 수적들을 막아줄 사람은 없었다. 자신들의 물건을 안전하게 날라주는 상무문 사람들이었기에 인근 상인들은 진심으로 고마워했었다. 당시 상무문의 영역은 항주와 소흥, 영파 등을 포함할 정도로 넓었고, 방도(幇徒)는 수천을 헤아렸다.

요즘 들어 전당강 일대에서 활개를 치는 백일귀들은 상무문이 멸문당한 이후에 생겨난 수적들인 것이다. 그들 중에 상무문 출신도 더러 있었다.

온세정은 말을 멈추었다.

이슬 방울 하나 맺힐 것 같지 않던 그의 눈에서 눈물이 흐르고 있었다. 잠시 감정을 조절하기를 기다리던 사군이 물었다.

"무엇 때문에 멸문을 당했습니까?"

"전임 방주님의 유언을 듣지 않았기 때문입니다. 그분께서는 우리 영역을 부양현 일대에서 동해에 이르는 수로만으로 축소해야 살아남을 수 있다고 하셨습니다. 그런데 그 말을 절반만 따른 것이 화근이었습니다. 소주(蘇州)며 가흥(嘉興) 일대는 쉽게 포기했지만, 영파며 소흥 일대를 포기하지 않은 것이 화근이 되었습니다. 상무문에 편입되었던 월왕회와 소주 지역, 그리고 부춘강(富春江) 무리들이 민상(閩商)과 남경의 화염회 등과 손을 잡고 쳐들어왔었습니다. 아직도 조사가 진행 중이지만 누군가 그들의 배후에서 움직인 것이 분명하다고 보고 있습니다. 개별적으로 붙는다면 누구라도 해볼 만은 했습니다만 떼로 덤비니 상대가 될 수 없었지요. 당시 문칠 방주님도 비명횡사하셨고, 죄없는 방도들 수백 명이 목숨을 잃었습니다."

사군은 그제야 상무문이라는 문파에 대해 대충이나마 이해했다. 하지만 자신에게 비밀이랄 수 있는 그런 말을 하는 것이 더욱 궁금하기만 했다.

"그런데 그게 제가 주공인 이유와 무슨 관계가 있다는 말이지요? 저는 문씨가 아닌데요."

"문칠 어른은 후사가 없으셨습니다. 사실 그보다는 상무문의 전신(前身)인 걸개방의 초대 방주님이 바로 주공의 생모 되시는 분입니다. 하지만 바깥 분의 죽음을 건디지 못하시고 스스로 자진을 하셨기에……."

빠사삭!

막 들리려던 찻잔이 손아귀 안에서 부스러지고 찻물이 주르르 탁자 아래로 흘러내렸다.

사군은 자리에서 벌떡 일어섰다.

문득 고노의 초막에서 읽었던 편지를 기억했다.

용서를 바랄 수도 없겠지요…….

가슴에 커다란 철침(鐵針)처럼 박혀 있는, 절대 잊을 수 없는 자식을 버린 모진 어머니의 편지!

"나가시오!"

온세정은 사군의 고함 소리에 놀라 자리에서 벌떡 일어났다.

"썩 꺼지시오! 다시는 내 앞에 모습을 드러내지 마시오! 상무문인지 농무문인지는 내 알 바 아니오! 난 어머니가 없소! 설사 내게 어머니가 있을지라도, 적어도 그 여자는 아니오!"

"주공!"

분노의 일성에 온세정은 철퍽 그 자리에 무릎을 꿇었다.

"닥치시오! 내가 어찌 당신의 주공이라는 말이오! 당신들과 나는 아무런 관계가 없소. 앞으로 만나더라도 마찬가지요!"

"주공께서는 상무문의 마지막 희망이십니다!"

"그건 당신들의 문제요! 당장 이 배에서 나가지 않는다면 이 검이 용서치 않을 것이오!"

창!

검광이 번뜩였다.

온세정은 자신의 목줄기에 갖다 댄 검날에 몸을 움직이지 못했다. 아니, 움직이지 않았다. 설사 죽음을 내린다고 하더라도 주공의 검을 피할 수는 없다.

"나가시오! 입으로는 주공, 주공 하면서 말은 듣지 않으시는구려!"

온세정의 어깨가 움찔했다. 잠시 잠자코 있던 사군을 향해 절을 하고는 몸을 일으켰다.

"오늘은 이만 물러가겠습니다."

"다시 보고 싶지도 않소. 분명히 말하지만 내겐 어머니가 없소!"

온세정은 아무런 대꾸도 하지 않고 묵묵히 듣기만 하다가 자리를 떴다. 사군이 이토록 화를 내는 이유를 짐작할 수 있을 것 같기도 했다. 그렇다면… 시간이 필요했다.

"흥!"

온세정이 떠나자 코웃음 소리와 함께 사군의 검이 번뜩였다.

파파팟!

선실 탁자가 나뭇조각이 되어 툭툭거리며 바닥으로 떨어졌다.

바깥에서 숨을 죽이고 두 사람의 대화를 엿듣고 있던 정청화는 사군의 반응이 신경질적인 것을 알고는 얼른 물러났다.

'맞아. 원래는 그리 나쁜 사람이 아니었어!'

정청화는 사군의 고함 소리에 방을 나와 두 사람이 있는 곳 가까이 왔다가 오가는 말들을 빼지 않고 들을 수 있었다. 사실 그 이전부터 대화 내용을 모두 듣기는 했다. 두 사람이 주변을 별로 의식하지 않는 일상적인 말투였기에 오가는 대화는 보타 신니의 제자인 정청화의 귀를 피하지 못했다.

주공이라니! 예사 신분이 아니라는 말이다. 게다가 어머니를 인정하지 않겠다는 말로 보아 어릴 때 무척이나 힘들었던 사연이 있었던 것이다.

'그랬을 거야!'

가슴에 쌓인 한을 풀어내지 못해 여자를 범하는⋯ 그게 아니라며 자신의 미모에 돌연 색심이 동해 일을 벌였는지도 몰랐다.

'이름이 사군이랬어!'

기대감이 일었다. 정청화는 그 이름을 마음 깊이 각인시켰다. 자신의 처녀를 가져간 남자가 색마가 아니었기를 간절히 빌고 싶었는데⋯ 그저 악몽이었기를 빌었는데⋯ 어쩌면 그 꿈이 이루어질지도 몰랐다.

정청화는 두근거리는 가슴을 진정시켜 가며 얼른 자신의 선실로 돌아갔다. 침상에 앉아 두 사람이 나눈 대화를 곰곰이 곱씹어보던 그녀는 문득 사군의 목소리가 매우 젊게 들렸음을 기억했다.

덜컹!

갑자기 사군이 문을 열고 안으로 들어섰다. 무척이나 굳은 표정이었다.

콰!

"악!"

요란하게 문을 닫은 그는 말린 열매를 질겅거리며 침상에 걸터앉은 정청화에게 다가가 침상에 쓰러뜨리고는 거칠게 옷을 벗겨갔다. 무섭게 군은 얼굴!

'내게 분노를 쏟아내는 거야!'

정청화는 죽은 듯 누워 눈을 감고 사군에게 몸을 내맡겼다.

이 사내라면, 어차피 더 감출 것도 남아 있지 않다. 한 쌍의 팽팽한 수밀도가 드러나자 사내는 그 사이에 얼굴을 파묻고 정신없이 빨아 삼키려고 했다. 징그러운 느낌도 간지러움도 아닌 격동을 감추지 못해 내뱉는 뜨거운 숨결이 느껴졌다. 작고 부드러운 손이 사내의 머리를 가만히 쓰다듬었다.

마음이 통했음인가. 사내의 몸짓이 한결 부드러워졌다. 여체를 사르르 녹여 버릴 듯한 은밀함.

"으음……."

정청화는 가만히 상대를 끌어안았다.

가슴이 촉촉이 적셔지는 느낌이 있는 것으로 보아 울고 있는 모양이다. 잠시나마 스스로에 대한 한탄보다 사내에 대한 연민이 가슴을 저미게 했다. 사내의 움직임이 더욱 부드러워지자 여체는 급속도로 달구어져 갔다.

"흐응!"

가녀린 손이 사군의 등을 더욱 부드럽게 쓰다듬었다. 가슴이 폭발할 것처럼 뜨거워졌다. 여러 차례 관계를 가졌지만 처음 느끼는 감정이었다. 그 기분에 마음껏 몸을 내맡겼다.

선실은 이내 활활 타올랐다.

"아흑!"

어느 순간 짙은 교성과 함께 쭉 뻗은 여인의 두 다리가 한껏 허공으로 솟구치더니 사내의 허리를 억세게 조여갔다.

"아악! 아악……!"

쾌락의 절정은 끝없는 파문처럼 밀려오는 아득함을 참지 못하고 마구 쏟아져 나오는 여체의 아우성이었다.

뚜벅! 뚜벅!

사군은 복도에서 들려오는 발자국 소리에 화들짝 놀라 신경을 날카롭게 곤두세웠다.

선부 한 명이 와 있었다.

"손님이 오셨습니다."

"아까 그자요?"

"아닙니다. 아가씨와 노파입니다."

또 누군가. 사군의 표정에서 잠시나마 갈등이 일었다.

"안으로 모셔주시겠소?"

사군은 빈 선실 중 하나를 정해 자리를 만들었다. 방금 전 접견실은 그의 검에 의해 흉물스럽게 되었기 때문이다. 안으로 들어서는 면사 여인과 노파를 보는 순간 그는 천장애에서의 일을 떠올렸다.

'대체 역용을 어떻게 해준 거야!'

사군은 내심 연청아를 향해 불평을 터뜨렸다.

온세정이 자신을 알아보고 찾아왔듯이 저들도 이미 자신을 알고 오는 것이리라. 하기는 수로 옆을 오가는 한 떼의 무림인들도 있는 판국이니…….

"구면인 것 같구려!"

복도로 나온 사군은 그들을 보며 달갑지 않은 표정으로 말했다.

"맞아요. 초면은 아니지요. 그때 사정을 두신 것을 잊지 않고 있어요."

사군은 소매 춤에서 말린 열매를 꺼냈다. 서로 칼을 겨눈 사이니 예의를 차릴 필요도 없다고 생각했기 때문이다. 소매 춤에서 나온 열매를 보는 순간 제갈옥의 면사가 잠깐 흠칫했다.

사군은 여유있는 표정을 취하며 열매를 입 안에 톡 털어 넣었다.

"배가 제법 큰 것 같은데 우리가 앉을 곳은 없는 모양이군요."

"흐흐, 실례했소이다."

사군은 두 사람을 선실 안으로 들어가게 했다.

"게 있느냐?"

말투조차도 비틀린 마음만큼이나 바뀌어 있었다.

사군의 고함에 정청화가 달려왔다. 어느새 옷매무새를 바로 하고 있었다. 두 여인을 본 그녀는 이내 차를 준비해 가져다 주고는 물러갔다.

"저 소저는?"

"정청화 소저요."

"놀랍군요, 정 소저가 찻잔이나 나르고 있다니."

"그럼 내가 날라다 주기를 바랐소?"

심사가 잔뜩 꼬여 있는 말투였다.

"드릴 말씀이 있어요."

제갈옥은 하얀 손으로 찻잔을 만지작거렸다. 마지막 선택을 강요할 시점이다. 적어도 대명 황제의 백성이라면 내 제의를 거절하지는 않으리라. 그렇게 믿고 말하자.

사군이 고개를 끄덕이자 제갈옥은 용기를 냈다.

"아주 중요한 얘기이고 부탁이에요."

말을 꺼내기 쉽지 않음인지 손가락으로 찻잔을 감싸 따스한 온기를 찾았다. 사군은 쭉 뻗은 고운 손가락을 뚫어지게 쏘아보았다. 사내의 색심이 그대로 드러나는 도발적인 눈빛이다.

"부탁이라… 내가 반드시 들어줘야만 할 이유가 있소?"

"그렇지는 않기에 부탁이라고 말씀드리는 거예요."

면사가 흔들렸다. 사군의 눈길! 찻잔을 감싼 손가락이 숨을 곳을 찾지 못해 부지런히 움직였다.

"꿀꺽!"

사군은 과육을 삼키며 입 안을 싸고도는 달콤한 잔향을 즐겼다.

저 면사 속 얼굴은 어떨까. 무슨 이유로 얼굴을 가리고 있는 궁금하군. 덧씌웠다고 뭐가 달라진다고.

"특별한 것을 들고 계시는군요. 혹시 백부과 열매가 아닌지요?"

제갈옥은 잠시 화제를 돌렸다. 상대의 반응이 탐탁지 않은 까닭이다.

"나도 이름은 알지 못하오, 그저 맛있는 열매라는 것밖에."

"백부과 나무는 거무튀튀하고 꽃은 붉으며 꽃술이 희지요."

"맞는 것 같소."

제갈옥의 머리가 바쁘게 돌았다. 아직까지 적당한 말을 찾지 못했기에 이번에는 긴 호흡을 골라야 했다. 첫 단추가 중요하다. 무슨 말로 설득을 할 것인가.

대화가 끊기자 사군이 먼저 입을 열었다.

"지금 하려는 부탁은 당신에게 매우 중요한 것이오?"

하얀 면사가 흔들렸다. 거래를 하자는 것인가? 들어줄 수 있는 거라면…

"맞아요. 제게도, 저희 가문에도 매우 중요해요. 그리고 천하 백성들에게도."

언성이 약간 올라갔다.

"내게도 중요한 것이오?"

반대로 사군의 음성은 한층 낮고 건조해졌다.

"어쩌면."

"확신하지는 마시오. 남들만큼 대접을 받고 자란 놈이 아니니 생각도 다를 수 있는 것이오."

또 하나의 백부과 열매가 소매에서 나와 사군의 입속으로 들어갔다.

"많이 먹으면 주체하기 힘들답니다. 결국 몸을 상하게 되지요."

뭘 주체하기 힘들다는 말인가. 사군은 의아해하는 기색을 띠었다.

"나중에 기회가 있다면 의원에게 물어보면 잘 아실 거예요."

처녀 입으로 '그 열매는 정력제이니 과용하면 몸에 무리가 간다'고 말해 줄 수는 없는 노릇이다.

"흥! 그 부탁이란 것이나 말해 보시오."

사군의 콧방귀에 곁에 있던 천장파파의 얼굴에 노기가 서렸다. 감히! 하지만 그 반응은 누구의 주목도 받지 못했다.

"청군이 남하를 계속하고 있다는 말은 들으셨는지요?"

"그래서 나더러 그들과 싸우라는 말이오?"

"비슷한 말이에요."

사군의 입가에 미소가 감돌았다.

'턱없는 소리!'

황제가 언제 내게 쌀 한 톨 준 적이 있었나. 나물 죽 끓여 먹을 때 잡곡 한 됫박이라도 보내준 적이 있었던가. 그래서 농민들이 일어난 것이 아닌가. 없는 사람들이 주린 배를 손으로 움켜쥐고 버티는 동안 돈 많은 것들은 비단으로 비곗살을 둘렀다. 황제를 위해 나가 싸우려면 그들이 나서야지.

사군의 비릿한 미소에 흰 면사가 가늘게 떨었다.

잠시 침묵이 흘렀다.

'설득해야 해.'

찻잔을 만지작거리던 손이 스르르 탁자로 내려왔다. 사군의 눈도 그 손을 따라 내려갔다. 저 손가락으로 등이 조여지는 짜릿한 그 감촉을 느끼고 싶었다. 미치도록 물컹한 젖가슴의 탄력도 함께.

"제가 제갈세가 사람이라는 것을 아시겠지요. 만약 상공께서 이 일에 협조를 하신다면 제갈세가의 모든 것을 걸고 황제께서 상공께 왕위(王位)를 수여하도록 노력을 하겠습니다."

제갈옥이 말하는 것은 남경 조정의 황제다.

홍광제는 서안에서 이자성군에 의해 죽은 복왕의 아들 복왕으로, 아비와 아들의 이름이 같은데, 굳이 명 황실의 계보로 따지자면 만력제의 손자다. 협조라고밖에 말할 수 없는 것은 남경 조정이 간신들과 환관들에 의해 휘둘리고 있어 뜻을 품고 모여들었던 충의지사마저 그곳을 떠나는 형편이기 때문이었다.

말소리에 열기가 실렸다. 이미 여자로서의 삶을 포기한 그녀였기에 이번 일에 모든 심혈을 기울였다. 나라를 구하고 황실을 구한다는 생각이었다.

제갈옥의 뜨거운 숨결은 사군에게도 전해졌다. 하지만 그 의미는 달랐다.

소매에서 또 하나의 백부과 열매가 나와 입 안으로 들어갔다.

"질경질경……."

천장파파가 노구를 부들거리며 벌떡 일어나려 했지만 제갈옥의 고갯짓에 더운 콧김만 내뿜었다. 분에 겨웠는지 연신 엉덩이만 들썩거렸다.

"두 사람… 만 남아서 대화를 계속합시다. 어째 저 노인네는 영 마음에 들지 않는구려."

"이런 무례한 놈!"

마침내 참지 못한 천장파파가 자리를 박차고 일어섰건만,

"닥치세요! 자꾸 방해를 하시려거든 파파께서는 나가 계세요!"

제갈옥이 발끈하자 천장파파는 벌게진 얼굴임에도 그대로 자리에 주저앉았다. 지켜보는 면사가 요동을 쳤다.

사군의 심기를 건드리기 위해 온 자리가 아니다. 쓸모없는 체면치레를 하기 위해 온 것이 아니라 나라를 구할 방도를 찾고자 함이다. 나이가 아직 어린 상대의 심기를 건드려서 좋을 일은 없다. 대세가 아니라 감정에 휩쓸리기 쉬운 나이다.

그렇게 치부하며 애써 참고 있었는데… 제갈옥은 천장파파의 철없음에 눈물까지 날 지경이었다. 얼마나 힘들게 추진하고 있는 일인데.

"어서요!"

처음에는 그냥 하는 말로 알다가 뒤이은 재촉에 결코 농담이 아니라는 것을 안 천장파파의 안색이 일변했다.

"안 됩니다. 이런 위험한 곳에 아가씨를 홀로 남겨둘 수는 없습니다."

"명령이에욧!"

집안 싸움임에도 한기가 넘쳐 났다.

"질겅, 질겅!"

사군은 느긋한 표정으로 노소의 두 여인이 말싸움하는 것을 지켜보았다. 제갈옥이 화를 낼 때마다 스치듯 하얀 면사 아래로 나타나는 하얀 목줄기 위의 핏줄이 몸을 자극하고 있었다.

"꿀꺽!"

사군이 달콤한 과육을 목구멍을 타고 넘는 순간을 즐기고 있을 때 마침내 제갈옥을 이기지 못한 천장파파가 자리에서 일어났다.

"흥!"

그녀는 아가씨의 안위에 이상이 생기면 절대 용서하지 않겠다는 듯한 눈초리로 사군을 노려보고는 선실을 나갔다. 문은 반쯤 열어둔 채였다.

'후후후⋯⋯.'

사군은 소매 춤에서 다시 백부과 열매를 꺼내 입에 넣었다. 보퉁이에서 꺼내 수시로 채워두는 열매였다. 우습게도, 자꾸 줄어가는 양에 은근히 불안감까지 느끼고 있었다.

제갈옥이 타고 왔던 소선으로 짐작되는 배에서 삐걱대는 소리가 들려왔다.

"두렵지 않소?"

"무엇이 두렵다는 것이지요?"

돌연 사군이 손을 쑥 내밀어 제갈옥의 면사를 걷어 올렸다. 피하기에는 손이 너무 빨랐다. 얼굴 전체의 삼 분지 일가량을 덮고 있는 짙은 회색의 반점이 드러났다.

제갈옥의 안색이 창백하게 변했다.

철이 든 이래로 단 한 번도 남에게 드러낸 적이 없었던 얼굴이다. 표정은 이내 사나운 고양이의 그것으로 변했다. 다음 순간 봉미(鳳尾)가 하늘로 치솟았다. 입술을 들썩거려 철부지에게 신랄한 욕설을 퍼부어 주려던 제갈옥은 잠깐 멈칫했다.

이게 아니야. 이까짓 얼굴 한 번쯤 보여주는 것이 무슨 대수라고… 대사를 눈앞에 두고 있는데, 내 어깨에 중원 천하의 앞날이 달려 있는데 이런 철부지를 두고 무슨!

목을 가다듬었다.

"무례하시군요."

의외라 할 수 있을 침착한 어조. 이번에는 사군이 흠칫했다.

'허세야!'

사군은 빙글 웃었다.

"제 얼굴이 우습나 보죠?"

"아니. 치부를 드러내고도 애써 담담한 표정을 짓는 것이 우습소."

제갈옥은 상대의 얼굴을 똑바로 바라보았다. 흑오석(黑烏石)같이 새까만 눈동자 주변으로 은은한 분홍색이 어려 있는 것이 보였다.

어디가 아픈가. 이 사내! 쉬운 일이라고 생각지는 않았지만… 스무 살도 되지 않았을 터인데 능글맞기는 사십 줄의 사내를 상대하는 것보다 더하다.

이상했다. 분명 그때는 순진함이 잔뜩 배어나는 얼굴이었는데… 어디서 이렇게 때가 묻어왔는가. 연청아인가? 그녀라면 그럴 수도 있을지 모른다. 제갈옥은 사군이 아직도 그 얼굴인지 확인해 보고 싶었다.

"제 진면목을 보았으니 당신의 차례로군요."

"미안하지만 난 역용을 지우는 약을 가지고 있지 않소."

빙글거리는 그를 잠시 지켜보던 제갈옥은 품속에서 자기 약병을 꺼내 찻잔에 조금 털어 넣었다. 식은 찻물 위로 하얀 가루가 퍼져 나갔다.

"이걸 바르세요."

탁자 위로 찻잔을 밀어오는 소매 속에서 뽀얀 살결이 살짝 드러났다.

'못할 것도 없지.'

사군은 아무 말 없이 수건에 찻물을 찍어 얼굴을 문질렀다.

그러지 않아도 싫증이 나는 더러운 얼굴!

더욱 세게 문질렀다. 어느 틈에 제갈옥은 작은 동경을 꺼내 사군 앞으로 밀어놓고 있었다.

"양주로 가주세요."

"왜 그리 가라는 것이오?"

"청군이 밀려오고 있어요. 장강의 길목인 양주를 지키는 일에 무림인들의 도움이 필요해요. 당신의 움직임에 따라 일당백을 하는 무림인들이 수천은 몰려들 터이니 청군을 막아낼 수 있어요."

"장보도는 내게 없소."

"그건 상관없어요. 사실이 중요한 것은 아니에요. 모두들 그렇게 믿고 있다는 것이 중요하지요."

"믿고 안 믿고는 그들의 문제니 내가 상관할 바는 아니지만, 황제를 위해 내 목숨을 버릴 생각도 없소. 나보다 몇 배는 똑똑한 오삼계 장군도 청군에 붙어 동족을 죽이고 있지 않소. 당신이 막으려는 오랑캐에 의해 평서왕(平西王)으로 임명되었다지."

짙은 눈썹이 꿈틀거렸다.

반군의 선두에 서서 칼을 빼 들고 절규하는 강오웅의 처절한 몸짓이 떠올랐다. 처음에는 죄를 짓는 기분이었다. 하지만 여기저기에서 자신의 고통을 토해내는 이웃들의 아픔을 듣는 순간 불 같은 정열이 끓어올라 같이 미쳐 버렸었다.

"오랑캐예요."

"백성들을 잘 먹고 입히면 그것이 누구든 상관없소. 청국 황제의 연호가 순치(順治)인 것으로 보아, 하늘의 명(命)을 받아 나라와 백성을 잘 다스릴 마음이 있기는 한 것 같소."

여전히 빙글거리는 이죽거림이었다.

"당신은 대명 황제의 백성이 아니군요!"

약이 바짝 오른 목소리. 사군은 서서히 흥분이 일었다.

"나는 나요. 나대로 편히 살고픈."

씨익 웃었다.

지금 한낱 촌 무지렁이를 앞에 두고 대체 무슨 말을 하고 싶은 건가. 정신이 나가지 않았는가. 그런 말은 그동안 황제 덕분에 호의호식을 해온 부자들을 모아놓고 하는 것이 격에 맞지 않는가. 그동안 긁었는데 이제 모가지까지 내걸라고? 멍청이!

예향이 사랑했던 그 웃음.

제갈옥은 면사를 내렸다. 어린 상대에게 가슴이 진탕되는 느낌을 들키고 싶지 않았기 때문이다.

"그러기에 부탁을 드린다고 했어요."

"부탁은 싫지만 거래라면 모르겠소. 당신이 내게 만족할 만한 조건을 제시하는 그런 거래 말이오."

제갈옥의 한동안 미동도 않고 가만히 있었다.

저 사내가 원하는 것은 무엇인가. 돈인가 명예인가. 왕위를 준다는 말에도 눈 하나 꿈쩍하지 않았으니… 돈인가? 하지만 장보도의 열쇠는 저자가 쥐고 있지 않은가. 속으로는 천만금을 쌓아놓은 기분이겠지. 그렇다면 무얼 제시하나? 그래, 모든 것을 고백하자. 그리고 판단을 믿어보자. 제갈옥은 백부과를 우물거리는 입을 한참 응시하다가 마침내 입을 열었다.

"연청아가 가져갔던 장보도는 사실 우리 계획의 일부였어요. 소동을 일으킬 사람이 바뀌기는 했지만, 그 덕분에 일이 한층 자연스러웠지요. 남궁세가마저 속을 정도였으니."

사군은 이마를 좁혔다. 무슨 말을 하는지 이해하지 못했다.

"가주께서는 무림인들의 힘을 이용해 외적의 침입을 막을 계획을 세우셨어요. 그런데 마침 장보도가 무림에 출현하자 그 지도를 싸움터로 이동시켜 무림인들을 조종하려고 하셨지요. 청병을 상대로 해서요. 아니, 애초 계획은 농민군을 상대하는 것이었지요. 하지만 오라버니께서 장강신투에게 도둑맞는 바람에 일이 뒤틀렸어요."

"장보도가 가짜라는 것이오?"

사군의 언성이 올라갔다.

"누구도 진위(眞僞) 여부는 알지 못해요, 심지어는 가주께서도. 원래 임자가 있기는 하지만 천하의 보물은 원래 주인이 따로 없는 법이니."

"그게 무슨 소리요?"

"무림에 나돌았던 숱한 장보도처럼 가짜를 만들어 일을 도모했다면 쉽게 드러나고 말지요. 때마침 소주 부근에서 어떤 장보도에 관한 정보를 입수했어요. 정말 운이 좋았지요. 만일 그게 아니었다면 가짜라도 만들어 퍼뜨릴 생각을 했을 거예요. 비록 쉽지는 않았겠지만. 세가 무인 삼십여 명을 희생시킨 끝에 그걸 손에 넣기는 했는데 돌아오다가 장강신투에게 도적맞았어요. 그 이후로는 당신이 아는 대로고요."

"허접한 계획이로군."

"그럴까요? 그럼 당신 주변을 어른거리고 있는 저 무림인들은 뭐죠? 저들은 하시라도 당신을 노리고 있을 거예요. 선뜻 손을 쓰지 못하고 있는 것은 당신이 두려워서가 아니라 같은 목적을 가진 다른 무림인들의 눈치를 보기 때문이에요."

"그럼 어차피 양주로 이동하기는 틀린 일이 아니오? 이제는 저들 때문에 꼼짝도 못하고 잡혀 있게 생겼으니. 후후후!"

"만일 공자께서 부탁에 응해주신다면 어떤 희생을 치르더라도 양주로 갈 수 있게 해드리겠어요."

"흥, 양주로 가서 죽으라는 말이오?"

제갈옥도 더 이상은 참지 못했다.

"대체 바라는 것이 뭐죠?"

사군의 눈길이 흐릿해졌다.

잠시 가늘게 뜬 눈으로 제갈옥을 바라보던 그는 입을 열었다.

"옷을 벗어보겠소? 몸이 무척 아름다울 것 같구려."

역용을 지우기 전이었다면 눈 하나 깜짝하지 않고 했을 말이었지만 지금은 무척 용기가 필요했다. 사람에게 껍데기란 그래서 소중한가?

'이놈이!'

머리가 띵하도록 한 대 맞은 기분!

면사가 우수수 떨렸다. 주먹을 움켜쥔 작은 손이 떨렸고, 그 위로 핏대를 바짝 세운 파란 핏줄도 덩달아 씰룩거렸다. 앙증맞았다. 사군의 눈에서 욕정이 이글거렸다.

"색마!"

빨간 입술에서 침이 튀었다.

"색녀 기질은 당신에게도 있어. 알려줄까?"

사군은 벌떡 일어섰다. 눈이 뜨거웠다.

'벗기면 다 똑같지. 처음에는 앙탈… 세상이 무너진 듯 슬퍼하고 죽겠다고 난리를 치지. 너도 그 짓에 한 번은 울며, 두 번은 이를 악물고, 세 번으로 이어지면 모든 걸 포기하고 그 이후부터는 내 등을 감싸 쥐고 절대 놓지 않겠다고 할걸!'

하초가 불끈거렸다. 길게 내려온 윗옷이 앞섶을 가려주는 것이 다행이었다.

"말도 안 되는!"

벌떡 일어난 제갈옥은 사군의 뺨을 향해 손을 휘둘렀다.

"흥!"

가녀린 손목을 잡아 품으로 끌어당겼다. 힘을 쓸 필요도 없었다.

"악!"

뾰족한 비명과 함께 제갈옥은 제풀에 사내의 품속으로 뛰어들었다.

쿠당탕!

소동에 탁자가 쓰러지고 찻잔이 바닥에 떨어져 깨지며 날카로운 파편을 흩뿌렸다.

"모르느냐! 넌 중독이 되었어, 이 바보야! 네가 습관처럼 먹고 있는 백부과 열매는 바로 최음제이며 강력한 정력제란 말이다! 먹으면 먹을수록 네 양기는 고갈되어 끝내는 죽음에 이르게 돼!"

사군의 품에서 떨어지려고 앙탈하며 소리쳤다. 제갈옥이 알기로는 그랬다.

"흥. 그렇다면 내가 먼저 알았을걸! 내 몸이 허(虛)해지는 것을 왜 모르겠느냐. 한번 시험을 해볼까?"

사군의 우악스런 손길이 제갈옥의 품을 파고들어 안으로 들어가 젖가슴을 움켜쥐었다.

"으헉! 이런 개자식!"

제갈옥은 다시 사군의 뺨을 때리려고 팔을 휘둘렀지만 사군은 개의치 않고 그녀를 번쩍 들어 침상에 눕혔다.

쫘악!

연분홍 비단 경장은 거친 손길을 이기지 못하고 갈가리 찢겨져 나갔고, 이어 고의마저 벗겨져 침상 아래로 나뒹굴었다. 눈부신 여인의 속살이 드러났다. 충혈된 눈은 우윳빛 나신을 떠나지 못했다. 더운 입김을 뿜어내는 입술이 탐스러운 수밀도를 덥석 베어 물었다.

"악!"

그때였다.

"아!"

귀를 때리는 짧은 탄식 소리에 사군이 흘낏 돌아보았다.

정청화였다.

남녀만 남아 있었기에 천장파파가 나가면서 문을 반쯤 열어둔 상태였다.

"앗!"

전혀 모르는 낯선 얼굴을 본 정청화는 또다시 크게 놀랐다. 탁자가 쓰러지고 찻잔이 깨지는 소리에 허둥지둥 달려왔다가 또 한 여인을 겁탈하는 사군을 목격하고 그만 상심에 젖어버렸는데… 엉뚱한 얼굴이라니!

옷이나 신체로 보아 사군이 틀림없다. 정청화는 지금의 상황도 잊은 채 그저 놀란 눈으로 상대를 쳐다보기만 했다.

두 쌍의 눈이 허공에서 마주쳤다.

붉게 달아오른 눈동자가 비틀거렸다. 아직 이런 상황까지 감당할 정도로 미친 것은 아니다. 사군은 황급히 얼굴을 옆으로 돌았다.

"네 겉옷을 가져와!"

컸지만 공허한 목소리. 흠칫하던 정청화는 이내 그의 뜻을 알아차리고는 서둘러 자신의 선실로 돌아갔다. 제갈옥은 얼른 일어나 무릎을 쪼그리고 앉아 얼굴을 파묻었다.

"개자식!"

제갈옥은 고개도 들지 않고 말했다.

"한 번만 더 욕하면 하던 일을 마저 하기를 원하는 것으로 간주하지. 그리고… 원했던 것으로 아는데?"

"그럼 이게 네놈이 말한 그 조건이란 말이냐?"

"그렇지."

말을 잃었다. 설마 놈의 자신의 몸을 조건으로 내걸 줄이야… 그럴 수는 없다. 하지만 그게 조건이라니 대답이 궁했다. 또 부스럭대는 소리가 들렸다. 백부과를 처먹으려는 소리일 것이다.

"최음제야!"

우스웠다. 이런 모습으로 그 말을 해야 하다니… 사군의 말에 마땅한 답을 찾지 못했기 때문에 불쑥 나온 말인가.

"그게 어떻다는 거야? 서로 좋으면 그만이지."

여전히 빙글거렸다.

정청화가 나타나 침상 위로 옷가지를 확 던져 주고는 선실문을 쾅 닫고 나갔다.

'후후!'

마음대로 하라는 뜻인가? 자신도 강제로 당했으면서… 질투인가? 사군의 머리 속으로 스쳐 간 극히 짧은 생각이었다. 눈길이 황급히 옷을 걸치는 제갈옥을 향했다. 젖가슴이 옷에 가려지는 순간이었다. 아쉬웠다.

'아니야!'

머리를 흔들었다.

백부과 열매가 제갈옥이 말한 대로 최음제라는 것에는 동의했지만 양기를 축낸다는 사실에는 그러지 않았다. 백부과를 먹지 않았을 때도 그랬었다. 유하나 묘랑을 미친 듯 탐했던 것은 백부과 탓이 아니었다.

하지만 제갈옥의 말에도 거짓은 없었다.

백부과(白桴菓).

강남 일대에만 자란다고 한다. 백부과 나무는 발견하기가 쉽지 않기에 그 열매를 구하기가 쉽지 않다. 말린 백부과는 그 가치가 같은 크기의 금덩이와 맞먹는다니 가히 그 희귀함을 짐작하게 한다. 그것을 찾는 사람들은 주로 부호들이나 고관들, 그리고 황실 사람들이다. 주변에 예쁜 여자는 많고 상대해 줄 힘은 달리니 당연한 것이다.

정력제니 최음제니 해서 여러 약재나 비방들이 쏟아져 나와 있기는 하지만 검증된 것은 많지 않다. 그런 면에서 백부과의 효과는 자타의 공인을 받았다 할 수 있다. 유일한 문제라면 구하기가 쉽지 않다는 것뿐이다.

제갈옥이 백부과에 대해 정통한 것은 제갈세가 사람들이 중원 약재 시장의 대부분을 장악하고 있음과도 무관하지 않다.

옷매무새를 가다듬은 제갈옥은 사군의 눈가를 자세히 살펴보았다.

'이상한데……'

남녀를 불문하고 색마에 빠지면 눈가에 푸른 기가 감돈다. 남자의 경우라면 양기가, 여자의 경우라면 음기가 허해지며 일어나는 현상인 것이다. 무공을 익힌 자라도 예외는 아니다. 무인들이 그런 증세를 보이면 진기가 쇠잔해 가고 있다는 증거로 치명적이라 할 수 있다. 그런데… 오히려 불그스레한 저 얼굴은 뭐란 말인가? 남자는 양기가, 여자는 음기가 넘치는 현상이다. 그러기에 옛말에 얼굴이 붉은 여자는 사내를 잡는다는 말까지 있지 않는가.

제갈옥은 자신이 알고 있는 모든 의서(醫書)의 내용을 아무리 되씹어보아도 이 현상을 이해할 수 없었다.

"뭐가 묻었소?"

사군의 질문에 제갈옥은 얼굴이 붉어지는 것을 느꼈다.

처녀가 사내 얼굴을 뚫어지게 쳐다보았으니 당연한 일이었다. 험한 일을 겪었음인가. 사군의 얼굴은 더 이상 어려 보이지 않고 사내로 보였다. 뛰어난 미남은 아니지만 저 정도면 잘생긴 사내였다.

'장난이 거친 어린 사내야.'

내심 웃었다. 허허로운 웃음.

다른 여자 같았으면 참지 못하고 자리를 박찰 상황이지만 제갈옥은 아니었다.

화를 내는 것은 오히려 잘 풀리려는 상황에서 상대를 자극할 우려가 있다. 언제나 마음만 먹으면 자신쯤은 침상에 벌거벗겨 놓고 짓눌러

버릴 상대. 그걸 알기에 수모를 당했어도 조용히 마무리를 지으려는 것이다.

'어차피 행실 바른 처녀 행세를 하려고 나선 길은 아니야!'

스스로를 그렇게 타일렀다.

사내의 눈길을 느낄 때마다 온몸에 벌레가 기어가는 듯한 기분에 스멀거렸지만, 묵묵히 평정을 찾으려고 노력을 계속하고 있었다.

"솔직히 말씀드리자면… 공자의 몸에는 제가 알지 못하는 특이한 무엇이 있기는 해요. 말씀대로 몸에 이상이 온 것 같지는 않군요. 백부과 열매를 너무 드셔서 양기가 넘치고 있지나 않은지 염려되기도 하지만… 아무것도 단정 지어 말씀을 드릴 수는 없군요."

제갈가 사람들이라면 알지 못하는 사실에 대해 함부로 단언을 해서는 안 된다. 얄팍한 지식으로 섣부르게 세 치 혀를 잘못 놀리는 것은 가문의 이름에 먹칠하는 첩경이기 때문이다. 그것이 세인들의 존경을 받는 이유이기도 하다.

"나도 그게 문제요. 넘치는 내 양기를 당신의 음기로 다스려 달라는 말이오."

문이 닫혔기에 자신감이 더 넘쳤는지도 모른다.

제갈옥은 침묵했다. 사군이 말을 이었다.

"당신 말대로 양주로 갔다가는 청병들의 총포나 도검에 어육이 될 수도 있소. 그런데 내게는 그런 값비싼 요구를 하면서 당신은 죽어달라는 것도 아니고, 그저 한 번 안겨달라는 요구도 거부하니 그게 말이 되오?"

제갈옥의 고개가 약간 숙여졌다.

그랬다. 분명 자신의 요구는 상대의 생명을 요구하는 것이나 진배없다. 아니, 정확히 그것이다. 무림인들을 몰아가 청병들을 저지해 달라는 것! 그런데 나는 내 몸뚱이를 잠깐 쓰자는 상대의 요구를 거절했다. 욕까지 해대가면서. 일견 억지 같은 말이지만, 뜯어보자면 한 치의 잘못도 없다.

문득 얼굴이 뜨거웠다.

비웃음을 동반한 사군의 힐난이 계속 이어졌다.

"원래 그 말은 황제의 덕을 본 사람에게나 해야 어울리는 말이 아니오? 적어도 그들은 황제의 덕을 보았으니 말이오. 하지만 나 같은 놈은 황제에게 세금을 뜯긴 적은 있어도 보호를 받거나 은혜를 입은 기억은 없으니 당신의 요구가 턱없이 들리기만 하구려. 왜 그런 부자 나으리들에게 가서 말하지 않고 나를 찾았소. 당신도 한패이기 때문이오? 잘 먹고 잘살며 그동안 덕을 보았던 놈은 빠지고 당한 놈만 또 당하라고 하니 대체 염치라고는……. 핫핫핫!"

자신도 도취될 만한 그럴듯한 말. 가슴이 시원해졌다.

수치심과 모욕감에 제갈옥은 벌떡 몸을 일으켰다. 적어도 자신은 아니라는 반발심의 표현인지도 몰랐다.

"거래에 응해 드리지요."

제갈옥은 쓸모없는 한 몸을 바치기로 결심했다. 어차피 죽으면 한 줌 흙으로 스러질 몸뚱이다. 빨간 입술을 앙다물었다.

사라락!

겉옷만 걸쳤으니 간단한 움직임에 그대로 알몸이 드러났다.

봉긋한 가슴 위에 오뚝 솟은 젖꼭지가 부끄러움에 짙은 분홍으로 물들어 하얀 젖가슴 속살과 선명한 대조를 이루었다. 검은 숲 속에 가려 있어 누구도 그 깊이를 알지 못할 처녀의 비지를 가리는 마지막 한 장의 천만 외로이 남아 있는 상태였다.

"흐흐흐, 마음이 바뀌었소. 없던 일로 합시다."

제갈옥의 몸에 흥미를 잃은 것은 아니지만, 마음에 상처를 입고 돌아섰을 정청화에 대한 미안함 때문일까.

"개자식!"

모욕감에 무섭게 몸을 떨었다. 능글맞은 눈길이 알몸을 바쁘게 오가는 것이 보였다. 제갈옥은 바쁘게 옷을 걸쳤다. 면사 아래로 눈물이 뚝뚝 떨어지고 있었다.

'아직 어린놈이야!'

애써 마음을 다잡아가며 이성을 되찾으려고 노력했다. 하지만 감정이 북받쳐 쏟아지는 눈물을 감당하기에도 벅찼다. 뛰쳐나가야 옳았건만… 비틀거리는 몸을 겨우 진정시킨 그녀는 다시 의자에 앉았다.

"그럼 다른 조건을 거세요."

힘겹게 꺼낸 말이다.

이번에는 사군이 침묵을 지켰다.

너무했다. 여자에게 씻지 못할 모욕을 주었다. 어쩌면 평생 이 일을 기억하며 수절 아닌 수절을 할지도 모르지. 내가 왜 이렇게 됐지? 갑자기 말이 통제하지 못할 곳으로 흘렀다. 미친놈!

온갖 생각이 머리 속을 바쁘게 오갔다. 문득 입 안이 심심했다. 손이 또다시 백부과로 향했다.

"가시오. 내일 다시 말을 나눕시다. 단, 혼자 오도록 하시오."

제갈옥은 자리에서 일어섰다.

이렇듯 쉽게 물러나고 싶은 생각은 없지만 계속 앉아 있기에는 마음의 상처가 너무 컸다. 가녀린 여체가 문을 나섰다.

사군은 질겅거리며 제갈옥의 뒷모습을 지켜봤다. 휘청거리는 엉덩이 곡선이 눈을 강렬하게 자극했다.

'호호호……!'

침과 섞인 백부과 육즙이 입가로 흘러나왔다. 눈이 너무 뜨거웠다.

〈4권으로 이어집니다〉